○ 古代闲雅小品丛书 ○

主编 吴小林

锦书云中来
——尺牍小品赏读

孙秋克 姜晓霞 编著

中州古籍出版社
·郑州·

图书在版编目（CIP）数据

锦书云中来：尺牍小品赏读 / 孙秋克，姜晓霞编著．—郑州：中州古籍出版社，2012.4（2023.6重印）
（闲雅小品丛书）
ISBN 978-7-5348-3766-1

Ⅰ．①锦… Ⅱ．①孙…②姜… Ⅲ．①书信集 – 文学欣赏 – 中国 – 古代 Ⅳ．①I207.62

中国版本图书馆 CIP 数据核字（2011）第 276543 号

JINSHU YUN ZHONG LAI：CHIDU XIAOPIN SHANGDU

锦书云中来：尺牍小品赏读

丛书策划	梁瑞霞
责任编辑	梁瑞霞
责任校对	李接力
装帧设计	知耕书房

出 版 社	中州古籍出版社（地址：郑州市郑东新区祥盛街27号6层 邮编：450016 电话：0371-65723280）
发行单位	河南省新华书店发行集团有限公司
承印单位	河南大美印刷有限公司
开　　本	890 mm×1240 mm　A5
印　　张	11.125
字　　数	230千字
版　　次	2012年4月第1版
印　　次	2023年6月第5次印刷
定　　价	25.00元

本书如有印装质量问题，请联系出版社调换。

总序

　　小品文是源远流长、丰富多彩的中国古代散文遗产中的重要组成部分。钱穆先生曾指出："中国散文之文学价值，主要正在小品文。"（《中国文学中的散文小品》）此说有些绝对化，不尽恰当，但他认为小品文有很高的文学价值的看法十分正确。古代小品文短小隽永，活泼灵动，饶有情趣，富于美感，在中国散文史上独具魅力，广为人们所喜爱。

　　"小品"一词，在晋代就已出现，原是佛教用语。南朝宋刘义庆《世说新语·文学》中有"殷中军读小品"语，刘孝标注曰："释氏《辨空经》有详者焉，有略者焉。详者为大品，略者为小品。"小品与大品相对，是佛经的节本。把"小品"一词移植到文学领域，并将其看做一种文章的类型，是在晚明时期，当时出现了许多以"小品"命名的文学作品。当时，有人把自己的集子称为"小品",如朱国桢的《涌幢小品》、陈继儒的《晚香堂小品》等;有人把编选的作品命名为"小品",如王纳谏编的《苏长公小品》、陆云龙编的《皇明十六家小品》等。这些作品所收多为短篇小文。"小",即篇幅短小,就成为小品文外在形式上的一个特征,也是其最基本的标志。

不过,短篇文章不等于小品文,正如叶圣陶先生所言:"篇幅短小,不一定就是小品文。"(《关于小品文》)小品文除有短小的外在特征外,还具有其内在特质。对此,前人多有论述。如陈继儒提出"短而隽异"(《苏长公小品叙》),在篇幅短小之外,还强调隽永新异。唐显悦说"幅短而神遥,墨希而旨永"(《文娱序》),突出语短意长,尺幅千里。袁中道指出:"率尔无意之作,更是神情所寄,往往可传者。托不必传者以传,以不必传者易于取姿,炙人口而快人目。"(《答蔡观察元履》)认为文章应该随意任情,富有神韵,快人耳目。要而言之,简约隽永,以小见大,自由灵活,韵趣兼胜,就是小品文所具有的内在特质。

一提起小品文,人们往往想到晚明小品,似乎古代小品文直至晚明才出现。其实小品文历史悠久,古已有之,晚明只不过是小品文的鼎盛时期。本丛书所收小品文,自魏晋始,至清末终,并以晚明为侧重点,是与古代小品文的流变轨迹相一致的。有的论者认为小品文最早在先秦就产生了,《论语》、《孟子》、《庄子》等书中含有不少很好的小品文,但那只是著述片断,还未独立成篇,故而只能看做古代小品文的滥觞。小品文正式出现于"文学的自觉时代"（鲁迅《魏晋风度及文章与药及酒之关系》）——魏晋。曹丕、曹植兄弟的书札，王羲之的序文，陶渊明的序、记，吴均、陶弘景的书信，其中有不少精美的小品文。刘义庆的笔记集《世说新语》，更是后世小品文的典范。唐代白居易的序、记，韩愈的杂著，柳宗元的游记、寓言，其中优秀的小品文甚多。至唐末，皮日休、陆龟蒙、罗隐等人的讽刺小品，成为"一塌糊涂的泥塘里的光彩和锋芒"（鲁迅《小品文的危机》）。及至宋元，欧阳修、苏轼、黄庭坚、秦观、陆游、倪瓒等人的序跋、笔记、书信、游记中颇多隽秀的小品文。其中尤为突出的是苏轼，被公认为晚明小品文名家的不祧之祖。明代嘉靖年间的唐宋派唐顺之、归有光等人富有情韵的散文小品，可看做晚明小品文高潮的前导。之后，公安派"三袁"，竟陵派钟惺以及稍后的张岱，则为晚明小品文作家群体的中坚，他们与同时或前后的徐渭、屠隆、汤显祖、张大复、江盈科、陈继儒、李日华、王思任、刘侗、祁彪佳、吴从先等人，创作和编选小品文蔚然成风，佳作迭现，异彩纷呈，共同创造出晚明小品文的繁荣局面。清代则是其余波，金圣叹、李渔、廖燕、郑燮、袁枚等人，在小品文创作上都有不少上乘之作。这就是古代小品文发展的大致轮廓。可见，小品文的创作由来已久，代不乏人，名家辈出，众星闪耀，形成了中国散文史上的亮丽景观。

古代小品文林林总总，千姿百态，不过就其内容风格而言，大致可分为两类。一类是金刚怒目、激昂奋发的，一类是闲适清雅、冲淡飘逸的，后者占了古代小品文的大部分,也是这套"闲雅小品丛书"收录的主要内容。此处所说的"闲雅",是个比较宽泛的概念,或闲适,或清雅,或萧散,或简淡,或爽朗明快,或轻松活泼。

本丛书精选历代闲雅风格的小品文,按文体分为五册,即笔记小品、序跋小品、尺牍小品、游记小品、杂言小品。笔记小品收随笔、杂录、杂记等闲散小文。序跋小品收短篇序(叙)、引、题词和题跋、书后。尺牍小品收书信短文。游记小品除山水游记外,亦包括园亭台阁记和序跋、尺牍中记叙山水的短文。杂言小品收录富有哲理的杂感、杂说等议论短文和箴言式、格言式及语录体小文。每篇包括原文、注释和赏读三部分。注释简明准确,以帮助读者排除文字障碍。赏读是为了使读者更好地理解原文,文字活泼生动,优美流畅,与所选原文相得益彰,相映成趣。

工作之余,偶尔得半日闲暇时光,捧起一本装帧精美的小书,翻阅那些"闲暇自得,清美可口",赏心悦目的美文,时而被其真挚绵邈的深情所感染,时而被其情趣盎然的叙事所吸引,时而为其精辟警策的议论所打动,体味淡泊宁静的平和心境,领略青山绿水的秀丽风光,感悟耐人寻味的人生哲理,收到娱耳目、益心智之功效,那么我们编纂这套丛书的目的也就达到了。是为序。

吴小林

2011 年 10 月于北京

前言

"牧童归去横牛背,短笛无腔信口吹。"在中国古代散文的大家族中,若想找到一个情调如田园牧歌一样超然,语言如田野的风一样清新,风格如山野小调一样自由的类型,大概非书写闲雅情怀、作为私人信件的尺牍小品莫属。实际上,这里已经包含了两个基本概念:这本选集所选文章的文体特征和审美特征。

我们先说文体特征。一般认为尺牍属于和大散文相对的小品文范畴,是小品文中的一种。不过,尺牍虽然通常被人们归入小品文,其篇幅还是有短有长的。根据小品文篇幅的一般概念,其字数均应在千字以内,超出就难以小品名之了。所以尺牍小品,说到底还是在篇幅上的进一步限制。

尺牍的名称,因其书写的载体和在社会生活

中的实用性,产生要早于小品文。在纸张发明之前,古人用约一尺长的竹木来书写记事、传递信息,称为尺简、尺牍。也有用丝帛来书写的,称为尺素、尺锦。或许,这从一开始就注定了其篇幅的短小。在纸张被广泛使用后,又产生了尺书、尺翰、尺函、尺笺、尺纸等多种称谓。据历史文献记载,"尺简"最早见于战国时代的《尸子》,"尺牍"最早见于《史记·扁鹊仓公列传》,"尺素"最早见于汉乐府诗《饮马长城窟行》,其他的称谓都产生于汉代以后。在以上所有称谓中,"尺牍"最为通用。至于"小品"一词,直到晋代才出现,而到了晚明,小品才作为一种文体流行起来。

尺牍之"源"已渺茫难寻,"流"则有迹可辨。一种文体的特征,总与其名称和发展源流相关,所以对此也要稍加梳理,才能够明了。它是古代散文中出现较早的文体,大约兴起于春秋战国时代,自汉以来渐盛,在晚明达于繁荣,清代为其余绪。而我国小品文虽萌芽于先秦,却是在晚唐取得一个较显的成就后,直到晚明才兴盛起来的。其中尺牍小品以其便捷自由的交流方式,迎合了晚明士人交游之风和思想解放、个性解放的需要,在社会上盛行一时,成为晚明小品文中成就较高的部分,流风延至清代,成就亦显。

在后世以尺牍为信件的这一基本含义里,还有一个问题值得一提:自古信函有对公和对私、对上和对下、对内和对外之分,尺牍究竟属于哪一类呢？我们说，一则公函有奏、疏、表、启等，尺牍则用于私人之间的信息交往，尺牍小品尤其如此。二则尺牍既可以用于平辈朋友和家人之间的交往，也可以用于父母和子女、老师和学生之间的交往。所以，有学者认为尺牍只用于同辈朋友之间，是不完全符合实际情形的。

由上所述，这本选集每一篇的字数都在千字以内，范围则全在私人信件之中。下面，我们再进一步品味尺牍小品作为私人信件的审美特征。

主情，是尺牍小品的审美核心。汉乐府有诗云："客从远方来，遗我双鲤鱼。呼儿烹鲤鱼，中有尺素书。长跪读素书，书中竟何如。上言加餐饭，下言长相忆。"显然这是守候在家中的妻儿，收到了来自远方的家书，信中是丈夫和父亲的叮嘱：要好好地保重自己啊，我非常非常地想念你们。晏几道《蝶恋花》词曰"欲尽此情书尺素"，即尺素是传情的一种重要方式。晏几道的父亲晏殊，则在另一首《蝶恋花》词中，也以"尺素"表现了无法传递相思深情的无限惆怅："欲寄彩笺兼尺素，山长水阔知何处。"尺牍兴盛的晚明时期，小品文名家钟惺，曾在其选集《如面谈》序中，对尺牍作过这样一番描述：人与人之间的感情，既可以面对面交流，也可以不见面交流；既可以促膝谈心，也可以千里通情。不论是哪一个民族的人，都可以领会共同的情怀；不论是骨肉之间还是敌对双方，都可以相信真诚的感情。"情"就这样滋润了人与人之间的关系：

人我和谐、亲疏联系、远近沟通、心怀释然、恩怨调解，一切皆本于情。古人写信通常有"见字如晤"的话头，这并非客套语，而是写信人真实的心情。在写信时，他心中确实是在和收信人说话。钟惺的尺牍选集以"如面谈"题名，不也正表明了这种情形的存在吗？有所不同的是，在信件的往复中，说话变成了对话，这就使得尺牍逐渐走出了书面语形式，最终形成口语化的表达风格，明清两代尤为如此。

情，有种种不同的表现，而主闲雅情怀，是这本尺牍小品选集的审美要素。我们通常说的闲雅情怀，在这里不是一时之有无，而是古代士大夫在对现实的批判中，内化外呈的一种人生审美追求。中国古代士大夫自有其精神特质，入世与出世，进取与退避，端庄与飘逸，严肃与恬适，轻松与沉郁……在他们心中总是显得那么纠结，兼以尺牍小品所具有的私人性和自由性特点，更难纯而粹之地对其复杂感情加以厘清。比如：诸葛亮《诫子书》中的"宁静"和"澹泊"当属闲雅情怀，但它们与"致远"和"明志"相交织，其实已形成了两个人生主题，通过互补而达成一种高远的人生理想；曹丕的《与朝歌令吴质书》在描写往昔的闲情逸致、笙歌靡丽之后，一转而为悲音掩抑，令人陡生丝丝伤感；袁宏道的《答梅客生》始于闲情逸兴不可遏制，却终于败兴而归，其写景抒情的底蕴，实则是追求人生的适意而不可得。如上例子不胜枚举，你说这是闲雅情怀呢，还是别的什么？我们在这里所说的闲雅情怀，不论其表现的形态如何，往更深处讲，都出于作者深厚的文化底蕴和高远的人生追求，其实是士大夫一种自觉或不自觉的人生向往。自然四季的一切景象，生命中的每一场华筵，都可能幻化为内心或喜或悲的对应物。他们对现实的有为或无为，进取或退避，调侃或嘲讽，嬉笑或怒骂，也都缘于超然物欲的崇高追求。因此只以闲雅为审美特征来界定尺牍小品的编选，也只能是相对而言。因为文学本身就具有非定义所能囊括的特质，更何况要以一个词来提炼一种文学类型的审美感受？

从艺术形式上来说，语短情长，尺幅千里，自然是作为私人信件的尺牍小品最重要的特点，即所谓寄长怀于尺牍(东汉杜笃《吊比干文》)。但以强大的情感交流力量为基础，尺牍小品还形成了其他的写作特点。即如冯梦祯所说："原夫尺牍之为道，叙情最真而致用甚博。本无师匠，莹自心神；语不费饰，片辞可宝；意不泛涉，千言足述。"(《快雪堂集·叙七子尺牍》) 从抒发性灵的需要出发，无腔信口，随心所欲，信手拈来，这就是尺牍小品的样子。在明清时期，更是毫无规矩尺度可讲。

总之，尺牍小品从内到外，皆得以不受唐宋以来建立的散文规范束缚，而成为与言志载道之文大不相同的轻灵之体。我们通过这个选集可以品读到历代文人或深情绵邈，或激情喷发，或思理精警，或感悟深刻，或骈或散，或长或短，或典雅精致，或直白如话，或清浅如小溪淙淙流淌，或奇瑰如名山矗立、大河奔腾，林林总总、风格各异的尺牍小品。

目录

诸葛亮	诫子书	1
曹　丕	与朝歌令吴质书	3
	与钟大理书	7
应　璩	与侍郎曹长思书	10
曹　植	与吴季重书	13
桓　范	与管宁	17
陆　云	又与杨彦明书	19
王羲之	与谢万书	21
	杂帖四则	24
王献之	相过帖	27
谢　安	与支遁书	29
陶渊明	与子俨等疏	31
嵇　蕃	答赵景真书	35
沈　约	答沈麟士书	38
刘　峻	送橘启	40

吴　均	与顾章书	42
萧　纲	与萧临川书	44
祖鸿勋	与阳休之书	47
王　褒	与周弘让书	51
王　绩	答刺史杜之松书	55
褚遂良	山河帖	58
骆宾王	答员半千书	60
	与情亲书　再与情亲书	64
王　维	山中与裴迪秀才书	67
独孤及	送李太白	70
韩　愈	与孟东野书	72
	为人求荐书	75
白居易	与微之书	77
刘禹锡	谢窦相公启	81
柳宗元	答吴秀才谢示新文书	83
段成式	寄温飞卿葫芦笔管往复书	85
李商隐	上河东公启	88
林　逋	与梵才大师帖	92
范仲淹	与王状元书	94
欧阳修	答李大临学士书	95
	与韩忠献王	98
	与刁景纯学士书	100
司马光	答薛虢州谢石月屏书	103
王安石	回苏子瞻简	105

苏　轼	与章子厚	107
	与范子丰书	109
	与米元章书	111
苏　辙	答黄鲁直书	113
黄庭坚	与王子予书	116
秦　观	与李乐天简	118
李清照	贺人孪生启	121
朱　熹	答吕子约	123
陆九渊	与傅季鲁	125
许　衡	与廉宣抚	127
文天祥	回谢教授爱山四帖	129
虞　集	答刘桂隐书	131
倪　瓒	与介石书	134
	与友人书	136
唐　寅	又与徵仲书	137
杨　慎	答刘南坦司空书	139
傅汝舟	与廖傅生	142
唐　时	与徐穆公	143
归有光	山舍示学者书	145
唐顺之	答周七泉通判	147
	与洪方洲	150
茅　坤	答董浔阳中允书	152
李攀龙	与王元美	155
徐　渭	答张太史	157

	与许口北	159
	与两画史	161
	与柳生	162
宗　臣	报吴峻伯书	164
王世贞	寄友人	166
	方生	167
李　贽	复耿侗老书	168
	与明因	170
王穉登	答沈飞霞书	172
释袾宏	与蔡坦如	173
屠　隆	答李惟寅	175
	与张肖甫司马	178
	在京与友人	180
	归田与友人	182
汤显祖	与康日颖	184
	寄袁小修	186
	寄帅惟审膳部	188
	与无去上人	190
	答陆学博	191
陈继儒	与王元美	192
	与王闲仲	194
	答项楚东	196
	柬米子华	197
黄汝亨	复吴用修	199

袁宗道	答江长洲绿萝	201
	答萧赞善玄圃	203
袁宏道	答梅客生	205
	与沈博士	207
	与丘长孺	209
	与王子声	211
	寄散木	212
袁中道	答夏道甫	214
宋懋澄	与范大	216
	与洪二	218
钱文荐	寄黄贞父	219
胡文焕	寄友人	220
冯时可	与戴谦甫书	221
王思任	简赵哲臣	223
	上黄老师	225
钟惺	与陈眉公	227
	答同年尹孔昭	229
张岱	与毅儒八弟	230
	与祁世培	232
	与何紫翔	234
陆云龙	与友人（订赏午节）	236
金圣叹	答沈丈人永令	238
顾炎武	与次耕书	240
柳如是	寄钱牧斋书	242

尤 侗	答宋荔裳	245
	答黄九烟	247
张煌言	答伪部院赵廷臣书	249
萧士玮	与钱仲驭	251
王 佐	与门人卞伏生	253
汤传楹	与展成	254
魏 祥	与皇甫君书	257
魏 禧	复六松书	260
毛奇龄	与故人	262
丁雄飞	邀陆羽叔泛秦淮书	264
王士禛	答门人陈子文	265
陈廷敬	答友人书	267
程 鸣	与友人（述初夏景态）	269
孔尚任	与郑汝器	271
郑 燮	潍县署中与舍弟墨第二书	274
	范县署中寄舍弟墨第二书	277
	范县署中寄舍弟墨第四书	279
刘大櫆	与左君书	283
袁 枚	答两江制府尹公	286
	与何献葵明府	288
	与闵莲峰	290
	寄嵇黻庭相国	292
	戏招李晴江	295
许葭村	送邓三兄回里	298

龚未斋	与孙配琪	300
汪　缙	示程在仁	302
钱大昕	与友人书	304
韩梦周	与阎阜宁	309
姚　鼐	答鲁宾之书	312
吴锡麒	答张水屋书	315
周天爵	答怀远何冶亭书	318
龚自珍	与人笺（二）	320
曾国藩	字谕纪鸿儿	323
	与徐玉山太守	325
左宗棠	与吴子儁太史书	327
王　韬	与梦蘅内史（其一）	329
	与梦蘅内史（其二）	331

诫子①书 诸葛亮②

夫君子之行,静以修身,俭③以养德,非澹泊④无以明志,非宁静无以致远。夫学须静也,才须学也,非学无以广才,非志无以成学。慆慢⑤则不能励精⑥,险躁⑦则不能治性。年与时驰,意与岁去,遂成枯落。多不接世⑧,悲守穷庐,将复何及!

《诸葛亮集笺论》

【注释】

①子:儿子。此指诸葛瞻。

②诸葛亮(181~234):字孔明,号卧龙,琅邪阳都(今山东沂南南)人,蜀汉丞相,三国时期杰出的政治家、军事家。代表作有《前出师表》、《后出师表》、《诫子书》等。

③俭:约束,限制,节制;谦逊。

④澹泊:恬淡,不追逐名利。

⑤慆(tāo)慢:傲慢懈怠。

⑥励精:振奋精神,致力于某种事业或工作。

⑦险躁:轻薄浮躁。

⑧接世:济世。

【赏读】

史书《三国志》、小说《三国演义》中的诸葛亮以及诸葛亮笔下的自我形象,三者给人的感觉并不完全一致,然而襟怀高远、品格高尚,却是各类作品中诸葛亮形象的共同特点。这篇《诫子书》,

可说是诸葛亮心胸最真实的表达。这是一位父亲对儿子的谆谆教诲,也是中国优秀人文传统的精华萃取。

"君子",是儒家哲学所追求的人格境界;"澹泊"、"宁静",则是老庄哲学所推崇的人生精义。前者鼓励积极进取,有所作为;后者倡导淡泊名利,顺应自然。儒道互补,这是诸葛亮开给其子的立身处世良方。他显然是勉励其子,既要把道家的淡泊宁静作为底蕴,又要把儒家的积极进取作为动力,志存高远,学有所成,达到修身养德、经世致用的人生境界。

"非澹泊无以明志,非宁静无以致远。"这一格言警句,早已超越时空,成为千百年来许多人的座右铭。

与朝歌令吴质①书 曹 丕②

五月十八日,丕白:季重无恙。途路虽局③,官守有限④,愿言之怀⑤,良不可任⑥。足下所治僻左⑦,书问致简,益用增劳。

每念昔日南皮之游⑧,诚不可忘。既妙思六经⑨,逍遥百氏⑩,弹棋⑪闲设,终以六博⑫,高谈娱心,哀筝顺耳。驰骛北场⑬,旅食南馆⑭,浮甘瓜于清泉,沉朱李于寒水⑮。白日既匿,继以朗月,同乘并载,以游后园。舆轮徐动,参从⑯无声,清风夜起,悲笳微吟。乐往哀来,怆然伤怀。余顾而言,斯乐难常,足下之徒,咸以为然。今果分别,各在一方。元瑜⑰长逝,化为异物,每一念至,何时可言?

方今蕤宾⑱纪时,景风⑲扇物,天意和暖,众果具繁。时驾而游,北遵河曲⑳。从者鸣笳以启路,文学㉑托乘于后车。节同时异,物是人非,我劳如何!今遣骑到邺㉒,故使枉道相过㉓。行矣自爱㉔,丕白。

《文选》

【注释】

①吴质(177~230):字季重,定陶人,建安中期曾为朝歌令,与曹丕交厚,三国时文学家。

②曹丕(187~226):字子桓,沛国谯(今安徽亳州)人。三

国时期著名的政治家、文学家,曹魏的开国皇帝。由于文学方面的成就而与其父曹操、其弟曹植并称为"三曹"。散文文笔流畅,辞美情挚。

③局:近。

④官守有限:为职务所限制。

⑤愿言之怀:表达思念之深。

⑥良不可任:包含有"不敢当"的意思。

⑦僻左:古人用右手为常,用左手为僻,故称偏僻之地为僻左。

⑧南皮之游:南皮曾是吴质的寓居之所,在河北境内。曹丕倾慕吴质文才,曾幸其文学集团与吴质闲游。一次乘船沿当时的大清河到南皮,弹筑设棋,吟诗作歌。曹丕难忘这段生活,表诸文字,为后人留下了一段佳话。

⑨六经:六部儒家经典。始见于《庄子·天运篇》。是指经过孔子整理而传授的六部先秦古籍,曰《诗经》、《尚书》、《仪礼》、《乐经》、《周易》、《春秋》。

⑩百氏:指经书以外的诸子百家。

⑪弹棋:古代的一种游戏器具。

⑫六博:古代一种掷彩下棋的比赛游戏。

⑬驰骛(wù):迅速奔驰。北场:泛指狩猎场。

⑭旅食南馆:指那些尚未得官的人,寄居在官员门下。南馆,南边的客舍,泛指接待宾客的处所。

⑮"浮甘瓜"二句:南皮古城西南百步有一古井,相传为黄帝所凿,伯益所修,井水清澈甘冽,故名寒冰井。曹丕曾经和吴质等人游玩到此,休息时将甘瓜、朱李掷井中,取出后食之,倍加清凉可口,祛暑解热,不亦乐乎。浮瓜沉李本谓把瓜、李放到水中,后指用冷水浸果解暑,或为消夏乐事之称。

⑯参从:随从。

⑰元瑜：阮瑀的字，陈留尉氏（今河南开封）人，汉魏文学家，"建安七子"之一。

⑱蕤（ruí）宾：古人律历相配，十二律与十二月相适应谓之律应。蕤宾指农历五月。

⑲景风：夏至后和暖的风。

⑳河曲：今山西永济。黄河由北向南，至此折向东，故名。

㉑文学：官名，略如后世的教官。

㉒邺：今河北临漳。曹操定都于此。

㉓枉道相过：绕道拜访。

㉔自爱：老子曰：圣人自爱。

【赏读】

抚今追昔，叹逝伤往，骈体和散体错落有致，文笔有如行云流水。从这封尺牍足见曹丕的性情和才华。

曹魏定都邺下，形成历史上著名的"邺下风流"，以"三曹"为领袖，以"建安七子"为中心。建安文学的高潮，正是邺下风流的集中表现。"三曹"与当时杰出文士均有深厚的交情，吴质就是其中之一。

曹丕写给吴质的这封信，笼罩着一层淡淡的忧伤，但他对南皮之游的回忆和对现实游乐场景的描写，比起其父的《短歌行》，情调要轻松愉悦得多。

在曹丕笔下，建安文士的风度是优雅而狂放的。南皮之游，他们琴书逍遥，斗艺博弈，清谈驰骋，诗酒风流。在经历乱世之后的相对稳定中，建安文人对生命意义的认识，似乎外化为及时行乐的狂欢。"白日既匿，继以朗月"，这与《古诗十九首》"昼短苦夜长，何不秉烛游"的想法何其相似！然而曹丕的感伤更为深刻：在南皮华宴上，他于欢乐中忽觉兴尽悲来，怆然伤怀，如今才不过几年工夫，当年同游者竟然有的天各一方，有的生死两隔，这怎不令人惊觉人生是多么短暂，欢乐是多么难以把握！

"节同时异，物是人非"，及时行乐的感慨，思念朋友的衷情，其底蕴是对生命的珍惜。

与钟大理①书 曹 丕

丕白：良玉比德君子②，珪璋见美诗人③。晋之垂棘，鲁之玙璠，宋之结绿，楚之和璞④，价越万金，贵重都城。有称畴昔⑤，流声将来。是以垂棘出晋，虞虢双禽⑥；和璧入秦，相如抗节⑦。窃见玉书称美玉，白如截肪，黑譬纯漆，赤拟鸡冠，黄侔蒸栗⑧，侧闻斯语，未睹厥⑨状。虽德非君子，义无诗人，高山景行⑩，私所仰慕。然四宝邈焉已远，秦汉未闻有良比⑪也。求之旷年，不遇厥真，私愿不果，饥渴未副⑫。

近日南阳宗惠叔⑬称君侯昔有美玦，闻之惊喜，笑与抃⑭会。当自白书，恐传言未审，是以令舍弟子建⑮，因荀仲茂⑯，时从容喻鄙旨。乃不忽遗⑰，厚见周称⑱，邺骑既到，宝玦初至，捧匣跪发，五内震骇。绳穷匣开，烂然⑲满目。猥以蒙鄙之姿⑳，得睹希世之宝，不烦一介之使，不损连城之价，既有秦昭章台之观㉑，而无蔺生诡夺之诳。嘉贶㉒益腆㉓，敢不钦承。谨奉赋一篇，以赞扬丽质。丕白。

《文选》

【注释】

①钟大理：即钟繇（yáo），字符常，颍川长社（今河南长葛）人。三国时期曹魏著名书法家、政治家。

②良玉比德君子：李善注引《礼记》："孔子曰：'君子比德

于玉。'"

③珪璋见美诗人：《诗·大雅·卷阿》："颙颙卬卬，如圭如璋，令闻令望。"作者借古人赞美美玉的句子表达自己对美玉的向往之情。

④垂棘、玛璠、结绿、和璞：均为美玉名。

⑤畴昔：往昔。

⑥"是以"二句：事见《左传·僖公五年》。晋大夫荀息将屈产名马、垂棘、美玉献给虞公，请求借道于虞以伐虢，虞公应允。晋灭虢后，虢公奔虞，晋遂以此为借口攻灭虞国。晋一举拿下两个国家，是为双擒。禽，通"擒"。

⑦"和璧"二句：事见《史记·廉颇蔺相如列传》，赵惠文王得和氏璧，秦昭王假意以十五城与和氏璧交换。蔺相如奉命与昭王于章台相见，交换过程中，见昭王无意交出城池，蔺相如假说此璧有瑕，拿回宝玉。《孝经援神契》曰：抗节厉义，通乎至德。

⑧"白如"四句：这是王逸《正部论》中的佚文。《艺文类聚》卷八十三云："王逸《正部论》曰：或问玉符，曰赤如鸡冠，黄如蒸栗，白如猪肪，黑如纯漆，玉之符也。"指美玉的色泽，白色如切开的脂肪，黑色如纯粹的漆，红色堪比鸡冠，黄色等同蒸熟的栗子。

⑨厥：其，他的（她的）。

⑩高山景行：极言仰慕之意。源于《诗·小雅·车舝》："高山仰止，景行行止。"

⑪良比：良好而可匹敌的。

⑫副：相称。此句谓饥渴之心未得到满足。

⑬南阳宗惠叔：应是曹丕同宗的叔叔曹惠，事迹不详。南阳，河南南阳，中国历史文化名城之一。

⑭抃（biàn）：鼓掌；拍手表示欢欣。

⑮子建:即曹植,字子建,是曹丕之弟。
⑯荀仲茂:荀宏,字仲茂,为太子文学。
⑰忽遗:忘忽,遗忘。
⑱周称:(钟繇)周到的言说。
⑲烂然:光明耀眼的样子。
⑳猥以蒙鄙之姿:以愚蒙低下的资质。这里是作者自谦。
㉑秦昭章台之观:秦昭王章台观和氏璧的眼福。
㉒贶(kuàng):赐给,赐予。
㉓益腆(tiǎn):丰厚。

【赏读】

　　此信通过对美玉的鉴赏,表现了中国古代玉文化之一斑。作者先旁征博引,列举了古代关于美玉的种种名称和与玉有关的历史典故,以及对美玉的精彩描绘,而后才道出欲得一见钟氏所藏美玉的想法。这并非一般的铺垫,而是我国玉文化内涵丰富的表现。其中最有趣的是孔子的"比德"说,他以玉来比喻君子之德,其喻义多达于仁、义、礼、智、信、乐、忠、天、地、德、道等数种(见宋代卫湜《礼记集说》),可以归结为洁身自好,情操高尚,成为玉文化人格追求的核心。另一方面,"君子不夺人之所好",即令以曹丕的地位之尊贵,也只能委婉地请求人家让自己一睹美玉之风采。之后,还要态度谦和地道谢,并"谨奉赋一篇,以赞扬丽质"。这足见玉文化不仅丰富,而且令玩玉者首先高尚其德,具有君子风度,正如《诗经》所言,"言念君子,温其如玉"。

与侍郎曹长思①书 应 璩②

璩白:足下去后,甚相思想。叔田有无人之歌③,阛阓有匪存之思④,风人⑤之作,岂虚也哉!

王肃⑥以宿德⑦显授,何曾⑧以后进见拔,皆鹰扬虎视⑨,有万里之望。薄援助者,不能追参于高妙,复敛翼于故枝,块然⑩独处,有离群之志。汲黯⑪乐在郎署,何武⑫耻为宰相,千载揆⑬之,知其有由也。

德非陈平⑭,门无结驷之迹;学非扬雄⑮,堂无好事之客。才劣仲舒⑯,无下帷之思;家贫孟公⑰,无置酒之乐。悲风起于闺闼⑱,红尘蔽于几榻。幸有袁生,时步玉趾,樵苏不爨⑲,清谈而已,有似周党之过闵子⑳。

夫皮朽者毛落,川涸者鱼逝,春生者繁华,秋荣者零悴。自然之数,岂有恨哉!聊为大弟㉑陈其苦怀耳。想还在近,故不益言。璩白。

《文选》

【注释】

①曹长思:人名。事迹不详。

②应璩(qú)(190~252):字休琏,汝南南顿(今河南项城西)人。三国时文学家,"建安七子"中的应玚之弟。博学好文,善于书记。文帝、明帝时,历官散骑常侍。曹爽专政时,曾作诗讽刺其有违法度的行为,切中时要。

③"叔田"句：《诗经·郑风·叔于田》："叔于田，巷无居人。岂无居人，不如叔也，洵美且仁。"作者在这里将曹长思比作诗经《叔于田》中的英武猎人。他一出门，里巷空旷不见人，不是真的没人，而是没人能与他比。

④"闉闍（yīn dū）"句：《诗经·郑风·出其东门》："出其闉闍，有女如荼。虽则如荼，匪我思且。"意谓作者漫步在美女如云的城门边，却没有欣赏之心，因为这些都不是他所思念的人。

⑤风人：代指诗人。

⑥王肃：字子雍，三国魏儒家学者，著名经学家。

⑦宿德：一贯的高尚品德。

⑧何曾：原名瑞谏，又名谏，字颖考，承袭了父亲的爵位，魏明帝时改封平原侯，做散骑侍郎。

⑨鹰扬虎视：像鹰那样飞翔，如虎一般雄视。形容十分威武。

⑩块然：孤独貌。

⑪汲黯：西汉初年名臣。出身名门，七世为卿大夫。

⑫何武：字君公，西汉蜀郡郫县（今四川郫县）人，兄弟五人，皆为郡吏，郡县敬惮之。

⑬揆（kuí）：衡量。

⑭陈平：西汉阳武（今河南原阳）人。家乃负郭穷巷，以敝席为门，然门外多有长者车辙。后成为西汉王朝的开国功臣。

⑮扬雄：字子云，西汉官吏、学者。家贫嗜酒，人稀至其门，时有好事者，载酒问奇字。

⑯仲舒：董仲舒，西汉一位与时俱进的思想家、儒学家。汉景帝时为博士，曾下帷讲习，三年不窥园。

⑰孟公：西汉陈遵之字。嗜酒，略涉传记，擅书法，喜文辞，与人尺牍，主人皆喜收藏并以为荣。

⑱闺闼：指家门、家庭。

⑲樵苏：柴草。爨（cuàn）：烧火做饭。
⑳周党之过闵子：周党，字伯况；闵子，闵贡，字仲叔。二人相遇，食菽饮水，无菜茹也。
㉑大弟：谓长思。应璩年长，故称长思为弟。

【赏读】

　　友情，在人的一生中不可或缺，而交友之道，亦颇见其人性情。

　　应璩在信中倾吐了有知己而足以慰平生的感慨，以及官场中以权利相交者多，以道义相交者少，自己既无人援引，又不屑钻营攀附，所以倍感孤独压抑的苦闷。但这并不能使他屈从于权贵，而是一面孤傲地"块然独处，有离群之志"，一面与袁生这样的雅士杯水清谈，不涉势利。

　　作者崇尚的友道，是君子之交淡如水，只求意趣相投而不论势位。世风纵然浇薄不淳，有袁生可以对谈，有曹长思可以"陈其苦怀"，这就是人生的大幸了，其余又何足论？的确，如果结交虽多，尽是势利之徒，要诉心里话时，却陡生四顾茫然之感，那才是真正的落寞呢！

　　应璩的交友取向，表现了魏晋名士特立独行的风度。文章虽然用典繁多，但贴切自然，是早期骈体文中的佳作。

与吴季重①书　曹　植②

植白：季重足下。前日虽因常调③，得为密坐④。虽燕饮⑤弥⑥日，其于别远会稀，犹不尽其劳积也。若夫觞酌凌波于前，箫笳发音于后，足下鹰扬其体⑦，凤叹虎视，谓萧曹⑧不足俦⑨，卫霍⑩不足侔⑪也。左顾右盼，谓若无人，岂非吾子壮志哉！过屠门而大嚼，虽不得肉，贵且快意。当斯之时，愿举泰山以为肉，倾东海以为酒，伐云梦⑫之竹以为笛，斩泗⑬滨之梓以为筝；食若填巨壑，饮若灌漏卮。其乐固难量，岂非大丈夫之乐哉！然日不我与，曜灵急节⑭，面有逸景⑮之速，别有参商⑯之阔。思欲抑六龙之首，顿羲和之辔⑰，折若木之华，闭蒙汜⑱之谷。天路高邈，良久无缘，怀恋反侧，如何如何？

得所来讯，文采委曲，晔若春荣，浏若清风，申咏反复，旷若复面。其诸贤所著文章，想还所治，复申咏之也。可令熹事小吏⑲，讽而诵之。夫文章之难，非独今也，古之君子，犹亦病诸！家有千里，骥而不珍焉，人怀盈尺，和氏无贵矣⑳！夫君子而知音乐，古之达论谓通而蔽。墨翟不好伎，何为过朝歌而回车乎㉑？足下好伎，值墨翟回车之县，想足下助我张目也。

又闻足下在彼，自有佳政。夫求而不得者有之矣，未有不求而自得者也。且改辙易行，非良、乐㉒之御；易民而治，非楚、郑之政㉓，愿足下勉之而已矣。适对嘉宾，口授不悉，往来数相闻。曹植白。

《文选》

【注释】

①吴季重：即吴质，字季重。三国时文学家，曹魏大臣。以文才受知于曹丕、曹植兄弟。

②曹植（192~232）：字子建，沛国谯（今安徽亳州）人。三国时诗人。他是曹操第三子，曹丕之弟。少时因文才深受曹操宠爱，后因任性而行、饮酒无度失宠。曹丕称帝后，屡遭猜忌迫害，无法施展自己的才能，郁郁死于壮年。现存诗约八十首，辞赋、散文四十多篇。以五言诗为主，代表着建安时期诗歌创作的成就。辞赋、散文以《洛神赋》、《迁都赋》、《与杨德祖书》、《与吴季重书》等称名于世。

③常调：经常调动。

④密坐：常客，座上客。

⑤燕饮：聚在一起饮酒吃饭。燕，通"宴"。

⑥弥：遍，满。

⑦鹰扬其体：威武的样子。

⑧萧曹：指萧何、曹参。二人均为汉开国功臣，位至丞相。

⑨俦：相比。

⑩卫霍：指卫青、霍去病。二人均为汉武帝时名将。

⑪侔（móu）：齐等；相当。

⑫云梦：古泽薮名。春秋战国皆属楚国地。泛指江汉平原及东、西、北三面一部分丘陵，郢都以南的江南地。

⑬泗：泗水，在山东省东部。

⑭曜灵：太阳。急节：走得太快。

⑮逸景：消逝的光阴；逾迈的日影。景通"影"。

⑯参（shēn）商：两颗星名。它们此现彼没，两不相见，因以喻人分离不得相见。

⑰六龙、羲和：传说中驾驭日车的兽和神。

⑱蒙汜：古称日落之处。

⑲憙（xǐ）事小吏：好事、喜欢多事的小官。

⑳人怀盈尺，和氏无贵矣：人怀中抱着盈尺长的美玉，就把和氏璧看得不值钱了。

㉑"墨翟"二句：典出《淮南子》："曾子至孝，不过'胜母'里；墨子非乐，不入'朝歌'。"

㉒良、乐：指王良、伯乐。二人均古之善相马者。

㉓楚、郑之政：典出《史记》："循吏楚有孙叔敖，郑有子产，而二国俱治，是不易之民也。"

【赏读】

吴质文采，"晔若春荣，浏若清风"。这不是曹植的奉承之语，其人深得曹氏兄弟的欣赏，并非偶然。相偕同游，相隔思念，从曹氏兄弟的信中，可见他们交情的深厚。

曹植在这里以想象之词，描绘了一幅壮兴逸飞、豪气干云的画面：清波流觞畅饮，箫笳之声入云。主人眉飞色舞，气度胜过古代谋士、名将。左顾右盼之间，豪情壮志压倒满席宾客——此尚不足以称奇，更"举泰山以为肉，倾东海以为酒，伐云梦之竹以为笛，斩泗滨之梓以为筝"。大约只有庄子笔下任公子钓鱼的画面，才可与曹植的这一壮美想象媲美。庄子写过一个寓言：任公子用大钩和黑色大绳、五十头牛作鱼饵，蹲在会稽山上，投竿于东海之中钓鱼："已而大鱼食之，牵巨钩陷没而下，骛扬而奋鬐，白波若山，海水震荡，声侔鬼神，惮赫千里。"下笔气势磅礴，描写酣畅淋漓，既是作者才气的流露，也是心胸的表现。

此信对快乐的描写也颇有意趣："乐"有种种，但"大丈夫之乐"，乐在狂放不羁，此所谓"乐固难量"，犹须及时。魏晋名士"鹰扬其体，凤叹虎视"的风度，在曹植潇洒的笔墨中活现于纸上。

也只有"任性而行,不自雕励,饮酒不节"(陈寿《三国志》)的曹植,才能作这样的想象之词。与其说这是对吴质的想象,不如说是作者自我性情的流露。

与管宁① 桓 范②

凿坏③而处，养德显仁。尧舜在上，许由④在下。箕山之志⑤，于是复显。严平郑真⑥，未足论比。清声远播，顽鄙⑦慕仰。思请见于蓬庐之侧，承训诲于道德之门。厥涂无由⑧，托思晨风⑨。

《艺文类聚》

【注释】

①管宁：字幼安，北海郡朱虚（今山东临朐）人。不慕虚荣，有传为佳话的"割席断交"、"锄园得金"的故事。

②桓范（？~249）：字符则，沛国龙亢（今安徽怀远）人。曹魏忠臣，正始间为曹爽谋划，被称为"智囊"。有文才，著有《世要论》十二卷，又称《桓范新书》。

③凿坏（pī）：亦作"凿坯"，谓隐居不仕。

④许由：字武仲，阳城槐里人（今登封箕山槐里村），是尧舜时代的贤人。尧帝知其贤德，欲禅让君位于他，许由坚辞不就，洗耳颍水，隐居山林，死后葬在箕山之巅，尧帝封其为"箕山公神，配食五岳，后世祀之"。

⑤箕（jī）山之志：借尧舜与许由的故事，以称誉不愿在乱世做官的人。

⑥严平郑真：人名，事迹均不详。

⑦顽鄙：浅陋卑下的人，此为作者自谦。

⑧厥涂无由：不知道如何开路，此指没有介绍人。厥，掘；涂，

通"途"。

⑨托思晨风：托思，寄托思念；晨风，鸟名，即鹯鸟，属于鹞鹰一类的猛禽。《诗·秦风·晨风》："鴥彼晨风，郁彼北林。未见君子，忧心钦钦。"借鹯鸟迅疾地飞进北边茂密的树林，一去不返，隐喻对意中人的相思。晋陆机《拟〈行行重行行〉》诗："王鲔怀河岫，晨风思北林。"北周庾信《三月三日华林园马射赋》："红阳飞鹊，紫燕晨风。"

【赏读】

称赞名士管宁的高尚品德，表达对他的思慕之情和入其门庭的心愿，是桓范在尺幅之间表达的丰富内涵。

古代士大夫极重道德情操，在魏晋这个政治动乱、政权频繁更迭的时代，天下名士却各有所趋。他们或因刚烈而捐命，或周旋于现实，或逃避到乡野，或投靠当政者，各以不同的方式，表现了自己的人生价值取向。"竹林七贤"，可说囊括了当时名士生存的种种状态。

管宁年代较前，关于其清高的品性，《世说新语·德行》记载了他广为流传的故事：一个是锄地见金而不顾，一个是与羡慕富贵的华歆割席断交。事实上，由于操守的不同，华歆后来投靠曹操而位居高官，管宁则远走辽东，以隐居而终其一生。

管宁与华歆这两位曾经的同学、好友，成了当时和后世人们评论人品高下的对照。《世说新语》将管宁的事迹归之于"德行"门，而桓范在这封信中对管宁所表示的仰慕，也充分印证了其人风标。我们今天认识这类文化现象，固然不能完全以封建时代的道德为标准，却也不能泯灭了对高尚道德的追求。生活在物质世界中的人，不可不高张精神的旗帜。

又与杨彦明①书 陆 云②

陆云白：省示累纸③，重存往会④，益以增叹。

年时可喜，何速之甚！昔年少时，见五十公⑤，去此甚远，今日冉冉已近之已。耳顺之年⑥，行复为忧叹也。柯生⑦而多悦，乐春未厌；秋风行戒⑧，已悲落叶矣。

人道多故，欢乐恒乏，遨游此世，当复几时，各尔永隔，良会每阑⑨，怀想亲爱⑩，寤寐⑪无忘！书无所悉。

《陆云集》

【注释】

①杨彦明：人名，事迹不详。

②陆云（262~303）：字士龙，吴郡吴县（今江苏苏州）人，三国时东吴大将陆逊之孙，陆机之弟。他年少时即有文采，因其文学成就而与其兄陆机并称为"二陆"。

③省示累纸：检视过去的几封信件。

④重存往会：昔日聚会的情景又浮现在眼前。

⑤五十公：五十岁的老人。

⑥耳顺之年：六十岁。《论语·为政》："六十而耳顺。"

⑦柯生：枝条发芽，代表春天生机勃勃。

⑧戒：警戒。

⑨阑：通"拦"，阻隔。

⑩亲爱：亲密、喜爱的亲人或朋友。

⑪寤寐：日夜。寤，醒时。寐，睡时。

【赏读】

"年时可喜,何速之甚!"这是诗人陆云对人生的感叹,也是对生命的体悟。检点老友旧日的书信,猛省华年易逝。不仅年少时以为相距甚远的五十岁正冉冉而至,而且六十岁也即将来到眼前。木叶春发而秋落,草木如此,人何以堪?人情没有不"喜柔条于芳春,悲落叶于劲秋"(《文赋》)的,并非为草木而悲,实悲人生易老啊!回顾往日,只觉得人生多坎坷,欢乐实在难求,来日不是方长,而是不可把握。抚今忆昔,令人顿生惆怅之情。那么,最该珍惜的是什么呢?"怀想亲爱",是作者回顾漫漫人生时作出的选择。因此致书友人,也就很自然了。

魏晋名士,少有全者。陆云出身高贵,自幼以"才思"著称,东吴亡后与其兄陆机退隐故里十年。晋代出仕,因为屡次直言而惹怒上司。后来其兄陆机兵败,兄弟俩一同被杀害,其时陆云年仅四十二岁。可见,此信所言五十之年"今日冉冉已近之已",是深感人生忧患而发,至于"耳顺之年,行复为忧叹",实际上已不可能。"遨游此世,当复几时",倒确实是他生当乱世对未来的预见!

在似水流年的满腹惆怅之中,此信下笔凝重而简练,风格流畅而清丽,表达了乱世人生的诗意追求。

与谢万①书 王羲之②

古之辞世③者或被发佯狂④,或污身秽迹⑤,可谓艰矣。今仆坐而获逸⑥,遂其宿心⑦,其为庆幸,岂非天赐!违天不祥。

顷东游还,修植桑果,今盛敷荣⑧,率诸子,抱弱孙,游观其间。有一味之甘,割而分之,以娱目前。虽植德⑨无殊邈,犹欲教养子孙以敦厚退让。或以轻薄,庶令举策数马⑩,仿佛万石⑪之风。君谓此何如?

比⑫当与安石⑬东游山海,并行田⑭视地利,颐养闲暇。衣食之余,欲与亲知时共欢宴。虽不能兴言高咏,衔杯引满,语田里所行⑮,故以为抚掌之资,其为得意,可胜言邪!常依陆贾、班嗣、杨王孙⑯之处世,甚欲希风⑰数子,老夫志愿尽于此也。

《晋书·王羲之传》

【注释】

①谢万:字万石,谢安的弟弟。又称中郎。祖籍陈郡阳夏(今河南太康)。

②王羲之(303~361或321~379):字逸少,琅玡临沂(今山东临沂)人,后居会稽山阴(今浙江绍兴)。东晋书法家、文学家,有"书圣"之称。官至右将军、会稽内史,人称"王右军"、"王会稽"。后与太原王述不和,称病去职,归隐会稽,自适而终。所作《兰亭集序》抒发志趣,文笔雅致,为后世传颂之名篇。明人辑有《王右军集》。

③辞世：此指出世，隐居。

④被发佯狂：散发装疯。这里指春秋伍子胥。被，通"披"。

⑤污身秽迹：弄脏自己的形象和行迹。这里指曹魏时代的嵇康等人。

⑥获逸：隐遁。

⑦宿心：本来的心意，向来的心愿。

⑧敷荣：花朵开放。

⑨植德：树立德行。

⑩举策数马：石奋之子石庆为汉武帝驾马，被问及车前有几匹马，他还要一一挨着数才敢说六匹，说明了他的恭谨和面对的残酷现实。

⑪万石：即石奋，西汉大臣。字天威，号万石君，行事恭谨无比。归老家居后无论是对自己，还是对子孙，都严格要求。"战战兢兢，如临深渊，如履薄冰"，谨慎小心是他性格的主要特征。事见《史记·万石张叔列传》。

⑫比：近日。

⑬安石：即谢安，字安石，东晋政治家。出自名门，聪慧而豁达，善行书。孝武帝时位至宰相，曾指挥淝水之战。

⑭行田：巡视田产。

⑮语田里所行：谈论田间里巷之事。

⑯陆贾、班嗣、杨王孙：均为汉代主张以黄老之术治国的人。

⑰希风：企盼的风采。

【赏读】

魏晋名士崇尚个性，追求特立独行。所以他们的为官之道是合则留，不合则去，归隐之风因而盛行一时。

这位被后世称为"书圣"的高才，亦有名士的率性自然。他不仅张扬真性情，也喜好优游山水，饮酒赋诗，挥毫作书。永和九年（353），王羲之和一群名士在兰亭雅集，曲水流觞，把酒吟诗，之后汇诗成《兰亭集》，并作、书《兰亭集序》。王羲之追求潇洒风流的生活，曾为之而感叹："我卒当以乐死！"永和十一年（355），王羲之因与扬州刺史、太原人王述不合而称病去官，从此隐居会稽，以自适而终其身。这封书信，就是他辞官之后，与东土诸名士遍游山水归来，向朋友表白辞官得遂夙愿，甚为庆幸这一心迹的。

　　王羲之以愉快的心情、轻松的笔调，描绘了一幅偕同儿孙田园栽种，花繁果盛之时游乐其间，分食鲜美之物的情景。其"颐养闲暇"，唯愿与亲朋知己共欢宴、举美酒，谈田间里巷之事，教儿孙以"敦厚退让"的隐居期待，表露了追求自由自在的志愿。有所为有所不为，不过是随心从志而已。追求自适，未见得就是消极的人生态度。王羲之的儿子们谨遵其教，不求闻达，但兄弟七人中有五人以书法知名于世，王献之更与其父合称"二王"。治学治艺，需要志存高远、淡泊宁静，才能有所成就，王氏一门之所为，也是人生价值的一种体现。

杂帖四则 王羲之

杂帖一

瞻近①无缘省告②,但有悲叹。足下小大③悉平安也。云卿当来居此,喜迟④不可言。想必果言⑤,告有期耳⑥。亦度⑦卿当不居京。此既僻,又节气佳,是以欣卿来也。此信旨还,具示问。

杂帖二

雨寒,卿各佳不⑧,诸患无赖⑨,力书⑩,不一一。羲之问。

杂帖三

甲夜⑪,羲之顿首⑫:向遂大醉,乃不忆与足下别时,至家乃解。寻忆乖离,其为叹恨,言何能喻?聚散人理之常,亦复何云?唯愿足下保爱为上,以俟后期。故旨遣此信,期取足下过江问。临纸情塞,王羲之顿首。

杂帖四

期小女四岁,暴疾不救,哀愍⑬痛心,奈何奈何!吾衰老,情之所寄,为在此等。奄失⑭此女,痛之缠心,不能已已!可复如何!临纸情酸。

《全晋文》

【注释】

①瞻近:看来近期。

②省告:会面,见面。

③小大：一家老小。

④迟（zhì）：等待，期待。

⑤果言：实现所说的话。

⑥告有期耳："有期告耳"的倒文，日子确定后告之。

⑦度：估计。

⑧各佳不：都好吗。不，通"否"。

⑨无赖：同"无奈"，无可奈何。

⑩力书：勉力写成此信。

⑪甲夜：初更时分。

⑫顿首：磕头，叩头下拜。常用于书信中的敬辞。

⑬哀愍（mǐn）：怜惜，同情。

⑭奄失：忽然失去。

【赏读】

王羲之一生极重情义，随着年龄的增长愈发如此。《晋书·王羲之传》载，他中年以来伤于哀乐，与亲友离别后，数日内都会觉得痛苦。从这几个书帖可见一斑。

第一帖意味深长。如果说离别的痛苦，尚可用后会有期来安慰，那么"无缘省告"的远方友人，就只能使人"悲叹"了。"想必果言，告有期耳。"这其实是深深体味到"会面安可知"（《古诗十九首·行行重行行》）那种人生的缥缈，所以才有此嘱。

第二帖尤见书帖语短情长的特点，更为精彩。羲之虽然苦于自身的诸多忧患，写一封信实在不容易，却还是常常牵挂着朋友，不时"力书"嘘寒问暖。王羲之书帖的文风都如此平易率真，不故作惊人之语，而是自然地挥洒人之常情。

第三帖描述离别后回想分离的情景，抒发难以名状的痛苦。既然明知有聚就有散是人间的常情常理，那就一切都不用再说，只希望朋友保重，以待后会。"忆乖离，其为叹恨，言何能喻？聚散人理之常，亦复何云？"看似平平淡淡的几句话，蕴含了对朋友深厚的情谊和深刻的人生感悟。"临纸情塞"的情景，犹如清晰的画面，令我们和作者一同感慨。

  对朋友可以道人生的种种情怀，所以第四帖倾诉丧女之恸。在伟丈夫笔下，怜子情怀的表现更能打动人心。"痛之缠心"、"临纸情酸"，读之犹如面晤其人。一个人衰老之际的痛苦遭遇，就这样毫无修饰地宣泄纸上，令人深感人之常情，古今同慨。

相过帖 王献之①

相过②终无服日,凄切在心,未尝暂掇③。一日临坐,目想胜风④,但有感恸,当复如何?常谓人之相得,古今洞尽⑤,此处殆无恨于怀,但痛神理与此而穷耳。尽此感深,殆无置处⑥,常恨。况相遇之难,而乖⑦其所同。省告⑧,不觉潸流⑨。既已往矣,亦复何言?献之。

《全晋文》

【注释】

①王献之(344~386):字子敬,祖籍山东临沂,生于会稽(今浙江绍兴),王羲之第七子。东晋书法家、诗人,官至中书令,人称王大令。与其父并称为"二王"。

②相过:拜访之后。

③暂掇:暂时解脱。

④胜风:超群的风度。

⑤洞尽:看透。

⑥置处:安排处。

⑦乖:分离。

⑧省告:略去不说。

⑨潸(chǎn)流:泪水纵横。

【赏读】

王献之是王羲之诸子中书法成就最高的一个,与其父并称"二王",父子俩对待朋友的情谊也是一样深挚。王献之的法帖存世不多,《相过帖》在书法史上久负盛名,但其文学价值,似乎并不为人注意。

这个书帖把离别的心理感受描绘得委婉真实,令人动容。知心朋友别后不知何日能够重见,凄切的情绪挥之不去,难以解脱,闭目想见其超群出众的风神,愈觉感怀深切。这样的情感体验可能人人皆曾有之,却未见得能够用文字表达出来。此帖平实而深切地抒发了相聚之时和离别之后两种完全不同的心境,体味到朋友相遇难而分离多,令人思之泪下,枉自感叹。

字字读来,语语精深。如果我们品其文而观其书法,领略款款深情兼俊爽之风,那就更加令人沉醉了。

与支遁①书 谢安②

思君日积,计辰③倾迟。知欲还剡④自治⑤,甚以怅然。人生如寄耳,顷风流得意之事,殆为都尽。终日戚戚,触事惆怅。唯迟⑥君来,以晤言⑦消之,一日当千载耳。此多山县⑧闲静,差可养疾,事不异剡,而医药不同。必思此缘,副⑨其积想也。

《全晋文》

【注释】

①支遁:字道林,世称支公,也称林公。东晋高僧、佛学家、文学家。

②谢安(320~385):字安石,号东山,世称谢太傅、谢安石、谢相、谢公。祖籍陈郡阳夏(今河南太康)。东晋政治家、军事家。出自名门,聪慧而豁达,善行书。

③计辰:时时刻刻计算时间。

④剡(shàn):水名,即剡溪。在浙江省曹娥江上游。

⑤自治:自己照顾自己。

⑥迟(zhì):等待,期待。

⑦晤言:会面交谈。

⑧此多山县:指会稽东山。

⑨副:符合,满足。

【赏读】

东晋谢安,是魏晋士族谢氏三百年来声名最显赫者。他年幼时即为名相王导所欣赏,成年后更以名士风度而声闻天下。出仕前他曾盘桓东山,流连会稽,与王羲之、许询、支遁等纵情山水,结下了深厚的友谊。所以,当他听说支遁要去剡溪养病,立即投书邀请好友前来相会。

  思念真挚,情调惆怅,文辞清简,固然是这封信的优点,但其说辞中渗透的人生感悟,更是这封信打动人心的缘由。"人生如寄耳,顷风流得意之事,殆为都尽。"面对时间和空间的无限,仰观天地之悠悠,为年华转瞬即逝而惆怅,风流得意之事如过眼云烟,因此感叹人生的短暂,从而萌生珍惜光阴、及时享受人生的思想。于是,邀请朋友前来"晤言","一日当千载",共同消醉人生的忧愁。收到这样一封充满真诚期待的书信,应无不欣然赴约之理。

与子俨等疏　陶渊明①

告俨、俟、份、佚、佟②：天地赋命③，生必有死，自古贤圣，谁独能免？子夏④有言曰："死生有命，富贵在天。"四友⑤之人，亲受音旨⑥，发斯谈者，将非⑦穷达不可妄求，寿夭永无外请故耶？

吾年过五十，少而穷苦，每以家弊，东西游走。性刚才拙，与物多忤⑧。自量为己，必贻俗患。黾勉辞世⑨，使汝等幼而饥寒。余尝感孺仲贤妻之言⑩，败絮自拥，何惭儿子。此既一事矣。但恨邻靡二仲⑪，室无莱妇⑫，抱兹苦心，良独内愧。

少学琴书，偶爱闲静，开卷有得，便欣然忘食。见树木交荫，时鸟变声，亦复欢然有喜。常言：五六月中，北窗下卧，遇凉风暂至，自谓是羲皇上人⑬。意浅识罕，谓斯言可保；日月遂往，机巧好疏⑭。缅求⑮在昔，眇然如何。

疾患以来，渐就衰损，亲旧不遗，每以药石见救，自恐大分⑯将有限也。汝辈稚小家贫，每役柴水之劳，何时可免？念之在心，若何可言。然汝等虽不同生⑰，当思四海皆兄弟之义。鲍叔、管仲，分财无猜⑱；归生、伍举，班荆道旧⑲。遂能以败为成⑳，因丧立功㉑。他人尚尔，况同父之人哉。颍川韩元长㉒，汉末名士，身处卿佐，八十而终，兄弟同居，至于没齿㉓。济北氾稚春㉔，晋时操行人也，七世同财，家人无怨色。《诗》曰："高山仰止，景行行止。"虽不能尔，至心尚之。汝其慎哉！吾复何言。

《陶渊明集》

【注释】

①陶渊明（约365～427）：一名潜，字元亮，号五柳先生，浔阳柴桑（今江西九江）人。东晋文学家。早年曾做过几年小官，因性爱自由，不屈己从俗，辞官回家，从此隐居，再未复出做官。田园生活是陶渊明作品的主要题材，代表作品有《饮酒》、《归园田居》、《桃花源记》、《归去来兮辞》等。诗文的一贯风格为平淡自然，韵味隽永。有《陶渊明集》。

②俨、俟、份、佚、佟：人名，五人皆为陶渊明的儿子。

③赋命：创造生命。

④子夏：孔子的学生，姓卜名商。

⑤四友：孔门弟子颜回、子贡、子路、子张四人。

⑥亲受音旨：亲自受教（孔子的）语言意旨。

⑦将非：岂非。

⑧忤：逆，不顺从。

⑨黾（mǐn）勉：努力，奋勉。辞世：此指隐居。

⑩孺仲贤妻之言：东汉王霸，字孺仲，不慕荣利，避世隐居。他的朋友令狐子伯做了楚相，有次派儿子给王霸送信。王霸见其子衣着华丽，举止大方，而自己的儿子却蓬头垢面，觉得非常惭愧。他的妻子说：你立志不做官，躬耕自养，儿子自然也要耕田，耕田的人怎能像做官的人那样讲排场？你如何忘了自己当初的志向而为儿子惭愧起来了呢？

⑪二仲：西汉求仲、羊仲。兖州刺史蒋翊辞官回乡隐居，在院中辟三径，只与这两人来往。

⑫莱妇：老莱子的妻子，曾坚阻老莱子接受官位。

⑬羲皇上人：没有多少欲求的上古之人。

⑭机巧好疏：机缘巧遇容易失去。

⑮缅求：远求。缅，遥远的样子。

⑯大分：寿命。

⑰不同生：不是一母所生。

⑱"鲍叔、管仲"二句：鲍叔、管仲两人皆是春秋时齐国大夫。曾一道经商，管仲家贫，分财时总要多拿些，然鲍叔并不认为他贪婪。

⑲"归生、伍举"二句：归生、伍举皆春秋时人，二人相友善，后伍举因罪避难逃到晋国，归生作为楚使者使晋，途遇伍举，两人即铺荆坐地共食，互谈往事。

⑳以败为成：齐襄公死后，公子小白和公子纠争夺君位，鲍叔事公子小白，管仲事公子纠。纠败，管仲成了俘虏。经鲍叔推荐，管仲被赦，并任执政大夫，辅佐桓公成就大业。

㉑因丧立功：伍举随公子围出使郑国，未出境，听说楚王生病，公子围立即返回杀楚王而代之。伍举到郑国后，在外交辞令中称"共王之子围为长"，为公子围继承君位制造舆论，因而立功。

㉒韩元长：汉末名士，曾跟从陈寔学习。

㉓没齿：没世，去世。

㉔氾稚春：晋代德行很好的人，他们一家七代住在一起而不分家财，全家都没有怨言。

【赏读】

陶渊明一生崇尚自然，以安贫乐道、君子固穷的精神，诠释了自然的四重意义：归园田以追求环境的自然，弃礼节以追求生活的自然，离官场以追求人格的自然，齐生死以追求生命的自然。他崇尚自然的思想也贯穿于对其子的教导中。这封书信可谓言志兼训诫，在检讨自己的生平行为中，流露出对儿子们的歉疚之情，以及希望得到谅解之意。正是在这些真诚而平等的表白中，在人之常情的呈现中，我们感知了陶渊明作为一个父亲，在坚守自己人生理想的同时因为不能带给妻儿荣华富贵而产生的自责和痛苦，从而更加深刻地理解了陶渊明坚持其人格操守的不易，以及当时文士与时代环境的尖锐冲突。

然而，虽然满纸是对家庭对儿子的自责愧疚，我们还是能够感受到陶渊明面对世俗的倔傲不屈。"败絮自拥，何惭儿子。"虽"内愧"于妻儿，却无悔于此生，两者难以兼顾，所以才希望孩子们谅解这份苦心。再者，孩子们究竟应当走什么样的人生道路，陶渊明并不想利用为父亲的地位，而把自己追求琴书闲静、规避世俗的生活方式强加给孩子，因此只是提出建议："当思四海皆兄弟之义"，并要孩子们崇仰高尚的品德。

此信在行文和语气间，完全没有中国传统父亲的端严架子和迫人气势，只有推心置腹、视子为友的倾谈。文如其人。这样的风格，在历代同类文章中罕见。

答赵景真①书 嵇 蕃②

登山远望,睹崤嵤③以成愤;策杖广泽,瞻长波以增悲。游眄④春圃,情有秋林之悴⑤;濯足夏流,心怀冬冰之惨。对荣宴而不乐,临清觞而无欢。今足下琬琰之朴未剖⑥,而求光时之价,骐骥⑦之足未摅⑧,而希绝景之功⑨,心锐而动浅,望速而应迟,故有企伫⑩之怀尔。夫处静不闷,古人所贵;穷而不滥,君子之美:故颜生⑪居陋,不改其乐;孔父困陈,弦歌不废。幸吾子思弘远理⑫,舍道自荣⑬。将与足下交伯成⑭于穷野,结箕山⑮乎蓬屋,侣范生⑯于海滨,俦⑰黄绮⑱于商岳,凭轻云以绝驰,游旷荡以自足。虽不齐足下之所乐,亦吾心之所愿也。

《全晋文》

【注释】

①赵景真:即赵至,字景真,后改名浚,字允元,代郡人,寓居洛阳。与嵇康兄子嵇蕃交往较多。曾受嵇康的称赞。所作《与嵇蕃书》见称于世。

②嵇蕃:生卒年不详,字茂齐,谯郡铚县(今安徽濉溪)人。西晋散文家。

③崤嵤(xiāo kuò):山高耸,谷深空。

④眄(miǎn):观看。

⑤悴:枯萎;憔悴。

⑥琬琰之朴未剖:未琢的美玉。琬琰,琬圭、琰圭。

⑦骐骥：骏马。
⑧摅（shū）：舒展。
⑨绝景（yǐng）之功：极致的大功。
⑩企伫：踮起脚来等待，表示急切盼望。
⑪颜生：颜回。
⑫思弘远理：思想宏远，追求至理。
⑬舍道自荣：舍汲汲功名之道，加强自身修养。
⑭伯成：即伯成子高，唐尧时人。相传尧治天下，立他为诸侯，他认为"德自此衰，刑自此立，后世之乱自此始矣"，就隐居耕种去了。见《庄子·天地》。
⑮箕山：许由隐居的地方。此处指像许由一样去做隐士。
⑯范生：范蠡，春秋楚国宛（今河南南阳）人。帮助勾践兴越国，灭吴国，功成名就之后激流勇退，化名姓为鸱夷子皮，与西施西出姑苏，泛一叶扁舟于五湖之中，遨游于七十二峰之间。其间三次经商成巨富，三散家财，自号陶朱公，乃我国儒商之鼻祖。世人誉之："忠以为国，智以保身，商以致富，成名天下。"
⑰侪：辈，同类。
⑱黄绮：汉初商山四皓中之夏黄公、绮里季的合称。晋陶潜《饮酒》诗之六："咄咄俗中愚，且当从黄绮。"明万寿祺《入沛宫》诗："我亦远随黄绮去，东山重唱《采芝歌》。"

【赏读】

赵景真太康中以良吏赴洛，作《与嵇蕃书》（又名《与嵇茂齐书》），抒发了自己背井离乡、壮志难酬的抑郁和悲伤。嵇蕃以此书作答，语气委婉，情怀旷达。

因为赵景真来信婉讽嵇蕃流连光景、俯仰吟啸，"自以为得志"，所以嵇蕃回应说，其实触景生情，也难免"成愤"、"增悲"。

身处大好的阳春，会看到生命的枯萎；濯足夏日的清流，会感到冬季的严寒；面对盛宴美酒，却丝毫不觉生活的欢愉。但人生在世，能否换一种心境去看同一种事物，只在于对人生的认识和把握。他劝慰赵景真：理想远大而行动无法达到，渴望成功而机遇尚未来临的时候，人就难免心浮气躁，但只要胸怀虚静，则烦恼不生于心，只要意志坚定，则穷途也能够自持。希望你高怀远虑，积极追求人生的真谛，不汲汲于功名富贵，而是注重加强自身修养，所谓"凭轻云以绝驰，游旷荡以自足"，又何尝不是人生一种可取的境界？虽然现实困顿无奈，但他选择以一种达观积极的态度来面对，故而对赵景真说："虽不齐足下之所乐，亦吾心之所愿也。"

  嵇蕃这番劝慰之语并非完全言不由衷或虚伪矫情，而是当时名士处境之无奈和人生态度的表白。虽然他写这封信有其特定的历史语境，但我们今天何尝不可取其宁静致远、旷达自足之意，而效其"处静不闷"、"穷而不滥"的君子风度呢？

答沈麟士①书 沈 约②

独往③之业，虽闻前载，高尘逸轨，罕或共时。未尝不拊帙④兴怀，望古遐瞩⑤。尊贤拔俗，遥然沉冥⑥，自远幽贞之操，义高篆策⑦。虽蒋诩⑧不窥城市，郑真⑨名动京师，何远之有。名山既乡内所丰，清川又坐卧可对，不出户庭，而与禽尚齐美哉！约少不自涯⑩，早爱虫鸟，逐食推迁⑪，未谐夙愿。冀幽期可托，克全素履⑫，与尊贤弋钓⑬泉皋，以慰闲暮，则生平之心，于此遂矣。

《艺文类聚》

【注释】

①沈麟士：字云祯，人称"织帘先生"。南朝齐教育家。中书郎沈约曾表荐麟士，但朝廷多次征召他都拒绝了。

②沈约（441~513）：字休文，吴兴武康（今浙江德清）人，南朝史学家、文学家。历仕宋、齐、梁三朝。与谢朓共创"永明体"，力主避免"四声八病"，对律诗的形成和发展有一定贡献。著有《晋书》、《宋书》、《齐纪》、《高祖纪》等，并撰《四声谱》。作品除《宋书》外，多已亡佚。明人辑有《沈隐侯集》。

③独往：指做隐士。

④帙：书、画的封套，用布帛制成。这里借代指书。

⑤遐瞩：远眺，远望。

⑥沉冥：玄默沉静的样子。

⑦篆策：书简，簿册。

⑧蒋诩：字符卿，东汉兖州刺史，以廉直著称，因不满王莽专权而辞官隐退故里，闭门不出。在家门前开辟三条小路，唯与高逸之士求仲、羊仲往来。后来用"三径"指隐士的家园。

⑨郑真：魏晋时人们称道的隐士，以躬耕致誉。

⑩不自涯：缺乏自我管束。涯，限制，管束。

⑪逐食推迁：指为生活消磨了理想。推迁，推移变迁。陶渊明《荣木》诗序："日月推迁，已复有夏，总角闻道，白首无成。"

⑫素履：白色的鞋。语出《易·履》，用以比喻质朴无华、清白自守的处世态度。

⑬弋钓：即捕猎打鱼。

【赏读】

六朝盛行隐逸之风，当时名士即令不能实际归隐，也要在诗文中抒发高蹈远举之情，这既是当时流行的时尚，也是一些名士内心真实的向往。何况有的人因隐居而名动京师，真是"何远之有"！但这个沈麟士是真隐士，他拒绝了朝廷的挽留和多次征召，一心在山中教书育人，即令是沈约的面子，他也完全不看，照样写下了《与沈约书辞表荐》，开篇就直言"名者实之宾"，表明自己坚决不出山的态度。身居高位的沈约不但不恼，反而写了这封回信，赞美沈麟士的"独径"高致，并表达了自己早有夙愿而未能实行，唯愿有朝一日相偕流连名山、逍遥林泉的愿望。名士相交的这种风度令人倾慕，他们闲雅淡定，不慕虚荣，追求诗意人生的境界，更是令人敬佩。

送橘启 刘　峻①

南中②橙甘，青鸟③所食。始霜之旦④，采之风味照座⑤，劈之香雾噀⑥人。皮薄而味珍，脉不粘肤，食不留滓。甘逾萍实⑦，冷亚冰壶⑧。可以熏神⑨，可以莦⑩鲜，可以渍蜜。毡乡⑪之果，宁有此邪？

《六朝文絜笺注》

【注释】

①刘峻（462～521）：字孝标，本名法武，平原（今属山东）人。以注释《世说新语》而闻名，其文章亦擅美当时，是南朝梁代学者兼文学家。

②南中：历史上的南中指今云南、贵州和四川西南部，指橘产于南方。

③青鸟：传说中的神鸟。

④始霜之旦：开始下霜的早晨。即橘的采摘季节。

⑤风味照座：美好的色彩和口味使满堂生辉。

⑥噀（xùn）：喷射。

⑦萍实：苹果。

⑧冰壶：盛冰的玉壶。形容橘味甘甜清冽。

⑨熏神：发出香味以提神。熏，同"薰"。

⑩莦（mào）：拳，择。

⑪毡乡：泛指西北一带。鲍照《步瓜山揭文》曰："北眺毡乡，南晒炎国。"

【赏读】

　　送人美食，与之分甘，还要送上一篇美文，这对得主来说，真可谓双重享受，对赠者呢，想必也同样如此。这就是玩味了。否则，得美食而不知其妙，岂不枉费了赠者的美意，糟蹋了天赐的尤物？中国地大物博，同一物种，其状貌、滋味南北有别，正所谓"橘逾淮而为枳"啊。所以要知道其出处才能懂得其美妙。

　　这篇书启写南中甘橘，用笔简练清朗，描写细致生动，不仅形象如在目前，而且滋味恍在舌间，又有"青鸟所食"这一诱人的想象，受之者品其文而食其橘，那是一种怎样美妙的享受啊，想一想都令人艳羡！

与顾章①书 吴 均②

仆去月谢病③,还觅薜萝④。梅溪⑤之西,有石门山者。森壁⑥争霞,孤峰限日,幽岫⑦含云,深溪蓄翠。蝉吟鹤唳,水响猿啼,英英⑧相杂,绵绵成韵。既素重幽居,遂葺宇⑨其上。幸富菊花,偏饶竹实,山谷所资⑩,于斯已办⑪。仁智所乐⑫,岂徒语哉!

《六朝文絜笺注》

【注释】

①顾章:人名,事迹不详。

②吴均(469~520):字叔庠,吴兴故鄣(今浙江安吉)人,南朝梁文学家。官奉朝请。其文以小品书札见称,工于写景,文字秀丽,表现热爱山水的生活情趣,时人称为"吴均体"。著有《齐春秋》三十卷、《庙记》十卷、《十二州记》十六卷等。

③去月:上月。谢病:托病辞官隐退。

④薜萝:指薜荔和女萝。《楚辞·九歌·山鬼》:"若有人兮山之阿,被薜荔兮带女萝。"引申为做隐士。

⑤梅溪:山名,在今浙江安吉境内。

⑥森壁:陡崖、峭壁。

⑦岫(xiù):山谷。

⑧英英:同"嘤嘤",指悠闲和谐的声音。

⑨葺宇:指盖茅草房。葺,用茅草覆盖房屋。

⑩山谷所资:山谷中需要的东西。

⑪办：具备。
⑫仁智所乐：出自《论语·雍也》："知者乐水，仁者乐山；知者动，仁者静；知者乐，仁者寿。"

【赏读】

山水情怀，自古为文人雅士所乐于称述。吴均素喜山水之乐，也长于摄取其幽趣，堪称仁者亦堪称智者。这是他在因事免官闲居故乡时对山水之乐的描绘。

吴均笔下的山川风物之美，不在雄奇而在清幽，他喜欢孤峰蔽日、云蒸霞蔚的自然景观，也喜欢"蝉吟鹤唳，水响猿啼"的天籁之声。自然界种种和谐的声韵，源于观物者内心的宁静，也只有"素重幽居"者才能够享受。

其实仁者智者，全在于人本心对贪欲的规避，全在于人懂不懂"舍得"。以为山水可以让"鸢飞戾天者，望峰息心；经纶世务者，窥谷忘反"（《与朱元思书》），只是出于高洁之士本心的美好想象。不能割舍尘俗的繁华和势利，焉能真正享受与山川日月为伴，以菊花丛竹为友的超然乐趣？这篇短简归结于孔子的"知者乐水，仁者乐山"说，留在纸上的，是一派高迈之气。

与萧临川①书 萧 纲②

零雨送秋,轻寒迎节。江枫晓落,林叶初黄。登舟已积,殊足劳止。解维金阙③,定在何日?

八区内侍,厌直御史之庐;九棘外府,且息官曹之务④。应分竹南川,剖符千里⑤,但黑水初旋,未申十千之饮,桂宫既启,复乖双阙之宴⑥。文雅纵横,即事分阻。清夜西园,眇然未克⑦。

想征舻而结叹,望横席而沾襟⑧。若使弘农⑨书疏⑩,脱还邺下⑪;河南口占⑫,傥归乡里;必迟青泥之封⑬,且觏⑭朱明之诗⑮。白云在天,苍波无极。瞻之歧路,眷慨良深。爱护波潮⑯,敬勖⑰光彩。

《六朝文絜笺注》

【注释】

①萧临川:即萧子云,字景乔,兰陵(今江苏常州)人,南朝史学家、文学家。萧纲的同族兄弟。萧子显、萧子云并为临川内史,此书应写与子云。

②萧纲(503~551):字世缵。兰陵(今江苏常州)人。梁武帝第三子。由于长兄萧统早死,他在中大通三年(531)被立为太子。太清三年(549)即位,即南朝梁简文帝。梁代文学家,著作有《昭明太子传》、《老子义》。

③解维金阙:从京城解缆出发。金阙:天子所居,代指京都。

④"八区"四句：意谓萧子云离开京师，正可免去侍奉朝廷的繁杂事情，到外地做官，可得清静安逸。八区，泛指官院。内侍，在宫廷侍奉，供使唤。御史，官名，为国君亲近之职，掌文书及记事。九棘，古代群臣外朝之位，树九棘为标志，以区分等级职位。

⑤分竹、剖符：君臣之间的凭信。这里指君臣分离。

⑥"但黑水"四句：意谓作者回到京都，朋友已经离去，不能再在一起痛饮欢宴了。黑水，这里代指雍州。十千之饮，本曹植"归来宴平乐，美酒斗十千"，表达凯旋之乐。桂宫，这里指皇宫。双阙之宴，宫廷宴会。

⑦清夜西园，眇然未克：指文人雅士的宴游之乐已经久未进行了。曹丕《芙蓉池作》云："乘辇夜行游，逍遥步西园。"曹植《公宴》云："清夜游西园，飞盖相追随。"王粲《杂诗》云："吉日简清时，从君出西园。"都对西园的宴游津津乐道。西园宴游作为文人雅事，也为后世文人艳羡不已。

⑧征舻、横席：代指远行。

⑨弘农：指杨修，曹植留守邺时，与弘农杨修多有书信往来。

⑩书疏：书信稀少。

⑪邺下：古代地名，在今河北省临漳县西南，汉献帝建安时，曹操据守邺城，招揽文士。

⑫河南口占：像汉朝时河南太守陈遵那样，招书吏十人于前，口授书信。这里指希望萧子云不要忘记京师故人。

⑬青泥之封：书信。

⑭觏（gòu）：见到。

⑮朱明之诗：指一首迎夏乐歌。朱明，夏季的别称。《尸子》："夏为朱明。"

⑯爱护波潮：在一路波涛中保重。

⑰勖（xù）：勉励。

【赏读】

  萧子云是萧纲的同族兄弟，同时又是挚友。昭明太子萧统死后，萧纲继太子位。在他赶回京城的途中，闻知萧子云也将要启程离京赴外任，因为唯恐两下里错过，无缘当面送别，萧纲写下了这封书信。由于送别并非当面，所以信中说："解维金阙，定在何日？""想征舻而结叹，望横席而沾襟。"友人就要离去，却不能把酒送别，不禁满腹惆怅，进而挂怀其行踪。种种复杂的情绪，开篇就在既萧瑟又明丽的晚秋风物中，流布于字里行间。原本期待着相聚的欢乐，不料却有可能各自东西，这无奈和遗憾，也只有化成离别后期待音书的叮咛。设想挚友将要烟波千里，长途跋涉，只能勉励远行人一路平安。这一唱三叹的抒情，十分动人心弦。

  此信巧妙地利用了两个角度来抒情写景：一个是时空，即自己身在旅途，而设想别人即将踏上旅途，所以多为虚拟之笔。另一个是情景，即秋色零落的凄清，与离别情怀的伤感两相交织，内涵丰富。前者胜过当面握别的实写，后者达成内外呼应的和谐，更兼文笔清丽，感情深挚，真是把骈体文的优美精致发挥到了极点，不愧为骈文盛行时代的精品。

与阳休之①书 祖鸿勋②

阳生大弟：吾比以家贫亲老，时还故郡。在本县之西界，有雕山焉。其处闲远，水石清丽，高岩四匝③，良田数顷。家先有野舍于斯，而遭乱荒废，今复经始。即石成基，凭林起栋。萝生映宇，泉流绕阶。月松、风草，缘庭绮合④；日华、云实⑤，旁沼星罗⑥。檐下流烟，共霄气而舒卷；园中桃李，杂松柏而葱蒨。时一牵裳涉涧，负杖登峰，心悠悠以孤上，身飘飘而将逝。杳然不复自知在天地间矣。

若此者久之，乃还所住。孤坐危石，抚琴对水；独咏山阿，举酒望月。听风声以兴思，闻鹤唳以动怀。企庄生⑦之逍遥，慕尚子⑧之清旷。首戴萌蒲⑨，身衣缊被⑩。出艺⑪粱稻，归奉兹亲。缓步当车，无事为贵，斯已适矣，岂必抚尘⑫哉！

而吾子既系名声之缰锁，就良工之剖厥⑬。振佩紫台之上，鼓袖丹墀之下⑭，采金匮之漏简，访玉山之遗文⑮，敞精神于丘坟⑯，尽心力于河汉⑰，摘藻⑱期之馨绣⑲，发议必在芬芳，兹自美耳，吾无取焉。尝试论之：夫昆峰积玉，光泽者前毁；瑶山丛桂，芳茂者先折。是以东都有挂冕之臣⑳，南国见捐情之士㉑。斯岂恶粱锦、好蔬布哉，盖欲保其七尺，终其百年耳。

今弟官位既达，声华已远。象由齿毙㉒，膏用明煎㉓。既览老氏谷神之谈㉔，应体留侯㉕止足之逸㉖。若能翻然清尚，解佩捐簪，则吾于兹山庄，可办一得。把臂入林，挂巾垂枝；携酒登巘，舒席平山。道素志，论旧款，访丹法，语玄书。斯亦乐矣，何必富贵乎？去矣阳子！途乖趣别。缅㉗寻此旨，杳若天汉。已矣哉！书不尽言。

《六朝文絜笺注》

【注释】

①阳休之：字子烈。北魏前军将军阳固之子。

②祖鸿勋（？～约551）：涿郡范阳（今属河北）人，北齐散文家，为官清廉。

③高岩四匝：高山四面围绕。

④缘庭绮合：沿着亭台，装饰得恰到好处。绮，纹绘。

⑤日华：耀眼的太阳光华。云实：一种豆科植物，有止咳、祛痰与平喘作用。树皮暗红色，密生倒钩刺。谢朓诗曰："日华川上动，风光草际浮。"

⑥旁沼星罗：旁边星星点点地布满了池塘。沼，池塘。

⑦庄生：庄子。

⑧尚子：隐士尚子平。

⑨萌蒲：斗笠，用竹萌之皮做成。

⑩缊袯：袭衣。

⑪艺：种植。

⑫抚麈：麈是一种似鹿的动物，其尾可作拂尘。魏晋人清谈时常执此种拂尘，后以挥麈、抚麈作为清谈的代称。

⑬剞劂（jī jué）：刻镂的刀具，引申为被雕琢。

⑭紫台、丹墀：皇宫殿台，代指官场。

⑮"采金匮"二句：指为朝廷作文学侍臣。金匮、玉山皆皇宫的藏书处。

⑯丘坟：上古有所谓三坟五典、八索九丘之书，此指古代典籍。
⑰河汉：王充《论衡》云，汉作书者多以司马迁、扬雄为河汉，其余为泾渭。此指子史之书。
⑱摛（chī）藻：铺陈辞藻。
⑲鞶（pán）绣：佩戴花绣。此指繁缛华丽的辞章。
⑳挂冕之臣：指西汉末年逢萌解冠挂东都城门而归。挂冕，辞官。
㉑捐情之士：指屈原自沉汨罗江而死。
㉒象由齿毙：大象因为象牙的珍贵招致杀身之祸。
㉓膏用明煎：油脂因其用以照明而被燃烧。
㉔老氏谷神之谈：老子长生不老之论。
㉕留侯：张良，辅佐刘邦建立汉朝，封留侯。
㉖止足之逸：辞官归隐。
㉗缅：遥远。

【赏读】

　　身居高位，声名远扬，美食可口，华服润身，这样的功名富贵，是很多人追求的生活目标。本来这无可厚非，但是，假若物质享受要以独立人格和自由精神为代价的话，这里头就有一个取舍问题。此信即奉劝已被"系名声之缰锁"的朋友，要体会"止足之逸"，辞去官职，和自己共享淡泊宁静之境。

　　儒家追求至大至刚的人格，所以在物质追求与人格追求之间，舍前者而取后者，孔子因此而称赞颜渊有"君子固穷"之论。而老庄视功名富贵如敝屣，追求精神无限自由的出世哲学，同样以其傲岸的人格，影响了我们民族高尚人生观的形成。诚如这封信所说，"斯岂恶粱锦、好蔬布哉，盖欲保其七尺，终其百年耳"。

　　没有哪一个人会生而厌恶美食华服，喜欢布衣蔬食，但为了七尺之躯能够挺立于天地之间，宁愿与清风明月、山水流云为伴，以布衣蔬食、桃李粱稻为乐，出则耕耘于田园之中，归则享受天伦之乐。安步当车，恬淡平静，逃出名缰利锁，回归自然状态，"斯亦乐矣，何必富贵乎？"作者描绘的这幅遁世逍遥图，表现了老庄的出世思想和"无事为贵"的生活哲学，在我们今天看来或许欠缺几分积极奋进的精神。但是，且不说在历史上的混乱时世，士人的洁身自好总有其合理性，就是在当下激烈的人生竞争中，也可以启示我们：积极进取是必须的，暂时放弃也是可以的；物质利益是人生合理的追求，但精神自由是更高的人生境界。事实上，作者在辞官归乡后又出仕为高阳太守，为官清正，得到时人的称颂。

有所作为和任情自然，其实是人性追求的两面，不仅纠结于古代，也同样让今人摇摆于两极之间。

与周弘让①书 王 褒②

嗣宗穷途③,杨朱歧路④。征蓬⑤长逝,流水不归。舒惨殊方⑥,炎凉异节。木皮春厚,桂树冬荣。想摄卫⑦惟宜,动静多豫。贤兄入关,敬承款曲。犹依杜陵⑧之水,尚保池阳⑨之田,铲迹幽蹊,销声穷谷。何其愉乐,幸甚幸甚!

弟昔因多疾,亟⑩览九仙之方;晚涉世途,常怀五岳之举⑪。同夫关令,物色异人;譬彼客卿,服膺高士。上经说道⑫,屡听玄牝⑬之谈;中药养神,每禀丹砂之说。年事遒尽⑭,容发衰谢,芸其黄矣,零落无时,还念生涯,繁忧总集。视阴惕日,犹赵孟之徂年⑮;负杖行吟,同刘琨之积惨⑯。河阳北临,空思巩县⑰;霸陵南望,还见长安⑱。所冀书生之魂,来依旧壤;射声之鬼⑲,无恨他乡。

白云在天,长离别矣!会见之期,邈无日矣!援笔揽纸,龙钟⑳横集。

《六朝文絜笺注》

【注释】

①周弘让:汝南安城(今河南汝南)人,出生官宦之家,性简素,博学多通。

②王褒(约513~576):字子渊,琅邪临沂(今山东临沂)人,南北朝文学家,梁元帝时任吏部尚书、左仆射。西魏入侵江陵后,随梁元帝降西魏。入北周后,因明帝好文学受较高礼遇,与庾信齐名。

③嗣宗穷途：嗣宗，即阮籍。事见《晋书·阮籍传》：阮籍因不满司马氏政权，常率意独驾，不由径路，车迹所穷，辄恸哭而返。此言末路之难，形容陷入无路可走的境地。

④杨朱歧路：杨朱，先秦哲学家，反对儒墨，主张"贵生"、"重己"，重视个人生命的保存。事见《列子·说符》：杨朱来到十字路口，一时不能决定走哪条路，由此联想起人生的歧路，就悲悲戚戚哭了起来。

⑤征蓬：比喻远行的人。

⑥舒惨殊方：舒服和难过，是完全不同的原因造成的。

⑦摄卫：保养身体。

⑧杜陵：西汉后期宣帝刘询的陵墓，位于陕西省西安市南郊的杜陵原上。

⑨池阳：汉之池阳县，今陕西省泾阳县和三原县的部分地区。

⑩亟（jí）：急切。

⑪五岳之举：此指求仙访道的举动。"五岳"一词来源于中国的五行思想与对山岳、山神的崇拜，传说盘古死后，头和四肢化为五岳。

⑫上经说道：指上古经典阐述《道德经》。

⑬玄牝（pìn）：道家指孳生万物的本源，比喻道。《老子·六章》："玄牝之门，是谓天地之根。"

⑭逎尽：迫近于尽头，终了。

⑮"视阴"二句：事见《左传·昭公元年》："赵孟视阴曰：'朝夕不相及，谁能待五？'后子出而告人曰：'赵孟将死矣。主民，玩岁而愒日，其与几何？'"愒（kài）日，虚度岁月。徂年，流年，光阴。

⑯"负杖"二句：事见刘琨《答卢谌书》："国破家亡，亲友凋残。负杖行吟，则百忧俱至；块然独坐，则哀愤两集。时复相与，

举觞对膝,破涕为笑。排终身之积惨,求数刻之暂欢。"刘琨,西晋文学家、将领,出身士族。早年好老庄,后天下大变,他在北方辗转抗敌,屡败而无悔。诗与左思齐名。

⑰"河阳"二句:指游子对家乡亲人的思念。事见潘岳《西征赋》:"眷巩洛而掩涕,思缠绵于坟茔。"李善注:"河南郡图经曰:潘岳父冢,巩县西南三十五里。"河阳,即潘岳,他曾任河阳县令,后多以"河阳"指称其人。

⑱"霸陵"二句:指身羁异姓,思归不得。事见王粲《七哀诗》:"南登霸陵岸,回首望长安。"

⑲射声之鬼:班超久使西域,十分思念家乡,终于返回洛阳后,却很快病重而亡。射声,班超从西域返回洛阳后拜为射声校尉。

⑳龙钟:指流泪的样子。

【赏读】

故国乡关之思,是人类最深沉的感情之一。南北朝时期的民族分裂,造成了我国南北对峙的局面,也造就了以庾信《哀江南赋》为代表的由南入北文士怀思故国乡关的哀惋之作。王褒作于晚年的《与周弘让书》,也是其中的名篇。

王褒原籍山东,生长于江南,其祖父、父亲都是梁朝高官,他本人则为王室姻亲。西魏攻陷江陵后,王褒被俘北迁,再未回到故国。尽管他在北朝的地位很高,但寄人篱下之悲如影随形。他这封信浸透了人世沧桑之感,这种沉痛来自对江南故地的强烈思念和归之不得的万般无奈。正如其诗所说:"心悲异方乐,肠断陇头歌。"(《渡河北》)自古道叶落归根,树犹如此,人何以堪!

此信最动人处,是作者对旧友倾诉在他年迈体衰时对故国乡关愈发强烈的思念:"年事遒尽,容发衰谢,芸其黄矣,零落无时,还念生涯,繁忧总集。"读着这样的文字,我们犹如看到这位饱经沧桑、满头飞霜的老人南向伫立、涕泪纵横的形象,感受他一心思归而永生无望的无奈和悲伤。"所冀书生之魂,来依旧壤;射声之鬼,无恨他乡。"纵使故国沦亡,有家难回,魂魄也要回到故土。这是多么深厚的家国情怀啊。读到这里,只觉哀惋之情无以复加,无怪乎作者要涕泪纵横了。

答刺史杜之松①书 王 绩②

月日。博士陈夔③至,奉处分借《家礼》,并帙④封送至,请领也。又承欲相招讲《礼》,闻命惊笑,不能已已。岂明公前春,或徒与下走⑤相知不熟也。下走意疏体放,抑有由焉,兼弃俗遗名,为日久矣。渊明对酒,非复礼义能拘;叔夜携琴,唯以烟霞自适。登山临水,邈矣忘归;谈虚语玄,忽焉终夜。僻居南渚⑥,时来北山⑦,兄弟以俗外⑧相期,乡间以狂生见待。歌《去来》之作⑨,不觉情亲;咏《招隐》之诗⑩,唯忧句尽。帷天席地,友月交风,新年则柏叶为樽,仲秋则菊花盈把。罗含⑪宅内,自有幽兰数丛;孙绰⑫庭前,空对长松一树。高吟朗啸,挈榼⑬携壶,直与同志⑭者为群,不知老之将至。欲令复整理簪履⑮,修束精神,揖让邦君⑯之门,低昂⑰刺史之坐。远谈糟粕,近弃醇醪⑱,必不能矣。亦将恐刍狗⑲贻梦,社栎⑳见嘲,去矣君侯,无落吾事㉑。王君白。

《王无功集》

【注释】

①杜之松:仕隋,为起居舍人,唐贞观年间为河中刺史。曾请王绩讲《礼》,被王绩拒绝。

②王绩(约589~644):字无功,号东皋子,绛州龙门(今山西稷山)人。隋唐间诗人。性简傲,嗜酒,其诗近而不浅,质而不俗,真率疏放,有旷怀高致,直追魏晋高风。

③陈龛：人名，事迹不详。

④帙：包书的布套，这里作动词，包上书套。

⑤下走：走卒，供奔走役使的人。这里是作者自谦。

⑥南渚：作者隐居之处。

⑦北山：作者之兄讲学之地。

⑧俗外：超出世俗之外。

⑨《去来》之作：指陶渊明的作品《归去来兮辞》，这是东晋著名诗人陶渊明的一篇骈赋，表达在理想消失殆尽之际，作者厌弃仕途，隐遁山林，在自然中寻找精神慰藉的思想。

⑩《招隐》之诗：西晋太康诗人左思的诗，共两首，描写隐士的生活及居住环境，表达了诗人不与世俗同流合污的决心。

⑪罗含：东晋名士，博学能文，不慕荣利。年老退休还家，院中突然兰菊丛生，人们认为是他德高感化的结果。

⑫孙绰：西晋诗人。《晋书》载：所居斋前，种一株松，恒自守护。

⑬榼（kē）：古代盛酒或贮水的器具，这里指酒壶。

⑭同志：志趣相同者。

⑮整理簪履：插簪着履，这里指与世俗交接。

⑯邦君：一邦之君，这里指刺史杜之松。

⑰低昂：沉浮，这里指随波逐流。

⑱醇醪：味厚的美酒，这里指自在的生活。

⑲刍狗：结草成狗形，供祭祀用，用完即被扔弃。

⑳社栎：神社旁的栎树，与上文"刍狗"皆喻无用之才。

㉑无落吾事：不要破坏了我所追求的事。落，废，坏。

【赏读】

初唐诗人王绩生性疏放，追求无拘无束、寄情山水田园的生活，不以俗世荣名为累。他向往陶渊明的任情任性,嵇康的自适恬淡,以"僻居"为乐,以"俗外"自许,以"狂生"自居,以"社栎"自譬,悠然自得于"帷天席地,友月交风"的隐士生涯。所以,以这封信拒绝征召也是很自然的。

幽兰长松象征其淡定自如,而高吟朗啸则是恣纵不拘的写照。自古以来,清高与狂放的双重表现,塑造了隐士形象,既是对世俗的挑战,亦是对人性的释放。王绩拒绝杜之松要他讲《礼》的邀请,且放言"闻命惊笑,不能已已",又直言绝不"揖让邦君之门,低昂刺史之坐",相当孤高狂傲,与盛唐李白的"安能摧眉折腰事权贵,使我不得开心颜"(《梦游天姥吟留别》)可谓同一境界。

山河帖 褚遂良①

　　山河阻绝,星霜变移②,伤摇落之飘零,感依依之柳塞③。烟霞桂月,独旅无归,折木叶以安心,采薇④芫而长性⑤。鱼龙起没,人何异知者⑥哉?褚遂良述。

《全唐文》

【注释】

　　①褚遂良(596~658):字登善,杭州钱塘人。唐高宗时晋封河南郡公,世称"褚河南"。著名书法家。与欧阳询、虞世南、薛稷并称为"初唐四大家"。著有文集二十卷传于世。

　　②星霜:星辰运转,一年循环一次,每年秋季降霜,因此以星霜指代年岁,表示岁月更换。

　　③柳塞:泛指边塞的军营。

　　④采薇:《诗经·采薇》写一位戍边的兵士从出征到归途的感受。其中有"杨柳依依"、"雨雪霏霏"的句子,不但把柳枝的婀娜姿态、大雪的飘舞飞扬描绘得十分生动,而且形象地揭示了征人的内心世界。

　　⑤长性:耐性。

　　⑥知者:能了解自己的人,有见识的人。

【赏读】

　　古人有感物说,即大自然的四季轮回,花开叶落,会引起人的情感变化,从而激发创作冲动。这是从陆机的《文赋》以来,古代文学理论对创作动机的一个认识。《山河帖》表达的就是由节令变迁而引发的伤感。天高地远,岁月流逝,秋天的落叶,春天的杨柳,都让人无端感怀。或怀念远隔的知己,或感叹人生的短暂,或惆怅游子他乡,或悲哀人生无奈。知音难遇,不仅人与人之间如此,人与自然的感应,又何尝不是这样?有的人对于四季变化无动于衷,有的人却在节令的变化中心弦颤动。

　　苏东坡评价褚遂良的书法"清远萧散"(《题唐六家书后》),《山河帖》的文笔风格亦与其一致。宋人黄伯思认为,《山河帖》是从庾信的《枯树赋》中抄出的一段,其实并非如此。褚遂良确实抄写过此赋,或许由此心生感慨而作《山河帖》。但如果仅仅因为其中"山河阻绝"一句和木叶飘落的意象与《枯树赋》相同,就认为《山河帖》是抄袭,显然是不恰当的。借用别人的一个句子或某个意象来生发自己的情感,与"抄出"相差甚远。在文学史上,这类例子实在不胜枚举,不应该因此而产生质疑。

答员半千①书 骆宾王②

张评事至，辱惠书及诗。把玩无厌，惩如有叙③，上言离恨，下勖交情，笃以猛风干苏之谈④，弥以骤雨湿薪之喻⑤。虽闻义则徙⑥，道存于起予；而似人失伦，事均乎玩物⑦。借如诚说，益足下之不知言；倘或剧谈⑧，岂吾人之所仰望？

夫鲲⑨之为鱼也，潜碧海，泳沧流，沉鳃于勃海之中，掉尾乎风涛之下，而濠鱼井鲋⑩，自以为可得而齐⑪焉。鹏⑫之为鸟也，刷毛羽，恣饮啄，戢翼⑬于天地之间，宛颈乎江海之畔，而双凫乘雁，自以为可得而袭焉。及其化羽垂天，抟风九万，振鳞横海，击水三千，宁肯借翰于抢榆⑭，假力于在藻，资江滨涓流之水，待堀堁扬尘之风哉？故张子房⑮之达人也，击水抟风之适焉？朱买臣⑯之屈士也，戢翼沉鳃之致焉。足下雅得古人之致，不乏先贤之适，自守庄筌，无婴⑰魏网。亦宁不知在藻抢榆之力，非击水抟风之助哉？而词旨殷勤，深所未谕；盍言尔志，岂若是乎？

夫人间百年，物理千变，名利宠辱之情立矣，爱憎毁誉之迹生焉。其有道在则尊，德成而上。幽贞为虚白之室⑱，静默为大玄⑲之门。知轩冕是傥来⑳，悟荣华非力致。苟斯道之不堕，亦何患乎无成？而欲图侥幸于权重之交，养声誉于众多之口，斯所以杨朱徘徊于岐路㉑，阮籍怵惕于穷途㉒。嗟乎！露往霜来，岁华不待；山高河广，离会无时。桂树寒花，公子去而忘返㉓；松岩春草，王孙游乎不归㉔。去矣员生，远离隔矣；音尘不嗣，情其劳矣；畏途穷谷，静躁殊矣。惠而好我，无密尔音㉕。

《骆临海集笺注》

【注释】

①员半千：本名余庆，唐代晋州临汾（今山西临汾）人。青年时代拜学者王义方为师，王义方赞赏推重他，曾经对他说："五百年出现一个贤人，您可以承受这样的话。"于是改名半千。

②骆宾王（约638~?）：字不详，婺州义乌（今浙江义乌）人。唐初诗人，与王勃、杨炯、卢照邻合称"初唐四杰"。徐敬业起兵讨伐武则天，他为秘书，起草了著名的《讨武曌檄》。

③蹔（zàn）如有叙：形容见书如同面叙。蹔，同"暂"。

④笃以猛风干苏之谈：剧烈如大风吹干柴草一般的言谈，喻躁进也。苏，柴草。

⑤弥以骤雨湿薪之喻：蔓延如大雨淋湿柴草一样的比喻。

⑥闻义则徙：听到符合道义的事就心动神往，虚心相就。子曰："德之不修，学之不讲，闻义不能徙，不善不能改，是吾忧也。"

⑦而似人失伦，事均乎玩物：比大夫当于大夫，比士当于士，不以其类，则有所亵。似，犹比也。伦，犹类也。玩物，典出《尚书·周书·旅獒》："玩人丧德，玩物丧志。"

⑧剧谈：激烈、猛烈的言论。

⑨鲲：传说中的一种大鱼。《庄子·逍遥游》说："北冥有鱼，其名为鲲。鲲之大，不知其几千里也。化而为鸟，其名为鹏。鹏之背，不知其几千里也。怒而飞，其翼若垂天之云。"喻理想远大者。

⑩濠鱼：即鲦（tiáo）鱼，又名白鲦，一种淡水中的银白色小

鱼。《庄子外篇·秋水》中记载有庄子与惠子游于濠梁的故事。井鲋：生活在井中的鲋鱼。濠鱼、井鲋，皆喻见识浅陋者。

⑪齐：齐一，看做一样的。

⑫鹏：传说中的大鸟。《庄子·逍遥游》说，有一种大鱼叫鲲，变成一种大鸟叫鹏，能飞得又高又远，能飞上九万里的高空。比喻有伟大的志向或远大的前程的人。

⑬戢（jí）翼：敛翅止飞。喻归隐或谦卑自处。

⑭借翰于抢榆：将自己的翅膀用于一个很短路程的飞翔。典见《庄子·逍遥游》："我决起而飞，抢榆枋，时则不至，而控于地而已矣。"后以"抢榆"指仅能短程飞掠的小鸟。抢，突过，撞上。榆，榆树。

⑮张子房：张良，字子房，汉高祖刘邦的谋臣，秦末汉初杰出的政治家、军事家，汉王朝的开国元勋之一。

⑯朱买臣：字翁子，汉朝会稽吴人。家贫，靠卖薪为生，行歌诵书。后来他官拜中大夫，复拜会稽太守。

⑰婴：纠缠；羁绊。

⑱虚白之室：语本《庄子·人间世》："虚室生白，吉祥止止。"谓心中纯净无欲。

⑲大玄：探析深奥玄妙的道理。

⑳傥来：意外得来。

㉑杨朱徘徊于歧路：《荀子·王霸》记载杨朱哭衢途曰："此夫过举蹞步而觉跌千里者夫。"谓在十字路口错走半步，到觉悟后就已经差之千里了，杨朱为此而哭泣。后常引作典故，用来表达对世道崎岖、担心误入歧途的感伤忧虑。

㉒阮籍怵惕于穷途：《晋书·阮籍传》："（阮籍）时率意独驾，不由径路，车迹所穷，辄恸哭而反。"后用以喻人在走投无路、处境绝望时的伤感。怵惕，戒惧，惊惧。

㉓公子去而忘返：见《九歌·山鬼》："怨公子兮怅忘归，君思我兮不得闲。"表达思慕之情。

㉔王孙游乎不归：见《楚辞·招隐士》："王孙游兮不归，春草生兮萋萋。"说的是看见萋萋芳草而怀思行游未归的人。

㉕无密尔音：不是亲近的知己，不会对你说这样的话。

【赏读】

这是一篇借谏友人而言己志之作。骆宾王以撰写《讨武曌檄》的大手笔，在这封信中向朋友阐明了一个深刻的人生哲理，表明了仕宦应有的态度：人生在世，名利宠辱、爱憎毁誉是相伴相生的，所以人要"有道"、"德成"，"知轩冕是傥来，悟荣华非力致"，如果"欲图侥幸于权重之交，养声誉于众多之口"，那就危险了。

骆宾王强调"有道在则尊，德成而上"。这里的"道"，指老庄的纯任自然、虚静自守之道。要葆"幽贞"和"静默"，待时而起，宠辱不惊。反之，如果想依靠权贵的提携以获得声望和荣誉，通过走捷径以成就功业，那不仅靠不住，而且容易招来祸患。"杨朱徘徊于岐路，阮籍怵惕于穷途"，那都是浮躁急进之所致啊！

"畏途穷谷，静躁殊矣。"一静一躁，两分殊途，成功与失败，其结果是大不一样的。骆宾王对成功之道的感悟，对我们是否也有所启示呢？

与情亲书 骆宾王

风壤一殊①,山河万里。或平生未展,或暌索②累年。存殁寂寥,吉凶阻绝。无由聚泄③,每积凄凉。近缘④之官,佐任⑤海曲⑥。便还故里,冀叙宗盟⑦,徒有所怀,未毕斯愿。不意远劳折简⑧,辱逮堙沦⑨。虽未叙言,暂如披面⑩。晚夏炎郁,并想履宜⑪。宾王疾患,无况耳。

再与情亲书

某初至乡闾,言寻旧友,耆年者⑫化为异物⑬,少壮者咸为老翁。山川不改旧时,邱陇多为陈迹。感今怀古,抚存悼亡,不觉涕之无从也。询问子侄,彼亦凋零,永言伤情,增以悲恸。虽死生之分,同尽此途,而存亡之情,岂能无恨!终期展接⑭,以申阔怀。取此月二十日栖桐成礼⑮,事过之后,始得可行。祗叙尚赊⑯,仰系何极⑰!各愿珍勖⑱,远无所诠⑲。

《骆临海集笺注》

【注释】

①风壤一殊:风土人情完全不一样。

②暌索:离散,分离。

③聚泄:相聚倾谈。

④缘：因为。

⑤佐任：指副职或任副职者。

⑥海曲：海隅，海湾。

⑦冀叙宗盟：希望与亲族团聚畅谈。

⑧折简：折叠书信。

⑨堙沦：堙没，沉沦。

⑩披面：见面。

⑪履宜：平安，书信用语。

⑫耆年者：老年人。

⑬化为异物：指人之死亡。

⑭展接：相会。

⑮栖桐成礼：栖桐，大概是作者的子侄。成礼，成结婚之礼。

⑯祇（zhī）叙尚赊：连恭敬地写信与对方述说，都是一种遥远而过高的愿望。

⑰仰系何极：能够与对方牵手就更难达到了。仰，仰望，尊重的样子。

⑱珍勖（xù）：珍重勉励。

⑲诠：详尽解释，阐明。

【赏读】

《与情亲书》充满了对故乡和亲人的思念，以及期待相聚的渴望，文笔洗练，风格澹远。在"风壤一殊，山河万里"的异乡做官，对于宦游者而言，其实情类客居，故极易生出孤独凄凉之感。所以，忽然得到亲人的书信，心中的快慰和感激不禁溢于言表。正是在"不意远劳折简"的惊喜中，骆宾王写下了这封感人至深的回信。

《再与情亲书》则向亲友表达了久居外官，返乡后惊觉山河依旧、物是人非的世事沧桑之感。信中所抒发的,全是人之常情,所以读来尤觉动人。

我们可以随着作者的笔触,试想这样一幅景象:游子归来,寻访旧友,昔日的长者已经逝去,少者则变成了老翁,询问子侄辈何在,得到的回答是已死去不少。他彷徨于乡间,"感今怀古,抚存悼亡,不觉涕之无从也。"虽然明知这样的情形人生难以避免,就是自身也要同归此途,但"存亡之情,岂能无恨!"是的,逝者已矣,生者何堪,这是人生的长恨,也是人生最大的无奈!因此,与健在者的相会令人倍觉期待,祝福各自珍重的心愿也特别深挚。七岁就作出了《鹅》这样千古传颂的诗篇,他当初描绘白鹅在绿波中嬉戏,向天高歌那充满生机的画面时,何曾想到其漫长的人生要经历"抚存悼亡"的悲哀!从童稚时代抒发对生命欢愉的感受,到年事渐长书写世事的悲凉,两相对照,我们就不难感受到作者珍惜生命和亲人的情怀了。

山中与裴迪秀才①书 王 维②

近腊月下③,景气④和畅,故山⑤殊可过。足下方温经⑥,猥⑦不敢相烦,辄便独往山中,憩感配寺⑧,与山僧饭讫而去。北涉玄灞⑨,清月映郭,夜登华子冈,辋水沦涟⑩,与月上下⑪。寒山远火,明灭林外;深巷寒犬,吠声如豹,村墟夜舂,复与疏钟相间。此时独坐,僮仆静默,多思曩昔⑫。携手赋诗,步仄径,临清流也。当待春中,草木蔓发,春山可望,轻鲦⑬出水,白鸥矫翼,露湿青皋⑭,麦陇朝雊⑮,斯之不远,倘⑯能从我游乎?非子天机清妙者,岂能以此不急之务相邀!然是中有深趣矣,无忽⑰。因⑱驮黄檗⑲人往,不一⑳。山中人王维白。

《王维集校注》

【注释】

①裴迪秀才:裴迪,唐代诗人,是盛唐著名的山水田园诗人之一。与王维过从甚密,其诗描写的也多是幽寂的景色,大抵和王维山水诗相近。秀才,唐代对参加进士考试的人的称呼,明清一般指县试入泮的生员。

②王维(701~761):字摩诘,太原祁(今山西祁县)人,其父迁居蒲州(今山西永济),遂为河东籍。开元进士,官至尚书右丞,故称王右丞。唐代著名诗人,其作品主要描绘田园山水,体物精细,状写传神,有独特成就。他也是著名的画家,苏轼称赞他"诗中有画,画中有诗"。

③近腊月下：现在正是腊月的末尾。

④景气：风景气候。

⑤故山：指王维曾居住过的蓝田山。

⑥温经：温习经书。

⑦猥：鄙俗的人。这里是作者自谦。

⑧感配寺：王维集中有关于游化感寺的诗，《旧唐书·神秀传》中说，蓝田有化感寺。感配寺可能是化感寺之误。

⑨玄灞：深黑色的灞水。

⑩沦涟：波光粼粼。

⑪与月上下：波光里的月影上下浮动。

⑫曩（nǎng）昔：往日；从前。

⑬轻鯈（tiáo）：轻快的鯈鱼。

⑭青皋：长满青草的水边。

⑮朝雊（gòu）：早晨野鸡鸣叫。雊，野鸡鸣叫。

⑯傥：假如，或许。

⑰无忽：不要忽视。

⑱因：凭借。

⑲黄檗（bò）：即黄檗宗，为佛教禅宗派别，黄檗人指僧人，意思是这封信是托僧人带去的。

⑳不一：犹不止。古人书信结尾常用的套语，不一一详述之意。

【赏读】

描绘山水清音，抒发对友人的怀念，邀他同游共赏是王维这篇散文代表作的主要内容。山居"深趣"，非心远世俗者不能领略。高山流水，知音难逢，山水清韵要知音才能领略；人与自然的对话，也要有知音倾听才有意趣。因此，美景的描绘和深情的召唤，在这里相映成趣。

月下徐行，风和景美。明月把清辉洒满天地，近看辋川波光粼粼，明月宛如在清波中浮沉。远望寒山，点点灯光在林外忽明忽灭，不时传来的一两声狗吠，更点缀了一片静谧。村落里是谁家在夜舂？悠远的舂声与疏钟此起彼落。所有的描写，无论是景是物，无论有声无声，全都透出一片静谧。有声，恰恰更加烘托了寂静，这就是艺术的辩证法。"此时独坐，僮仆静默。"只有静默，人才更能体会生命的跃动。如果说静在这里是一种恬美的感受，那么王维笔下的月夜，还充满了画面的生动感。苏东坡概括王维的艺术是"诗中有画，画中有诗"，其实又何止于诗和画？

友情，在王维的笔下也表现得那么优美。在这个美好的月夜，他不由得想到和知己携游的意趣，往昔"携手赋诗，步仄径，临清流"的画面，也就自然地浮现在眼前。于是，他发出了一个邀约：等到春山可望、春鸟好鸣的时候，朋友，请你来和我共赏吧！我可不是随便邀约的，如你这般"天机清妙"而知"深趣"的知音，哪里是那么容易寻到啊！余音袅袅，遐思悠悠，读到这里，令人不禁心向往之。

送李太白① 独孤及②

子出入燕宋③,与白云为伍,仙药满囊,道书盈箧④。送子何所,平台⑤之隅,短歌薄酒,击筑⑥相和。大丈夫各乘风波,未始有极,哀乐且不足累,况小别乎?

《历代名人尺牍分类选粹》

【注释】

①李太白:李白,字太白。

②独孤及(725~777 或 744~796):字至之,河南洛阳人。唐代散文家,与李华、萧颖士齐名,为古文运动先驱作家。

③燕宋:古国名。燕国,在今河北一带;宋国,在今河南一带。

④"与白云"三句:喻指做隐士。

⑤平台:古台名。在河南商丘。李白《梁园吟》:"天长水阔厌远涉,访古始及平台间。平台为客忧思多,对酒遂作《梁园歌》。"

⑥击筑:筑,古代一种弦乐器,似筝,以竹尺击之,声音悲壮。《史记·刺客列传》:"至易水之上,既祖,取道,高渐离击筑,荆轲和而歌,为变徵之声,士皆垂泪涕泣。"后以"击筑"指慷慨悲歌或悲歌送别。

【赏读】

伟大诗人李白,在其诗中留下了一个仗剑远游、气吞山河的行吟诗人形象。"五岳寻仙不辞远,一生好入名山游"(《庐山谣寄卢侍御舟》),这是李白的夫子自道。从其友人的这个送别短简中,我们同样真切地看到了李白飘逸潇洒的诗仙风神,可谓其远游姿态的一个印证。

这个短简最为打动人心的,是唐人豪迈的送别情怀:"送子何所,平台之隅,短歌薄酒,击筑相和。大丈夫各乘风波,未始有极,哀乐且不足累,况小别乎?"只有唐人才能有这样的胸怀,也只有大唐气度才能孕育出这样的胸怀!读到这里,令人不由得想起许多唐人的送别诗:"海内存知己,天涯若比邻。"(王勃《送杜少府之任蜀州》)"青山一道同云雨,明月何曾是两乡。"(王昌龄《送别柴侍御》)"莫愁前路无知己,天下谁人不识君。"(高适《别董大》)……

与孟东野①书 韩 愈②

与足下别久矣，以吾心之思足下，知足下悬悬③于吾也。各以事牵，不可合并④，其于人人，非足下之为见而日与之处，足下知吾心乐否也！吾言之而听者谁欤？吾唱之而和者谁欤？言无听也，唱无和也，独行而无徒⑤也，是非无所与同也，足下知吾心乐否也！

足下才高气清，行古道，处今世；无田而衣食，事亲左右无违；足下之用心勤矣，足下之处身劳且苦矣！混混与世相浊，独其心追古人而从之；足下之道其使吾悲也！

去年春，脱汴州之乱，幸不死，无所于归，遂来于此。主人与吾有故，哀其穷，居吾于符离睢上⑥。及秋将辞去，因被留以职事。默默在此，行一年矣。到今年秋，聊复辞去。江湖余乐也，与足下终幸矣！

李习之⑦娶吾亡兄之女，期在后月，朝夕当来此；张籍⑧在和州⑨居丧，家甚贫；恐足下不知，故具此白，冀足下一来相视也。自彼至此虽远，要皆舟行可至，速图之，吾之望也！春且尽，时气⑩向热，惟侍奉吉庆⑪。愈眼疾比剧⑫，甚无聊。不复一一。愈再拜。

《韩昌黎文集》

【注释】

①孟东野：即孟郊，字东野，湖州武康（今浙江德清）人。代

表作是《游子吟》。是中唐以苦吟著称的诗人,因此有"诗囚"之称。与贾岛齐名,有"郊寒岛瘦"之评。韩愈贞元十五年(799)从董晋丧出汴州,依张建封于徐,因被留以职事,此书当在十六年三月作。

②韩愈(768~824):字退之,河阳(今河南孟州)人。自谓郡望昌黎,世称韩昌黎。贞元进士,官至吏部侍郎。他与柳宗元同是古文运动的倡导者,唐宋古文"八大家"之一。其散文气势雄健,在继承先秦、两汉古文的基础上有所创新。有《昌黎先生集》。

③悬悬:挂念,担心。

④合并:犹聚会。

⑤徒:朋辈,同伴。

⑥符离睢上:符离,今安徽宿县。睢上,今河南商丘一带。

⑦李习之:即李翱,字习之。唐代思想家、文学家。他曾从韩愈学古文,协助韩愈推进古文运动。

⑧张籍:唐代诗人。字文昌。乐府诗与王建齐名,并称"张王乐府"。贞元十二年(796),孟郊至和州访张籍。十四年,张籍北游,经孟郊介绍,在汴州认识韩愈。

⑨和州:今安徽和县。

⑩时气:四季的气候。

⑪侍奉吉庆:指家中老人身体健康。

⑫比剧:更加严重。

【赏读】

中唐诗人孟郊流传最广的诗篇是《游子吟》,仅从此诗看,也知韩愈与他为友实在不虚此情。即如这封信,韩愈通过写对他的思念,表达了朋友之间最难得的知己之情。

和朋友离别的时间久了,总会有所牵挂,以己之心猜度朋友,想必朋友也会如此思念自己吧？韩愈的回答是毫不犹豫的，这就是所谓知己了。更进一步，这位散文大家对朋友倾诉道：知己难逢，日常并非无人可以相处，但又有谁如你这般了解我呢？与其他人相处，你知道我心里是乐还是苦呢？这是以退为进之语，其实回答也是肯定的。在没有你的日子里，我的话说给谁听？我的诗又有谁来唱和呢？"言无听也，唱无和也。"我简直就是独来独往啊，你想想我怎么能够快乐呢！对朋友的思念，原来是如此的具体，又是如此的真切。

在一番抒情之后，韩愈道出了他之所以视孟东野为知己的理由。他认为孟东野不仅才华出众，而且秉持古圣贤之道，情操高洁，自食其力，孝顺双亲，洁身自好，追慕古人而仿效之，这些都使他既同情又敬佩。因此，他呼唤知己来相会的热望尤为真切。至于其他，既然作者都说了"不复一一"，我们也就不必深究了。

为人求荐书 韩 愈

某闻木在山,马在肆①,遇之而不顾者虽日累千万人,未为不材②与下乘③也。及至匠石过之而不睨,伯乐遇之而不顾,然后知其非栋梁之材、超逸之足④也。以某在公之宇下非一日,而又辱居姻娅⑤之后,是生于匠石之园⑥,长于伯乐之厩者也;于是⑦而不得知,假有见知者千万人亦何足云。今幸赖天子每岁诏公卿大夫贡士,若某等比⑧咸得以荐闻,是以冒进其说以累于执事⑨,亦不自量已。

然执事其知某如何哉?昔人有鬻⑩马不售于市者,知伯乐之善相也,从而求之;伯乐一顾,价增三倍。某与其事颇相类,是故终始言之耳。某再拜。

《韩昌黎文集》

【注释】

①肆:市场。

②不材:不成材,无用。

③下乘:劣马。

④超逸之足:骏马。

⑤姻娅:亲家和连襟,泛指姻亲。

⑥匠石:古代治石的巧匠。《庄子·徐无鬼》:"郢人垩墁其鼻端,若蝇翼,使匠石斵之。匠石运斤成风,听而斫之,尽垩而鼻不伤,郢人立不失容。"后用以泛称能工巧匠或在某一领域才能突出

的人。

⑦于是：亦作"于时"。连词，表示承接。

⑧若某等比：如我一样的人。等比，同辈，同列。

⑨执事：有职守之人，旧时官员书信中用以称呼对方，表示尊敬。

⑩鬻（yù）：卖。

【赏读】

  韩愈曾在其著名的论说文《马说》中，借用伯乐和千里马的故事，表达了对掌权者不能识别人才，甚至摧残人才、埋没人才的强烈不满。在这封推荐人才的书信中，他再次使用这个典故，与《庄子》中山木因"不材"而被工匠弃之的寓言比并，强调用人者能否慧眼识人对于人才的重要意义。

  文章说，山木生长在山上、千里马在马市上出卖时，即令一日之间有千万人看过而不屑一顾，也不见得说明它们就是无用之木和劣马。只有良匠和伯乐看过而不屑一顾，那才可以断定此木不是栋梁之材，此马并非千里马。开篇的这个铺垫，足以让接受这封信的权贵警醒，下面又反复阐发，篇末以"伯乐善相"而结，可见作者用心良苦。

  一个人怀才不遇可能有种种原因，但最为可悲的是不为用人者所识。韩愈反复讲伯乐相马的故事，表现了想改变这一社会现实的迫切愿望。同时也启示我们，只要是千里马，就有希望为伯乐所赏识，所以，重要的是增长自己的才干，塑造自己的品格，等待用世的机会。机会，从来都青睐有所准备的人。

与微之①书 白居易②

四月十日夜,乐天白。微之!微之!不见足下面,已三年矣;不得足下书,欲二年矣。人生几何?离阔③如此!况以胶漆之心④,置于胡越⑤之身;进不得相合,退不能相忘,牵挛乖隔⑥,各欲白首。微之!微之!如何如何?天实为之,谓之奈何!仆初到浔阳⑦时,有熊孺登⑧来,得足下前年病甚时一札。上⑨报疾状,次叙病心,终论平生交分。且云:危惙⑩之际,不暇及他;唯收数帙文章,封题其上曰:"他日送达白二十二郎⑪,便请以代书。"悲哉!微之于我也,其若是乎?又睹所寄闻仆左降⑫诗云:"残灯无焰影幢幢⑬,此夕闻君谪九江。垂死病中惊坐起,暗风吹雨入寒窗。"此句他人尚不可闻,况仆心哉?至今每吟,犹恻恻耳!且置是事,略叙近怀。仆自到九江,已涉三载:形骸且健,方寸⑭甚安;下至家人,幸皆无恙。长兄去夏自徐州至,又有诸院⑮孤小弟妹六七人,提挈同来。昔所牵念者,今悉置在目前,得同寒暖饥饱。此一泰也。江州风候稍凉,地少瘴疠;乃至蛇虺蚊蚋,虽有甚稀。溢鱼⑯颇肥,江酒⑰极美,其余食物,多类北地。仆门内之口虽不少,司马之俸虽不多,量入俭用,亦可自给;身衣口食,且免求人。此二泰也。仆去年秋,始游庐山,到东西二林⑱间、香炉峰下,见云水泉石,胜绝第一,爱不能舍,因置草堂。前有乔松十数株,修竹千余竿,青萝为墙垣,白石为桥道,流水周于舍下,飞泉落于檐间;红榴白莲,罗生池砌，大抵若是，不能殚记。每一独往，动弥旬日。平生所好者，尽在其中。不唯忘归，可以终老。此三泰也。计足下久不得仆书，必加忧望。今故录三泰，以先奉报；其余事况，条写如后云云。

微之！微之！作此书夜，正在草堂中山窗下，信手把笔，随意乱书，封题之时，不觉欲曙。举头但见山僧一两人，或坐或睡；又闻山猿谷鸟，哀鸣啾啾。平生故人，去我万里，瞥然⑲尘念⑳，此际暂生。余习㉑所牵，便成三韵云："忆昔封书与君夜，金銮殿后欲明天。今夜封书在何处？庐山庵里晓灯前。笼鸟槛猿㉒俱未死，人间相见是何年？"微之！微之！此夕此心，君知之乎？乐天顿首。

《白居易集》

【注释】

①微之：即元稹，字微之，河南洛阳人，支持白居易倡导的"新乐府运动"。诗与白居易齐名，世称"元白"。

②白居易（772～846）：字乐天，晚号香山居士，原籍太原，后迁下邽（今陕西渭南），中唐现实主义诗人。诗文风格平易通俗。有《白氏长庆集》。

③离阔：阔别，久别。

④胶漆之心：比喻感情亲密似胶漆之不可分。

⑤胡越：胡在北，越在南，形容相距遥远。

⑥牵挛（luán）乖隔：牵制隔离。指各有拘牵，不得相见。

⑦浔阳：古县名，即今江西省九江市。

⑧熊孺登：钟陵（今江西进贤）人，为四川藩镇从事，与白居

易、刘禹锡友善,时相赠答。

⑨上:首先。

⑩危惙(chuò):病危。

⑪白二十二郎:指白居易,他在家族同辈中排行第二十二。

⑫左降:左迁,贬官。

⑬憧憧:影子摇晃的样子。

⑭方寸:指心绪、心情。

⑮诸院:同一大家族中的各支。

⑯溢鱼:溢江出产的鱼。溢,溢江,今名龙开河,经九江市西入长江。

⑰江酒:江州的酒。

⑱东西二林:指庐山的东林寺和西林寺。

⑲瞥(piē)然:忽然;迅速地。

⑳尘念:世俗的思念之情。

㉑余习:没有改掉的习惯,这里指作诗。

㉒笼鸟槛猿:笼中鸟槛中猿。比喻受拘禁没有自由的人。

【赏读】

"人生几何?离阔如此!""人间相见是何年?"这是唐代著名诗人白居易,在浔阳江边的一个夜晚,独自发出的深沉感叹。接收这个信息的对象,是其友人和同道、另一位著名诗人元稹。白居易和元稹在文学史上并称"元白",他们关怀现实民生,共同倡导了中唐新乐府运动,可见他们的友谊,是建立在志同道合的基础上。难怪失意的白居易,在浔阳江边除了"同是天涯沦落人,相逢何必曾相识"(《琵琶行》)的名句外,还写下了这篇向朋友倾诉心曲的书信。

朋友是快乐的分享者,也是苦难的分担者。元和十年(815),

白居易因上书而被贬为江州（今江西九江）司马，元稹听到这个消息后，"垂死病中惊坐起"，因朋友的不幸而感同身受。而白居易为了让元稹安心养病，在这封信中特意叙其在九江的"三泰"来安慰他。这样的友情令人倍感温暖。

　　从白居易对朋友描述的"三泰"，我们也可以领略他在逆境中从容淡定的心态，"形骸且健，方寸甚安"。在贬谪三年后，白居易这样形容自己的身心状况。其所以如此，他归结为三方面：有亲情相慰以乐天伦、能自力更生以足衣食、观云水泉石以忘得失。其实"三泰"来自对磨难的无畏，不仅无畏，而且善于在苦难中寻求快乐，正所谓临变不惊，泰然处之。没有这样的智慧，没有如此的心胸，逆境真的能把人压垮。反之，逆境则会成为人生的财富，教你如何更好地感受人生！人生不可能一帆风顺，所以，我们需要学习如何在不幸中寻找快乐，等待机遇，并最终战胜逆境。事实上，在九江"吏隐"五年后，白居易终于还京，取得了更大的成就。

谢窦相公①启　刘禹锡②

某启：某一辞朝列③，二十三年。虽转④郡符，未离谪籍。卑湿生疾，衰迟⑤鲜欢。望故国而未归，如痿人之念起⑥。昨蒙罢免，甘守邱园⑦。相公不弃旧游，特哀久废⑧。每奉华翰⑨，赐之衷言。果蒙新恩，重忝清贯⑩。荐延⑪有渐，拯拔⑫多方。六律⑬变幽谷之寒，一丸销弥年之疹。杀翮⑭将举，危心获安。布武夷途⑮，自此而始。分曹有系，拜谢无由。瞻望德藩⑯，坐驰精爽。无任⑰感激之至。谨启。

《刘禹锡集》

【注释】

①窦相公：即窦易直，字宗玄。先后为京兆尹、吏部侍郎、同中书门下平章事、凤翔节度使。

②刘禹锡（772～842）：字梦得，唐洛阳（今河南洛阳）人，文学家、哲学家。曾任监察御史，是王叔文政治改革集团的一员，因永贞革新失败被贬官外任二十三年。其诗通俗清新，《竹枝词》、《柳枝词》等富有民歌特色，为唐诗中别开生面之作。有《刘梦得文集》。

③一辞朝列：离开朝廷为官的行列，指被贬。

④转：迁调官职。

⑤衰迟：衰老迟暮。

⑥如痿（wěi）人之念起：正如痿痹的人总想起行。比喻情切。

⑦邱园：乡村家园。

⑧废：黜免、放逐的人。

⑨华翰：敬辞，称对方的书信。

⑩忝：有愧于。清贯：清贵的官职。指侍从文翰之官。

⑪荐延：荐举招致。

⑫拯拔：从困境中拯救或解脱。

⑬六律：古代乐音标准名。乐律有十二，阴阳各六，阳为律，阴为吕。六律即阳和之气。

⑭杀翮（hé）：受伤的鸟翅膀。比喻仕途失意。

⑮布武夷途：举步坦途。武，足。

⑯德藩：左思《魏都赋》："长世字旿者，以道德为藩，不以袭险为屏也。"谓以道德为守身的藩篱。亦借指守德之人。

⑰无任：不胜。

【赏读】

中唐诗人刘禹锡一生命运多舛，曾被贬谪外任长达二十三年，老病尚不得还京。自谓从此安于田园，却意外地得到吏部郎中窦易直的荐拔而还朝，所以他写下这封谢启，表达感恩之心。如果不了解文章的写作背景，我们今天读来难免觉得有阿谀奉承之嫌。但究其实，一个人在人生的道路上遭遇坎坷时，如果得到了别人的帮助从而更好、更快地走出低谷，难道我们不应当对帮助过自己的人致以谢意吗？感恩，是人类可贵的美德之一。我们感恩父母之养育，感恩夫妻之相携，感恩朋友之照应，感恩同道之协力，感恩上级之识拔……总之，懂得感恩，生活会更美好，人际关系会更和谐。这样看，阿谀奉承之词和感恩之语，是有很大区别的，关键在真诚与否。所以，感恩固然贵在行动，但也不要吝惜言谢。同时荐拔刘禹锡的还有宰相裴度，他也写了《谢裴相公启》表示感谢。

答吴秀才①谢示新文书 柳宗元②

某白:向得秀才书及文章,类前时所辱远甚,多贺多贺。秀才志为文章,又在族父③处,早夜孜孜,何畏不日日新又日新也。虽间不奉对,苟文益日新,则若亟见矣。夫观文章,宜若悬衡④然,增之铢两则俯,反是则仰,无可私者。秀才诚欲令吾俯乎?则莫若增重其文。今观秀才所增益者,不啻铢两,吾固伏膺⑤而俯矣。愈重,则吾俯滋甚,秀才其懋⑥焉!苟增而不已,则吾首懼至地耳,又何间疏之患乎?还答不悉。宗元白。

《柳宗元集》

【注释】

①吴秀才:当是武陵族子。事迹不详。

②柳宗元(773~819):字子厚,河东解(今山西运城市西南)人,世称"柳河东"。唐代著名的文学家,是"唐宋八大家"之一。又与韩愈共倡古文运动,并称"韩柳"。其文峭拔矫健,山水游记多有寄托,尤为有名。诗风清峭。有《柳河东集》。

③族父:叔父。

④悬衡:挂着的一杆秤,比喻要客观公正地看待。

⑤伏膺:伏,通"服"。谓倾心,钦慕。

⑥懋:勤勉,努力。

【赏读】

作为与韩愈齐名的散文家,柳宗元也是中唐时期的文坛领袖,故后学多有求教者。这封信谈文论艺,言简意赅,有两点值得注意。

一是文章应当追求"日日新又日新"。创新是文学的生命力之所在,化腐朽方能为神奇,脱窠白则可出上品。宋代黄庭坚诗云:"随人作计终后人,自成一家始逼真。"(《以右军书数种赠丘十四》)这里虽然说的是书法,但文章又何尝不是如此。他又说:"文章最忌随人后,道德无多只本心。"(《赠谢敞王博喻》)

二是评论文章如同"悬衡"一样无私。文学批评不能带有片面性和狭隘性,《文心雕龙·知音》说:"无私于轻重,不偏于憎爱,然后能评理若衡,照辞如镜矣。"柳宗元借用刘勰的这个比喻,进一步对"无私"进行了阐明,即"增之铢两则俯,反是则仰"。他认为只有恰如其分、不作虚美之言,才能客观公正。

寄温飞卿①葫芦笔管往复书　段成式②

桐乡③往还，见遗葫芦笔管，辄分一枚寄上。下走④困于守拙⑤，不能大用。瓠落之实，有同于惠施⑥；平原之种，本惭于屈谷⑦。然雨思茶器，愁想酒杯。嫌苦菜而不吟，持长柄而为赠。未曾安笔，却省岁书。八月断来，固是佳者。方知绿沉赤管⑧，过于浅俗。求大白麦穗，获临贺石班⑨，盖可为副也。飞卿穷素缃之业⑩，擅雄伯⑪之名，沿溯九流，订铨百氏。笔洒沥而转润，纸襞绩⑫而不供。或助操弹，且非玩好。便望审安承墨，细度覆毫，勿令仲宣⑬等闲中咏也。成式状。

《段成式诗文辑注》

【注释】

①温飞卿：即温庭筠，字飞卿，晚唐文学家。诗与李商隐齐名，并称"温李"。词与韦庄齐名，并称"温韦"。

②段成式（约803~863）：字柯古，齐州临淄（今山东淄博）人。官至太常少卿。博闻强记，能诗善文，在诗坛上与李商隐、温庭筠齐名。一生著述甚多，其《酉阳杂俎》为唐人笔记中著名作品。清人辑有《段成式集》。

③桐乡：位于浙江省北部杭嘉湖平原腹地，属于嘉兴五县市之一。

④下走：走卒，供奔走役使的人。这里是自称的谦词。

⑤守拙：封建士大夫自诩清高，不做官，清贫自守，叫守拙。陶渊明《归园田居》："开荒南野际，守拙归园田。"

⑥"瓠落"二句：事见《庄子·逍遥游》：惠子谓庄子曰："魏王贻我大瓠之种，我树之成而实五石。以盛水浆，其坚不能自举也；剖之以为瓢，则瓠落无所容。非不呺然大也，吾为其无用而掊之。"此句用"瓠落之实"代指无用。

⑦屈谷：事见《韩非子·外储说左上》："齐有居士田仲者，宋人屈谷见之，曰：'谷闻先生之义，不恃仰人而食，今谷有巨瓠，坚如石，厚而无窍，献之。'仲曰：'夫瓠所贵者，谓其可以盛也；今厚而无窍，则不可剖以盛物，而坚如石，则不可剖而以斟，吾无以瓠为也。'曰：'然，谷将弃之。'今田仲不恃人而食，亦无益人之国，亦坚瓠之类也。"后因以"屈谷巨瓠"比喻无用者。

⑧绿沉赤管：红绿漆着色制成的毛笔。晋王羲之《笔经》曰："有人以绿沉漆竹管及镂管见遗，斯亦可爱玩。"

⑨大白麦穗、临贺石班：二者都是制作笔管的材料。段成式认为，较之葫芦笔管，"绿沉赤管，过于浅俗"，而大白麦穗、临贺石班则差胜之。

⑩素缃之业：创作事业。素缃，缃素，古代书写用，借指书卷。

⑪雄伯：指河伯、河神。喻杰出的人物。

⑫襞（bì）绩：重叠；堆积。

⑬仲宣：汉末文学家王粲的字，他博学多识，文思敏捷，善诗赋，是"建安七子"之一。蔡邕将他推荐给荆州刘表，因其貌不扬且性情傲慢不被任用，与朋友借醉意写诗作赋，抒发心中苦闷。

【赏读】

　　表达友情可以有各种各样的方式，让朋友分享自己的爱物，是最常见的一种。哪怕是一花一叶，也能成为友情的信使。三国时期吴国的陆凯在江南折梅寄赠远在西北的朋友范晔，就成为千古流传的佳话。试想，得到远方朋友的礼物，心头该感到多么温暖！所以中国有一句俗话：千里送鹅毛，礼轻人意重。

段成式赠给温庭筠的礼物是一枚葫芦笔管，它不仅寄托了对友人的思念，更有意思的是，作者借题发挥，搬弄典故，感叹了一番自己不能为世"大用"，进而赞扬了温庭筠的文学成就。此文使用典故虽繁，但紧扣受笔者的写作高才和书卷、纸、笔来作文章，显得贴切而自然。

上河东公①启 李商隐②

商隐启：两日前于张评事③处伏睹手笔，兼评事传指意，于乐籍中赐一人以备纫补④。某悼伤⑤以来，光阴未几。梧桐半死⑥，方有述哀⑦；灵光独存，且兼多病。眷言息胤⑧，不暇提携。或小于叔夜⑨之男，或幼于伯喈⑩之女。检庾信荀娘之启⑪，常有酸辛；咏陶潜通子之诗⑫，每嗟漂泊。

所赖因依德宇⑬，驰骤府庭。方思效命旌旄⑭，不敢载怀乡土。锦茵象榻，石馆金台，入则陪奉光尘⑮，出则揣摩铅钝⑯。兼之早岁，志在玄门⑰；及到此都，更敦凤契⑱。自安衰薄，微得端倪。至于南国妖姬，丛台妙妓，虽有涉于篇什，实不接于风流。

况张懿仙⑲本自无双，曾未独立，既从上将，又托英僚。汲县勒铭，方依崔瑗⑳；汉庭曳履，犹忆郑崇㉑。宁复河里飞星，云间堕月，窥西家之宋玉，恨东舍之王昌㉒？诚出恩私，非所宜称。伏惟克从至愿㉓，赐寝前言㉔。使国人尽保展禽㉕，酒肆不疑阮籍㉖。则恩优之理㉗，何以加焉。干冒尊严，伏用惶灼。谨启。

《李商隐文编年校注》

【注释】

①河东公：即柳仲郢，字谕蒙。曾任梓州刺史、剑南东川节度使。河东，柳氏郡望。

②李商隐（约813~约858）：字义山，号玉谿生，怀州河内（今河南沁阳）人。晚唐著名诗人。擅长骈文写作，语言秀雅、善于用典。他和杜牧合称"小李杜"；与温庭筠合称为"温李"；因诗文与同时期的段成式、温庭筠风格相近，且三人都在家族里排行第十六，故并称为"三十六体"。有《樊南文集》、《樊南文集补编》行世。

③张评事：人名，事迹不详。评事，掌决断疑的官。

④"于乐籍"句：河东公送一官妓给李商隐。乐籍，官妓。古时官妓属乐部，故称。纫补，缝纫修补。

⑤悼伤：犹悼亡。此指哀悼亡妻。

⑥梧桐半死：典出枚乘《七发》："龙门之桐，高百尺而无枝……其根半死半生。"此指丧偶后凄切的情状。

⑦方有述哀：江淹悼妇诗《述哀》。

⑧眷言：照顾，关怀。言，词尾。息胤：子嗣，子女。

⑨叔夜：嵇康，字叔夜。

⑩伯喈：蔡邕，字伯喈。

⑪庾信荀娘之启：庾信写的《谢赵王赉荀娘丝布启》。荀娘，庾信之女。

⑫陶潜通子之诗：陶渊明《责子》诗："通子垂九龄，但觅梨与栗。"通，陶潜第五子小名。

⑬德宇：德泽恩惠的庇荫。

⑭效命旌旄：此指听命于对方。旌旄，泛指旗帜。

⑮光尘：对人风仪的敬称。此指河东公。

⑯铅钝：铅刀，钝刀，比喻资质愚鲁。此是自谦之词。

⑰玄门：指道教或佛教。

⑱夙契：往昔的心愿。

⑲张懿仙：柳仲郢要送给李商隐的歌妓名字。

⑳崔瑗：字子玉，东汉安平（今河北安平）人，书法家。当年中举茂才，迁汲县令，视事七年，为当地开稻田数百顷，长老用歌颂赞。

㉑郑崇：字子游，西汉人。事见《汉书·郑崇传》：哀帝擢为尚书仆射。数求见谏争。每见曳革履，上笑曰："我识郑尚书履声。"

㉒宋玉、王昌：仪容出众之人。

㉓克从至愿：能够听从恳切的愿望。

㉔赐寝前言：收回前面赠妓给我的话。寝，谓湮没不彰，隐蔽。

㉕展禽：即柳下惠，展氏，字禽，春秋时期鲁国人，被认为是遵守中国传统道德的典范，他"坐怀不乱"的故事历代广为传颂。

㉖酒肆不疑阮籍：《世说新语·任诞》：阮公邻家妇，有美色，当垆沽酒。阮与王安丰常从妇饮。阮醉，便眠其妇侧。夫始殊疑之，伺察，终无他意。

㉗恩优之理：给予的恩惠与优待。

【赏读】

这是一篇很特别的文章：用来谢绝上司赠送的官妓。古代文士与妓女交往是很寻常的事，而由上司赠送妓女给下僚却遭拒绝很少见。由此可以增进我们对唐代社会风情的了解，也有助于对李商隐这个痴情诗人的理解。

写下了众多无题情诗的"小李"，自然是多情种子，这也给他带来了当时和后世人们的许多误解，谁曾想到他是如此深挚于伉俪之情的人呢？在他丧偶后寂寞冷清的日子里，上司出于好意，拟送一个官妓来料理其生活，他找了那么多的典故来推辞，无非是表明其拒绝态度的不可通融。上司是否因为其广为流传的情诗而以为他是个流连花丛的风流浪子？所以，"小李"进行了这样一番解释：

"至于南国妖姬，丛台妙妓，虽有涉于篇什，实不接于风流。"他的意思是，他那些感人至深的情诗只不过是想象之辞罢了，实际上并不存在那样的事实。这话可不可信呢？我认为可信。古代文人的诗酒风流，往往有文化素养很高的妓女相伴，与某妓产生情愫是可能的，却不一定拥有。"小李"的无题诗令人费尽猜想，大多是朦胧婉约，虚无缥缈，正可印证书启中的这句话，并解释其无题诗的情境。这是一种距离美，正所谓"发乎情，止乎礼义"。看来"小李"在现实中的爱情，是全部奉献给了其妻的，这篇文章满纸是对亡妻的悼念和深情，乃至于不惜因拒绝而"干冒"上司的尊严。

这篇文章写得好是不用说的了，好就好在既深情（对亡妻）又绝情（对赠妓的上司）。有这样情怀的"小李"，才可能写出"春蚕到死丝方尽，蜡炬成灰泪始干"这类动人的诗句。

与梵才大师①帖　　林　逋②

累日前辱惠长韵一章，并出示古律诗一集，共百余篇。某累年弃去笔墨，忽忽惟省，心腑间如未知有诗雅之趣，一得上人高句之辱③，良用叹服，虽病且懒，读之三四过而不欲已。然殊喜见古调者，岂仆向之所尚或泥于古耶？且天台④不独甲于东南，实为天下之胜，千峰万壑，山水重深，云霞猿鸟之清绝，高木秀草之环奇，复居其间作高僧，能用声诗⑤写状其融结之精妙，以内适我真常之性⑥，其为乐可量耶？风霜摇落，园卉加芜，独坐虚斋，颇觉岑寂。然不饮酒茹荤，亦复罕睡，庶时⑦接清谈，啜佳茗，以为慰慕也。

《历代小品·尺牍》

【注释】

①梵才大师：北宋僧人，居天台山。

②林逋（967~1029）：字君复，浙江钱塘（今浙江杭州）人，北宋初年著名隐逸诗人。曾漫游江淮间，后隐居杭州西湖，结庐孤山。常驾小舟遍游西湖诸寺庙，与高僧诗友相往还。每逢客至，叫门童子纵鹤放飞，林逋见鹤必棹舟归来。

③高句之辱：谦词，意谓承蒙您送来高雅诗句。

④天台：即天台山。位于浙江省东部，台州地区西北部。

⑤声诗：乐歌。

⑥真常之性：无念纷扰、修身养性。真，真实；常，不变和常

在。这个词在魏晋时期的佛教、玄学中经常使用。

⑦庶时：表示希望发生或出现某事，进行推测，意谓但愿，或许有时间。

【赏读】

林逋是著名的高士，他绝弃世俗，寄情山水，以梅为妻、以鹤为子、以高僧为诗友，追求"诗雅之趣"。诗歌自然是"雅"的，也自然是要有"趣"的，但是究其然，要达到这样的境界，取决于诗人的生存状态，即他是否在诗意地生活，是否真正获得了内心的宁静。若无"真常之性"，则身在山水之间，心负尘网之累，当然"心腑间如未知有诗雅之趣"。所以，与知音一同置身于山水清绝之境，"接清谈，啜佳茗"，"用声诗写状其融结之精妙"，共同参悟"真常之性"，其乐就不可限量了。林逋这封信诚邀梵才大师入天台山，其意正在此。古代高士这样的生活情境，我们今天想要拥有并不现实，但在忙碌纷扰的都市生活中，未尝不可以偶尔徜徉于山水之中，放飞疲惫的心灵。

与王状元书 范仲淹①

某再拜状元王言学士：邮中得来教，喜可知也。某四月半到郡，重江乱石，目不可际，怀想朋戚，宁莫依依②。而水石琴书，日有雅味；时得佳客，相与咏歌。古人谓道可乐者，今始信然！惟阁下居丧食贫，聚数百指③，前望高远，宜无动怀？善爱善爱！

《历代小品·尺牍》

【注释】

①范仲淹（989~1052）：字希文，苏州吴县（今江苏苏州）人，宋代著名的政治家和文学家。工诗文及词，晚年所作《岳阳楼记》为世所传诵。有《范文正公集》。

②宁莫依依：无不依恋。

③聚数百指：扳着指头数了很多遍。意谓与朋友分隔的时间很长。

【赏读】

"先天下之忧而忧，后天下之乐而乐"出自范仲淹的《岳阳楼记》，因其所表现的高远无私胸襟，而成为中国封建时代做官的最高境界。这封短简表现的是范仲淹的另一种情怀，虽然只有寥寥数语，洋溢于字里行间的情感，却令人十分感动。

设想这位正直的臣子立于"重江乱石"之间，遥望天际，怀想亲戚朋友，心中满是依恋之情，无数次扳着手指计算相见的日子。这时你是否会觉得，作为著名政治家的范仲淹，不仅有高远无私的胸襟，也有深沉细腻的感情？

答李大临①学士书 欧阳修②

修再拜。人至,辱③书,甚慰。永阳④穷僻而多山林之景,又尝得贤士君子居焉。修在滁⑤之三年,得博士杜君与处,甚乐,每登临览泉石之际,惟恐其去也。其后徙官广陵⑥,忽忽不逾岁而求颍⑦。在颍逾年,差自适,然滁之山林泉石与杜君共乐者,未尝辄一日忘于心也。今足下在滁,而事陈君与居。足下知道⑧之明者,固能达于进退穷通之理。能达于此而无累于心,然后山林泉石可以乐。必与贤者共,然后登临之际有以乐也。

足下所得与修之得者同,而有小异者。修不足以知道,独其遭世忧患多,齿发衰,因得闲处而为宜尔,此为与足下异也。不知足下之乐,惟恐其去,能与修同否?况足下学至文高,宜有所施于当世,不得若某之恋恋⑨,此其与某异也。得陈君所寄二图,览其景物之宛然,复思二贤相与之乐,恨不得追逐于其间。因人还,草率。

《欧阳修全集》

【注释】

①李大临:字才元,成都华阳(今四川华阳)人。神宗朝擢知制诰,天章阁待制。

②欧阳修(1007~1072):字永叔,号醉翁、六一居士,吉州吉水(今属江西)人。天圣年间进士,曾任枢密副使、参知政事。宋代著名文学家、史学家,北宋古文运动的领袖。所作散文说理畅

达,抒情委婉,是"唐宋八大家"之一。亦擅史学,与宋祁等修《新唐书》,自撰《新五代史》。有《欧阳文忠公集》、《集古录》、《六一词》等。

③辱:谦词,即承蒙。

④永阳:县名。今安徽来安。

⑤滁:滁州。今安徽滁县。

⑥广陵:地名,今江苏扬州。

⑦颍:颍州。今安徽阜阳。

⑧知道:谓通晓天地之道,深明人世之理。

⑨恋恋句:此指眷念山水。

【赏读】

"醉翁之意不在酒,在乎山水之间也。"这广为流传的名言,出于欧阳修被贬谪滁州时创作的名篇《醉翁亭记》,它生动地表现了欧阳修忘怀得失、放情山水的情怀。大概因为这篇文章太有名了,所以当别的官员谪居滁州时,自然就会想到与欧阳修谈论其感受。这封复信当也出于这个原因。欧阳修回复在滁州任职的李大临,表达了自己对滁州岁月的怀念,并由山水而谈及对人生的感悟。

欧阳修此时正在应天府任上,和朋友共享滁州的山林泉石之乐,对此时的欧阳修来说,已沉淀为不能忘却的美好记忆。但对于李大临来说,似乎尚未领略到山水之美而难免情怀抑郁。所以欧阳修开导他说:"足下知道之明者,固能达于进退穷通之理。能达于此而无累于心,然后山林泉石可以乐。必与贤者共,然后登临之际有以乐也。"这个道理,表现了欧阳修对人生得意和失意之境的深刻感悟,他告诉人们,山水之乐其实来自人的内心。智者知道人生不可能永远四平八稳,进退穷通是再正常不过的事情。人只有明白了这个道理,才能"无累于心",也只有不以荣辱得失为意,然后才能纵情于山水之间。

我们通常以为大自然可以去除世俗的种种羁绊，让人的身心得到彻底的放松，实际上正相反——人先要有淡泊宁静之心，才能感受到山水之乐。若处乎其间仍心怀不开，岂不白白辜负了大好河山？

与韩忠献王① 欧阳修

　　某再拜启。山州穷绝,比②乏水泉。昨夏秋之初,偶得一泉于州城之西南丰山③之谷中,水味甘冷。因爱其山势回抱,构小亭于泉侧。又理④其傍为教场,时集州兵、弓手,阅其习射,以警饥年之盗,间⑤亦与郡官宴集于其中。方惜此幽致,思得佳木美草植之,忽辱宠⑥示芍药十种,岂胜欣荷⑦!山民虽陋,亦喜遨游。今春寒食⑧,见州人靓装盛服,但于城上巡行,便为春游。自此得与郡人共乐,实出厚赐也。愧刻愧刻。

《欧阳修全集》

【注释】

　　①韩忠献王:即韩琦,字稚圭,自号赣叟,北宋政治家、名将。与范仲淹共同防御西夏,名重一时,时称"韩范"。此文是欧阳修写给他四十五篇书信中的第四篇,作于庆历六年(1046)。

　　②比:比较;考校。

　　③丰山:惠州西湖名山,它横亘菱、鳄两湖。古时山门牌坊上刻苏东坡书"万山第一",后石刻湮没。

　　④理:整理。

　　⑤间:间或,有时。

　　⑥辱宠:谦辞,意为屈辱自己的身份来宠爱我。

　　⑦岂胜欣荷:这真是难以承受的欣喜与恩宠啊。荷,承受恩宠、承蒙关注。

　　⑧寒食:节日名。在清明前一日或二日。

【赏读】

庆历五年（1045），欧阳修因上书为主张政治革新的范仲淹等人辩护，被贬为滁州太守。他不以得失为怀，于次年建丰乐亭并写下了《丰乐亭记》，接着又建醉翁亭并写下了《醉翁亭记》。这封书信写了建丰乐亭的情况，所言"因爱其山势回抱，构小亭于泉侧"即指此。

古代士大夫通常以"达则兼济天下，穷则独善其身"为处世之道，但欧阳修在被贬谪的逆境中，显然不只是游山玩水，寻醉翁之乐。换言之，醉翁形象，只不过是他的一个侧面罢了，其实欧阳修很是忠于其作为父母官的职责。信中写道，丰乐亭建成后，他还在其旁建教场操练人马，以备饥年保护乡民。泉亭"幽致"固然乐其心灵，"佳木美草"固然悦其眼目，但看到当地百姓"靓装盛服"遨游，享受春天的快乐，太守"得与郡人共乐"，那才是真正的快乐啊！由此可见，欧阳修真是范仲淹等革新者的同道，无论身在朝廷还是山林，"先天下之忧而忧，后天下之乐而乐"，是他们共同奉行的高尚操守。

与刁景纯^①学士书　欧阳修

修顿首启。近自罢乾德^②，遂居南阳，始见谢舍人，知丈丈内翰^③凶讣，闻问惊怛^④，不能已已。丈丈位望并隆，然平生亦尝坎坷，数年以来，方履亨塗^⑤，任要剧^⑥，其去大用尺寸间尔^⑦，岂富与贵不可力为，而天之赋予多少有限邪？凡天之赋予人者，又量何事而为之节也？前既不可诘，但痛惜感悼而已。

某自束发为学，初未有一人知者。及首登门，便被怜奖，开端诱道，勤勤不已，至其粗若有成而后止。虽其后游于诸公而获齿^⑧多士，虽有知者，皆莫之先也。然亦自念不欲效世俗子，一遭人之顾己，不以至公相期，反趋走门下，胁肩谄笑，甚者献谀谀而备使令、以卑昵自亲，名曰报德，非惟自私，直亦待所知以不厚。是故惧此，惟欲少励名节，庶不泯然无闻，用以不负所知尔。某之愚诚，所守如此，然虽胥公，亦未必谅某此心也。

自前岁得罪夷陵^⑨，奔走万里，身日益穷，迹日益疏，不及再闻语言之音，而遂为幽明^⑩之隔。嗟夫！世俗之态既不欲为，愚诚所守又未克果^⑪，惟有望门长号，临柩一奠，亦又不及，此之为恨，何可道也！徒能惜不永年^⑫与未大用，遂与道路之人同叹尔。

知归葬广陵，遂谋京居，议者多云不便，而闻理命^⑬若斯，必有以也。若须春水下汴^⑭，某岁尽春初，当过京师，尚可一拜见,以尽区区。身贱力微,于此之时当有可致,而无毫发之助,惭愧惭愧。不宣。某再拜。

《欧阳修全集》

【注释】

①刁景纯:即刁约,字景纯,润州丹徒(今江苏镇江)人。与苏轼、梅尧臣、欧阳修均有交往。

②乾德:县名,在今湖北光化。

③丈丈内翰:胥偃,字安道,长沙人。欧阳修二十二岁谒胥偃于南阳,为他赏识,以女妻之。

④惊怛:惊诧、悲伤。

⑤亨塗:通途。

⑥要剧:重要而繁重的职务。

⑦去大用尺寸间尔:离被重用只差很小的距离了。

⑧齿:论列。

⑨夷陵:今湖北宜昌。

⑩幽明:指生与死,阴间与阳间。

⑪未克果:没有获得成功。

⑫不永年:不长寿。

⑬理命:临死前清醒的遗命。

⑭汴:水名,在今河南境内。

【赏读】

欧阳修惊悉其岳父胥偃的讣告后,写此信给亲戚刁景纯表达了他对岳父沉痛的悼念、缅怀之情和深挚的感恩之心。

施恩不图报是中国传统美德,而受恩者心存感恩之心同样珍贵,二者本来并不矛盾。不过如何感恩、报恩,却是一门学问,也能对人之心智和素质进行考量。欧阳修出身贫寒,自幼通过苦读而成就科名,此后在仕途上虽然历经沉浮,但功成名就是不争的事实。然而他并不认为一切皆其个人能力所致。在这封信中,他满怀深情地回忆曾经提携过自己的人,并向朋友诉说了其并不为人理解的感恩报德方式。这个恩人其实就是欧阳修的岳父、翰林学士胥偃。此信写于惊悉胥偃讣闻后,所以笔调极其沉痛。欧阳修回顾了在自己初入仕途尚无一人赏识的情况下,得到岳父"怜奖",并在其指引提携下有所成就的往事,并说明不论后来自己地位多高,知遇有多少,都不能与胥偃之恩相比。

那么,欧阳修是如何报答既是其岳父又是国家臣子的胥公的呢?他说不想像世俗之人那样,因为报恩而忘了"至公",趋走于对自己有恩者的门下,甚至不惜阿谀奉承、私奴般地供其驱遣。因为这样做名为报德,其实不仅自私,简直就是陷识拔自己的人于不义。他认为只有严格地要求自己,为国家作出应有的贡献,才真正不辜负知遇之恩。可见,欧阳修的报恩方式是深明大义的,也是可取的。实际上,从父母的养育之恩开始,我们在人生道路上每前进一步,其中都可能有别人的帮助。而帮助过我们的人,可能更希望我们能以自身的发展去成就事业,去回报社会。欧阳修的看法启示我们,人不仅应当记得感恩,也要学习如何感恩。

答薛虢州①谢石月屏②书 司马光③

日前令嗣先辈访逮④,出手笔并石月屏为贶⑤,捧玩不胜愧喜!比来⑥数于都下朋从处见此屏,观其天质圆莹,非刻非绘,如秋高气清,迥然在望,信乎天地之异气,山泽之殊宝也!素心悦之,无从可得。岂意一旦不烦恳请,坐至握中;性本疎野,雅叶所欲,虽受文锦十纯,白璧百双,在光之愚,未为重赐。谨当縢闷箱笈⑦,不忘惠好耳!气序⑧瘅⑨署信后,伏想休胜!俗故匆匆,久不遑修谢,尤增悚惧!先辈注官⑩甚便,想加慰喜!未期接侍,倍希珍厚。

《唐宋十大家尺牍》

【注释】

①虢州:今灵宝市朱阳镇。薛虢州,是对虢州一薛氏官员的称呼,事迹不详。

②石月屏:带有花草图案的虢石屏风。

③司马光(1019~1086):初字公实,更字君实,号迂夫,晚号迂叟。陕州夏县(今属山西)人,北宋政治家、文学家、史学家,历仕仁宗、英宗、神宗、哲宗四朝。他主持编纂了中国历史上第一部编年体通史《资治通鉴》。另有《司马文正公文集》、《稽古录》等。

④访逮:问及。

⑤贶(kuàng):赐给,赐予。

⑥比来:近来,近时。

⑦縢阀箱笈：喻谨慎保管。縢阀，缠绕关闭。
⑧气序：季节；气候。
⑨瘅（dān）：酷热。
⑩注官：铨叙官职。

【赏读】

《尚书·旅獒》说："玩人丧德，玩物丧志。"这是警告人们要注意道德修养，不要沉溺于玩物而消磨了积极进取之志。但鉴赏品评艺术品是另一回事。玩赏艺术品，不仅能怡情养性，亦可提高个人的文化修养，所以中国古代士大夫多有此雅好，也留下了不少这方面的佳作。

司马光所玩赏并描写的石月屏，出产于我国奇石产地虢州即灵宝的朱阳，其石号称虢石。虢石生有天然的花草图案，可以制作屏风。雕琢成砚台，品质和看相也很好。从司马光的描述看，地方官赠予他的是用虢石制成的屏风，其"石月屏"之名当得之于石面上的天然图画。看来司马光对这个屏风极为赏识，他写道："观其天质圆莹，非刻非绘，如秋高气清，迥然在望，信乎天地之异气，山泽之殊宝也！"中国人自古崇尚自然，认为能工巧匠的手艺，即令可以达到巧夺天工的地步，也毕竟不能与自然造化相比。所以司马光的赞美，发自对石月屏天然之美的由衷倾倒。在他看来，与之相比，再多的绫罗绸缎、美玉白璧，也不足以称贵。被他这样一描写，石月屏的价值就被凸现出来了，而其"素心悦之，无从可得"，却不料一朝"坐至握中"的喜出望外心情，亦极为自然地宣泄于纸上。石头本来无情无韵，但赏玩者须得有情有韵，这样石才可以通灵。

回苏子瞻①简 王安石②

某启：承诲喻累幅，知尚盘桓江北，俯仰逾月，岂胜感怅？

得秦君③诗，手不能舍。致远④适见，亦以为清新妩丽，与鲍、谢⑤似之，不知公意如何？余卷正冒眩⑥，尚妨细读。尝鼎一脔⑦，旨可知也。

公奇秦君，数口之不置⑧，吾又获诗，手之不舍。然闻秦君尝学至言妙道，无乃笑我与公嗜好过乎？未相见，跋涉自爱，书不宣悉⑨。

《王安石全集》

【注释】

①苏子瞻：即苏轼，字子瞻，号东坡居士。眉州眉山（今四川眉山）人，北宋文学家、书画家。

②王安石（1021~1086）：字介甫，号半山，抚州临川（今江西抚州）人，北宋杰出的政治家、思想家、文学家、改革家。诗文多反映社会现实，抒发政治抱负，风格雄健峭拔。为"唐宋八大家"之一。有《王临川集》，一名《王文公文集》。

③秦君：即秦观，苏轼学生，"苏门四学士"之一，颇得苏轼赏识，其诗长于抒情，清丽婉转。

④致远：即叶涛，字致远，北宋著名诗人。王安石之婿，曾从王安石学诗文。

⑤鲍、谢：南朝文学家鲍照、谢朓。

⑥冒眩：头晕眼花。

⑦尝鼎一脔：尝鼎里一块肉，就可以知道全部的肉味。这里比喻看了这几首诗就可以理解秦观诗的主旨。

⑧数口之不置：多次称赞。

⑨宣悉：一一全部告知。

【赏读】

　　王安石诗文给人的印象大抵严肃有余而性情表现不足，即令是写怀叙旧的书札，多半也是心曲微吐而难以畅怀，言简意淡而很少振笔宣泄，总之是文如其人。他评论别人的作品也是点到为止，决不多言，分寸之间，颇见其性格。

　　这封信的重点是评论秦观的诗。秦观出于苏轼门下，是著名的"苏门四学士"之一。王安石要对着苏轼评论其高足秦观，自然就有好话尽可以说，批评却不能不慎重的苦衷，这就更需要讲究说话的技巧了，王安石拿捏得的确好。我们看他先说自己欣赏秦观，到了手不释卷的程度，更以南朝诗人鲍照和谢朓的"清新妩丽"比之，自己却不下结论，而是找一借口，让苏轼自己去评判，最后不了了之。如果从文学批评的角度看，未见得中肯，但是作为一种语言艺术，还是值得借鉴的。

与章子厚① 苏 轼②

某启。仆居东坡③，作陂④种稻，有田五十亩，身耕妻蚕，聊以卒岁。昨日一牛病几死，牛医不识其状，而老妻识之，曰："此牛发豆斑疮也，法当以青蒿粥啖之。"用其言而效。勿谓仆谪居之后，一向便作村舍翁。老妻犹解接黑牡丹⑤也。言此，发公千里一笑。

《苏轼全集》

【注释】

①章子厚：即章惇，字子厚，福建浦城人。王安石变法派的中坚分子。

②苏轼（1037～1101）：字子瞻，号东坡居士，眉州眉山（今四川眉山）人。嘉祐进士。曾知登州、杭州、颍州，官至礼部尚书。一生中屡遭贬谪。卒谥文忠。苏轼文章纵横奔放，与父苏洵、弟苏辙同列"唐宋八大家"；诗飘逸不群，词开豪放一派，书画亦有名，其书用笔丰腴跌宕，与蔡襄、黄庭坚、米芾并称"宋四家"。后人辑其诗文奏牍等为《东坡七集》。

③东坡：位于湖北黄冈赤壁之西。元丰三年，苏轼被贬黄州，居于东坡，因自号"东坡居士"。

④陂（bēi）：池塘。

⑤黑牡丹：水牛的戏称。

【赏读】

北宋文豪苏轼一生经历了三次被贬谪的打击，但他总能把人生的暴风骤雨化作光风霁月，不屈不挠地一次次扬起人生的风帆。黄州是苏轼人生的第一个低谷，但我们在这封信里并没有感觉到丝毫沮丧情绪，而是触摸到了苏轼在逆境中乐观旷达的心态。作为士大夫、文学家的苏轼，在黄冈变身为一个质朴的"村舍翁"，躬耕东坡，挖塘种稻。他为妻子能治耕牛之病而感到高兴，并作书告诉千里之外的同僚。在苦难中还能幽默，还能笑得出来，还能发现生活中的趣事，这决不是作秀，而是一种生活的智慧。

其实黄州也是苏轼思想的一个转折点和创作高峰。在这里他对儒、道、佛诸思想和自己的以往经历进行了深刻的反思。他坚持了儒家的入世精神而扬弃了其功利性，汲取了道家的达观自适而扬弃了其遗世独立，汲取了佛家的心灵解脱而扬弃了其对世俗的否定，铸就了从容淡定、处变不惊的人格风范。"东坡居士"这个号，既取自他在黄州所耕种的田地朝向，同时也显露出其佛教思想趋向；既是他生活的实景，也是他对现实的乐观认同。他在这里耕种、结庐、改造农具，烹调东坡肉，参悟苦难，化解厄运，写下了前后《赤壁赋》、《念奴娇·赤壁怀古》等千古名篇。

与范子丰书[①] 苏 轼

临皋亭[②]下不数十步,便是大江,其半是峨眉[③]雪水,吾饮食沐浴皆取焉,何必归乡哉!江山风月,本无常主,闲者便是主人。问范子丰新第[④]园池,与此孰胜?所不如者,上无两税[⑤]及助役钱[⑥]耳。

《苏轼全集》

【注释】

①范子丰:苏轼的朋友,成都华阳人。其父范镇曾举荐苏轼做谏官。

②临皋亭:亭名。在黄州东坡赤壁附近。

③峨眉:四川峨眉山。

④第:大住宅。

⑤两税:国家夏秋两季征收的两次税。

⑥助役钱:宋代国家颁布助役法,无人充役的家庭便出钱充役,此钱就称为助役钱。

【赏读】

此信写于苏轼被贬黄州时期。在东坡开荒种地,与滚滚长江相依,食之于土地,饮之于长江。苏轼就这样随遇而安,并豪迈地对朋友说:"何必归乡哉!"既来之,则安之,"此心安处是吾乡"(《定风波》)。随遇而安是一种妥协,其实更是超脱与豁达,在逆境中持这样的心情,往往可以使人从容应对挫折。心胸高远了,眼界便开阔了:"江山风月,本无常主,闲者便是主人。"不是谁都可以做江山之主人的,关键不在于你是否拥有权力,而在于你是否拥有足够强大的内心。若问豪宅园池与此相比孰胜,答案肯定也是因心胸眼界而异的。东坡的回答如上所言,如果让你作答,究竟如何呢?

与米元章①书 苏 轼

某启。岭海②八年,亲友旷绝,亦未尝关念。独念吾元章迈往凌云之气,清雄绝俗之文,超妙入神之字,何时见之,以洗我积岁瘴毒③耶!今真见之矣,余无足言者。不一一。

《苏轼全集》

【注释】

①米元章:即米芾,字元章,号鹿门居士、海岳外史,世称米襄阳。山西太原人,后徙襄阳,又徙丹徒。中国北宋书法家、画家、书画理论家。

②岭海:指两广地区。其地北倚五岭,南临南海,故名。

③瘴毒:指瘴气毒雾之害。

【赏读】

贬谪岭南和海南,是苏轼人生的又一个低谷,时间长达八年。比起黄州,无论在地理上还是在心理上,他感觉离帝京和亲友都更远了。宋徽宗建中靖国元年(1101),苏轼遇赦自海南归来,一夜,在太湖边的小船上发病,辗转无眠时,给与他相交长达二十年的著名书法家米芾写信。米芾接信后,昼夜兼程赶来送药,令苏轼倍感友情的温暖。不久苏轼即病逝,这是他写给米芾的最后一封书信。二人是真正的文字之交、性情之交,此信结笔于此,可谓终始其交,语短情长。

世人皆以癫狂看米芾,但苏轼堪称天下文章、书法之巨擘,他在行将离世时对米芾艺术成就的中肯评价，可谓得其旨矣。"迈往凌云之气"，表明米芾胸襟高远；"清雄绝俗之文，超妙入神之字"，表现米芾洒脱率真的艺术风格。其实无论性情还是艺术风格，米芾与东坡都有几分相似，难怪东坡流放岭海八年，亲友不通音信尚无所谓，唯独念念不忘这位朋友了。友谊达到这样的境界，真是令人羡慕啊！

答黄鲁直①书 苏 辙②

辙之不肖，何足以求交于鲁直？然家兄子瞻③与鲁直往还甚久，辙与鲁直舅氏公择④相知不疏，读君之文，诵其诗，愿一见者久矣。性拙且懒，终不能奉咫尺之书，致殷勤于左右，乃使鲁直以书先之，其为愧恨可量也。

自废弃⑤以来，颓然自放，顽鄙愈甚，见者往往嗤笑，而鲁直犹有以取⑥之。观鲁直之书，所以见爱者，与辙之爱鲁直无异也。然则书之先后，不君则我，未足以为恨⑦也。比闻鲁直吏事之余，独居而蔬食，陶然自得。

盖古之君子不用于世，必寄于物以自遣。阮籍以酒⑧，嵇康以琴⑨。阮无酒，嵇无琴，则其食草木而友麋鹿有不安者矣⑩。独颜氏子饮水啜菽，居于陋巷，无假于外，而不改其乐，此孔子所以叹其不可及也⑪。今鲁直目不求色，口不求味，此其中所有过人远矣，而犹以问人，何也？闻鲁直喜与禅僧语，盖聊以是探其有无耶？

渐寒，比日起居甚安，惟以时自重！

《苏辙集》

【注释】

①黄鲁直：即黄庭坚，字鲁直，号山谷道人，晚号涪翁。在诗歌创作上与苏轼并称为"苏黄"。

②苏辙（1039～1112）：字子由，眉州眉山（今四川眉山）人。"唐宋八大家"之一，与其父苏洵、其兄苏轼合称"三苏"。他的文章风格汪洋淡泊，秀杰深醇。

③子瞻：苏轼的字。

④公择：即李常，字公择。

⑤废弃：指贬官。苏辙因上书获罪而被贬为汝州知府。

⑥取：不嫌弃。

⑦恨：遗憾。

⑧阮籍以酒：魏晋文学家阮籍常以酒遣怀。

⑨嵇康以琴：魏晋文学家嵇康常以琴抒愤。

⑩"则其"句：意谓即使隐居山林，仍有难以安心的事。

⑪"颜氏子"句：指孔子弟子颜回在艰苦的生活中努力学习，耐得住寂寞。《论语·雍也》：子曰："贤哉回也！一箪食，一瓢饮，在陋巷，人不堪其忧，回也不改其乐。"

【赏读】

苏辙与其父苏洵、其兄苏轼合称"三苏"，也是"唐宋八大家"之一。黄庭坚是苏轼的弟子，为"苏门四学士"之首。收到黄庭坚的来信，苏辙虽不至于受宠若惊，但也不会无动于衷。何况，这是在他处于贬官逆境时黄庭坚发来的慰问函，而且这也是黄庭坚给他的第一封信。

苏辙的这封答书用语分寸到位，态度亲切得体，一笔兼及双方，所言直抵内心。即如道仰慕之情："读君之文，诵其诗，愿一见者久矣。"道知己之感："观鲁直之书，所以见爱者，与辙之爱鲁直无异也。"欣遇知己并为之开怀，苏辙描绘了一番他所听闻的对方"陶然自得"的闲雅生活。黄庭坚闲居时从不聚众宴乐，生活平淡俭素，眼不观美色，口不求美味，自古君子往往"寄物以自遣"，比如阮籍饮酒，嵇康弹琴。只有颜回甘于贫穷，无需借助外物仍能保持内心的快乐，所以孔子赞叹其操守之不可追及。但是，黄庭坚的雅致又"过人远矣"，因他还喜欢与禅僧倾谈，是在追究"有无"之大道吗？

其实欣赏某一种生活方式，也就流露了自己内心的向往。古代士大夫失意时的出世思想和践行，我们固然难以效仿，但适当地遏制自己内心的物欲，培养高雅的情趣以充实自我，追求朴素简单的生活，以获得一份淡定自如的心境，是可以做到的。

与王子予书 黄庭坚①

比来不审读书何似？想以道义敌纷华之兵，战胜久矣②。古人有言："并敌一向，千里杀将。"③要须心地收汗马之功，读书乃有味④；弃书策而游息，书味犹在胸中，久之乃见。古人用心处如此，则尽心于一两书，其余如破竹节，皆迎刃而解也。古人尝喻植杨，盖杨，天下易生之木也，纵植之而生，横植之而生。一人植之，一人拔之，虽千日之功皆弃⑤。此最善喻。顾衰老终无益于高明，子予以谓如何？

《黄庭坚全集》

【注释】

①黄庭坚（1045~1105）：字鲁直，自号山谷道人，晚号涪翁，又称豫章黄先生，洪州分宁（今江西修水）人。北宋诗人、词人、书法家，为盛极一时的江西诗派开山之祖。诗与苏轼齐名，并称"苏黄"，词与秦观齐名，号"秦七、黄九"，书法与苏轼、米芾、蔡襄合称"宋四家"。有《豫章黄先生文集》等。

②"想以"二句：用道义抵抗读书过程中纷扰的杂念。

③"并敌"二句：集中兵力，深入破敌。喻指读书专心致志，方可克服困难。

④"要须"二句：意谓读书只有用心刻苦，才可获得真正的体会。汗马之功，形容战斗艰苦，此处比喻读书刻苦。

⑤"古人"八句：事见《战国策·魏策》，杨树本是易活的植物，但如果一人栽杨而另一人却随栽随拔的话，种得再多也不能存

活。此喻读书不能边读边忘，要注意积累。

【赏读】

　　这是一篇谈读书心得的文章。黄庭坚以用兵和种树两个生动的比喻，说明了读书要专心致志、目标明确、注重积累方能有所成就的道理。他认为：读书的关键，在心无旁骛，专心致志，这就如同以道义之师抵御入侵之敌一般，必定取胜。读书的途径，是先集中精力攻破一两部经典，得其要领，而后再读其余的书，自然就势如破竹，迎刃而解了。这就如同打仗要集中优势兵力，先杀其将领立下头功。读书的成功，在于循序渐进，不断积累，乃至于即令放下书卷，学问犹在胸中。哪怕最易生长的杨树，假若一人栽之而一人随后拔之，即令栽种千日也不见尺寸之功。

　　中国历史悠久，自古以来人们就喜欢勉励别人读书、发表读书心得并研究读书方法。在战国时代荀子就写了著名的《劝学篇》，后来陶渊明在《五柳先生传》中发表了自己的读书心得："好读书，不求甚解，每有会意，便欣然忘食。"苏轼有"八面受敌法"，朱熹更欣然自得于开卷有益，把读书比作源头活水。黄庭坚的这篇文章，又为我们提供了一种读书方法。

与李乐天简　秦　观①

某顿首。昨在会稽②，游虽不数③，然诵盛文、讲高谊熟矣。及还淮南，又得所寄书，词古而义高，超然有从我于寥廓④之意，岂所谓有心相知者邪？幸甚，幸甚！

仆散漫可笑人也。去年如越省亲，会主人见留，辞不获去，又贪此方山水胜绝，故淹留至岁莫⑤耳，非仆本意也。自还家来，比会稽时人事差少，杜门却扫⑥，日以文史自娱。时复扁舟循邗沟⑦而南，以适广陵⑧，泛九曲池⑨，访隋氏陈迹⑩，入大明寺，饮蜀井，上平山堂⑪，折欧阳文忠⑫所种柳，而诵其所赋诗，为之喟然以叹。遂登摘星寺⑬。寺，迷楼⑭故址也，其地最高，金陵、海门诸山，历历皆在履下。其览眺所得，佳处不减会稽望海亭，但制度⑮差小耳。仆每登此，窃心悲而乐之。

人生岂有常？所遇而自适，乃长得志也。以阁下趣尚高远，非复今时举子之比，得以发其狂言。他人闻之，当绝倒矣。

未展晤间，与时自重，不宣。

《淮海集笺注》

【注释】

①秦观（1049～1100）：字少游，一字太虚，号淮海居士，别号邗沟居士，扬州高邮（今江苏高邮）人，"苏门四学士"之一。北宋文学家、词人。其词成就最高，善于通过凄迷的景色、婉转的

语调表达感伤的情绪。有《淮海集》。

②会稽：古地名，故吴越地。因绍兴会稽山得名。

③游虽不数：交往虽不多。

④寥廓：广阔的空间。此指天下。

⑤岁莫：岁末。莫通"暮"。

⑥杜门却扫：意谓闭门谢客，不和外界往来，也用来形容隐居生活。杜门，闭门。却扫，古代来客时往往扫地迎接，却扫即谢客。出自《北史·李谧传》："遂绝迹下帷，杜门却扫，弃产营书，手自删削。"

⑦邗（hán）沟：古运河名，在扬州境内。

⑧广陵：今扬州市。

⑨九曲池：地名，今扬州市内。

⑩隋氏陈迹：隋炀帝在扬州西北修的隋苑。

⑪平山堂：在扬州法净寺内。

⑫欧阳文忠：即欧阳修，文忠是他的谥号。

⑬摘星寺：寺名，在江都县城西北。

⑭迷楼：楼名，隋炀帝建。

⑮制度：规模格局。

【赏读】

"人生岂有常？所遇而自适，乃长得志也。"婉约派词人秦观在这里的一番感叹，说出了一个虽然简单却不易为人勘破的人生哲理：人生际遇变幻莫测，谁知道明天将会发生什么样的事情呢？人只要安于所遇并自得其乐，那就是人生最大的成功了。这不是消极应世，也不是悲观主义，而是对人生迷局的破解。并非只有建功立业、春风得意才是成功的人生，不论人生处于高峰还是低谷，都能够乐观豁达，从容应对，这同样是人生的成功。

我在给学生讲苏东坡的时候经常考问学生：苏东坡自认为他人生最大的成功是什么？答案多半是其政治和文学成就。我告诉他们，东坡去世前一年从第三个流放地遇赦回到江南，曾对自己的一生作了这样一个总结："问汝平生功业，黄州、惠州、儋州。"（《自题金山画像》）须知，这是他一生三次被流放的地方。我们可以从东坡对自己"平生功业"平淡而精警的概括中感悟到成功的人生其实还有另外一种境界：战胜逆境，再次扬起人生的风帆。

秦观是东坡的得意门生之一，他的一生虽然远不如乃师这般跌宕起伏，却也并非一帆风顺，也曾被贬谪。所以，他的感悟虽不如乃师这般震撼人心，却也可以让我们领悟到不论遭遇如何，都要学会"自适"才能领略生活美好的道理。还要说一句，这是秦观登山临水，从大自然中得到的感悟。

贺人孪生启 李清照①

无午未二时之分②,有伯仲两偕③之似,既系背而系足④,实难弟而难兄。玉刻双璋⑤,锦挑对褓⑥。

《李清照集笺注》

【注释】

①李清照(1084~约1151):号易安居士,章丘(今属山东济南)人,宋代女词人,婉约词派代表。语言清丽,善于白描。有《易安居士集》,已佚。后人辑有《漱玉集》。今辑本有《李清照集》。

②"无午未"句:谓孪生子在同一时辰诞生。午未,中午相近的两个时辰。

③伯仲两偕:张伯偕、张仲偕两兄弟,长相极似。

④"既系"句:《嫏嬛记》:"白汲兄弟,母不能辨,以五粉绳,一系于臂,一系于足。"意指双胞兄弟难以分辨。

⑤玉刻双璋:指生了一对男孩。璋,是一种玉器,古人生下男孩把璋给男孩子玩。后来把生下男孩称为"弄璋之喜",生女孩称为"弄瓦之喜"。

⑥褓:裹覆婴儿的小被。

【赏读】

李清照在文学史上以婉约派词人著称,实际上她的文章也写得很好。这是一封贺喜短简,而贺喜文字的基本要求,是表达喜庆的心情和祝福。鲁迅在其杂文《立论》中曾举过这样的例子：一个人家生了孩子，满月的时候抱出来给客人看，自然是想讨一点口彩。不料有个客人说了一句极其不合时宜的真话："这孩子将来是要死的。"于是他理所当然地得到大家的一顿合力痛打。并不是所有的人都能够承受真话的残酷，也不是所有的场合都可以说真话。李清照祝贺人家生双胞胎之喜，话说得相当漂亮，简练而适宜。首标孩子出生的时间以表示时辰的吉祥，描绘兄弟相貌难辨以突出双胞胎的特征，借"弄璋"的典故祝贺双生男孩的弥足珍贵，最后描写一对锦绣襁褓以示可爱，真是喜气洋洋，满纸赞美，双胞胎的父母读之定然高兴。可见，令人高兴或者令人扫兴，只在话语流转间。

答吕子约[1] 朱熹[2]

日用功夫，比复何如？文字虽不可废，然涵养本源而察于天理人欲之判，此是日用动静之间不可顷刻间断底事。若于此处见得分明，自然不到得流入世俗功利权谋里去矣。熹亦近日方实见得向日支离[3]之病。虽与彼中证候[4]不同，然忘己逐物[5]、贪外虚内[6]之失，则一而已。程子[7]说不得以天下万物扰己，己立后自能了得天下万物。今自家一个身心，不知安顿去处，而谈王说伯[8]，将经世事业别作一个伎俩商量讲究，不亦误乎？相去远不得面论，书问终说不尽，临风叹息而已。

《王阳明传习录详注集评·朱子晚年定论》

【注释】

①吕子约：吕约，婺州永康（今浙江永康）人。其父为吕师愈，弟吕皓。家有良田千亩，为永康首富。

②朱熹（1130～1200）：字元晦，一字仲晦，号晦庵，别称紫阳，世称晦庵先生。徽州婺源（今江西婺源）人。南宋著名的教育家、理学家、文学家。所作诗文，语言简洁明畅，著有《四书章句集注》、《诗经集注》、《楚辞集注》、《晦庵词》及后人编纂的《朱子语类》、《朱文公文集》等。

③支离：分散，残缺，没有条理。

④证候：症状。

⑤忘己逐物：忘记本性，追求身外之物。

⑥贪外虚内：贪图外在的虚荣而忽略了自身内心修养。

⑦程子：即程颐，北宋著名理学家。
⑧谈王说伯：谈论称王称霸之事。

【赏读】

  这封书信，《王文成公全书》卷三载为《附录朱子晚年定论》。朱熹的思想体系极为复杂，又以"存天理，灭人欲"而在历史上颇受批判，这些此处都不拟加以议论。但他在晚年省悟"忘己逐物、贪外虚内之失"，反思程颐"不得以天下万物扰己，己立后自能了得天下万物"之说，叩问自家身心的安顿去处，对于任何一个人的知和行，都具有启示意义。

  "忘己逐物"和"贪外虚内"，可说是人生最易出现的失误。这既源于人类与生俱来的物欲，也限于人们后天道德修养对物质欲望的认识，正如朱熹所言，人"若于此处见得分明，自然不到得流入世俗功利权谋里去矣"。所谓"物"，包括人自身之外的一切事物，一般指功名利禄、荣华富贵、声色犬马等，一心想得到它们即为"贪欲"。早在老庄时代，物质欲望对人精神的奴役，已使人感到痛心疾首。庄子就曾对人们"丧己于物"、"危身弃智以殉于物"的行为，施以无情的鞭挞。但是有许多人并不明白这一道理，过度追求身外之物，最终迷失了自己的本性，其结果是即令拥有了功名利禄或大量财富，却痛苦地发现"自家一个身心，不知安顿去处"。那要如何是好呢？"不得以天下万物扰己，己立后自能了得天下万物。"也即是说，加强自身修养以守定自己的本心，不贪慕外在的虚荣，不汲汲于富贵，不戚戚于贫贱，人就不会迷失自我而堕入世俗的功利权谋里去了。

与傅季鲁[①]　陆九渊[②]

二十四日发敝庐，晚宿资国[③]。

二十五日观半山瀑，由新蹊[④]抵方丈[⑤]。已亭午[⑥]，山木益稠，蝉声益清，白云高屯，叠嶂毕露，疏雨递洒，清风瀄然，不知其为夏也。何时来此共之？

适欲国纪点对一事，或未能来，可先遣至。

《历代小品·尺牍》

【注释】

①傅季鲁：陆九渊的弟子，在陆九渊开创的象山精舍学习，后老师奉召知荆门，季鲁代为主掌书院。

②陆九渊（1139～1193）：字子静，号存斋，抚州金溪（今江西金溪）人，南宋时期著名的教育家、哲学家。与朱熹并称"朱陆"。陆九渊在象山讲学，被学者称为"象山先生"。有《象山先生全集》。

③资国：资国禅寺，位于江西吉安梅塘龙须山，始建于唐代，宋太宗时更名为资国寺。

④新蹊：新开辟的道路。

⑤方丈：本指禅寺僧人的住宿之地，此指陆九渊在应天山的居处。

⑥亭午：正午。

【赏读】

"已亭午，山木益稠，蝉声益清，白云高屯，叠嶂毕露，疏雨递洒,清风渺然,不知其为夏也。"寥寥数语,勾勒出一幅山间清夏图,使人如同身临其境。"何时来此共之?"仅此一句,老师对学生的关爱之情和平易态度就流溢出来,令人顿生"景行行止"之情。看来,理学家并不见得总是以板起的面孔示人,陆九渊给其弟子的这个书帖言简意深,表现了一代宗师情趣盎然、和蔼可亲的形象。

与廉宣抚① 许 衡②

别后南归,得守丘陇,殊适所愿!老来情思,苦厌喧杂。课督儿童,种田读书,虽拙谋,心自喜幸,农夫野叟,日夕相遇,与之话言,固不尽晓,要③其中无甚险阻,是可尚④矣。远辱承寄,两枉书教⑤,且承雅意,肯属⑥乡间⑦。迂阔之为⑧,亦有同者,喜不能寐,伫俟好音,鄙人有幸,须得会合。切望!切望!

《许鲁斋集》

【注释】

①宣抚:官职名称。朝廷派遣大臣赴某地传达皇帝命令并安抚军民、处置事宜,称为"宣抚"。

②许衡(1209~1281):字仲平,号鲁斋,怀孟河内(今河南沁阳)人,是我国元代一位百科全书式的通儒和学术大师。有《鲁斋遗书》、《读易私言》。

③要:关键是。

④尚:推崇。

⑤两枉书教:指对方两次写信前来指教。枉,屈就。用于别人,含自谦意。

⑥属:关照,亲近。

⑦乡间:此指乡间之人,作者自称。

⑧迂阔之为:迂腐而不求实际的行为。

【赏读】

许衡晚年归田,有宣抚官员要来探望,他写了这封信表示喜悦和感激之情。

　　《元史·许衡传》载，许衡青年时代正逢蒙古兵进犯中原，他跟随众人逃难。时值盛夏，天气炎热，大家都感到口渴难耐。这时路边恰好有一棵梨树，路人争先恐后地摘梨吃，唯独许衡在树下端坐不动。有人对他的行为表示不解，许衡回答说："不是自己的梨就不应当摘！"那人说："乱世之物，哪有主人！"许衡道："梨没有主，难道我的心也没有主吗？"这是一种难能可贵的道德境界，但也难免被机巧者视为迂腐。许衡自己大概也心中有数，所以用"拙谋"、"迂阔"来表述自己晚年的归田之举。其实只要己心有主，选择什么样的生活方式，都无须得到别人的认同。我们可以看到，许衡归田的选择，正是遵从了自己内心的愿望。远离官场闹市般的喧杂，在乡村教育儿童，种田读书，和农夫日夕相遇，毫无心机地随意交谈，这是多么惬意的生活啊！从他所描述的场景，我们不禁想起陶渊明逃离官场后怡然自得的心情。人的生活越是简单快乐，离本性也就越近，这恰是人们最向往却又最难达到并坚守的境界。有同道自然可喜，无同道也罢。

回谢教授爱山①四帖② 文天祥③

寒檐积雨,抖擞无悰④,得书而读之,昏眼为拭。某落落白云间,一畴春绿,自饭吾犊,浮世荣辱事,付之山外,褒惜所蒙,君言过矣。然醴露⑤醲郁,波及沟断,企瑞芝而遐眺,佩金兰之永好⑥也。美人一方,书琴自适,为诵《停云》⑦三过。

日于仲氏便价⑧得书,振衣快读,恍焉眉宇之迫吾睫⑨。可人不来,苍苔满径,得无忘把酒看山时约耶?西风⑩逼人,桂香浮动,天池鲲化,抟扶摇而上之⑪,舍爱山其谁属魁?卷纸一幅,纳之文房,衣被琳琅⑫,腾骞光景⑬,诸生辈亦将侈其逢⑭矣。薄言占复,挂一漏万。

《文天祥全集》

【注释】

①谢教授爱山:文天祥的友人。

②四帖:此选第二、三帖。

③文天祥(1236~1283):字履善,又字宋瑞,号文山。吉州庐陵(今江西吉安)人,宝祐四年(1256)中状元。南宋民族英雄。诗、文、词均有成就,以诗为最,有《文山先生全集》。

④无悰(cóng):没有欢乐。

⑤醴露:甜酒。

⑥佩金兰之永好:原指朋友间感情投合,后来用作结拜为兄弟姐妹的代称。《世说新语·贤媛》:"山公与嵇、阮一面,契若

金兰。"

⑦《停云》：晋陶潜《停云》诗："霭霭停云，蒙蒙时雨。"因其自序称"停云，思亲友也"，故后世多用作思亲友之意。

⑧仲氏便价：弟弟的贴身童仆。

⑨"恍焉"句：好像你的眉宇迫近我的睫毛。比喻读信如晤其面。

⑩西风：古文中一般指秋风。

⑪"天池"二句：语出《庄子·逍遥游》，喻奋发向上。

⑫衣被琳琅：装裱华丽。

⑬腾矗（zhù）光景：形容字写得笔势飞动。

⑭侈其逢：夸耀、炫示这次相逢。

【赏读】

"人生自古谁无死，留取丹心照汗青！"文天祥以生命和热血，实践了其传颂千古的名句，给后人留下了一个民族英雄的光辉形象。但除了民族大义、崇高气节，他也不乏对生活的诗意感受和对朋友的温馨情怀。

闲来无事，读书山中，疲倦时则放下书本，放牧于白云新绿之间。把浮世荣辱付之山外，西风起处，桂香浮动，美酒在手，琴书自适。能够潇洒逍遥，浑无杂念，在天地万物怀抱中诗意地栖息，这是他所乐意的生活。然而赏心乐事舍知己却与谁同？于是思念朋友，不禁追问曾经的约定，又深情地一再邀其践约。不绝如缕的情思，就这样洒落在满径苍苔之上。写景如此，写情如此，这是堂堂剑气之外，诗人文天祥表现的另一人生境界。

答刘桂隐①书 虞　集②

伏承远赐手书，陈古今文学之原委，千百年如指诸掌③，此足以见阁下不以乡里古今而为界限。博观乎天地宇宙之间，知其有不可泯者，可谓知言者之为言也。然引喻过当，非集所敢当，惟有皇恐④。阁下以英伟之气，不肯小出⑤以徇⑥世好，卓然如灵光之在鲁⑦。风云变迁，而三光⑧不为之蔽亏；潢污载道，而大陆不为之昏垫⑨。霜降水涸，而松柏后凋⑩；沙砾汰除，而黄金独耀。区区早持不足之资以应世⑪，退而益以衰老，求如公以伏生之年⑫，教授齐鲁⑬不辍，何可望其万一也。

所赐之书，骤而读之，如雷雨既盈，千源并合，大江安流，不见涯涘；万斛之舟⑭，宝藏充溢，旗旄在前，箫鼓在后，宾客在列，雅歌投壶⑮，浪波鱼龙，百态异状，形胜古迹，过目如电。快哉快哉！是故占毕⑯之小子，迷瞀⑰之有司，固无足知之，盖不足怪也。高文大册，俾叙其说，不亦难乎！姑述謏闻⑱，以达于大方家之侧，多见其不知量矣。知之罪之，一惟所命。

令嗣⑲纯厚，不随流俗，恬然以隐居奉亲为乐，盖今世之所难得者。

集目疾之外，尚无他故，或得一执手于清江之上，岂不幸甚！当暑治答，不能详好，伏鉴念，不宣。集顿首再拜。

《历代书信选》

【注释】

①刘桂隐：即刘诜（shēn），字桂隐，吉安庐陵（今属江西）人。长于诗文，成年后以师道自居，教学得法。有《桂隐集》。

②虞集（1272～1348）：字伯生，号道园，人称邵庵先生。临川崇仁（今江西抚州）人，元代著名学者、诗人。虞集素负文名，与揭傒斯、柳贯、黄溍并称"元儒四家"；诗与揭傒斯、范梈、杨载齐名，人称"元诗四家"。有《道园学古录》、《道园遗稿》。

③如指诸掌：了如指掌。

④皇恐：同"惶恐"。

⑤小出：短期出山做官。

⑥徇：依从。

⑦如灵光之在鲁：指历经多年，鲁灵光殿巍然独存。此喻刘桂隐的卓然不群。

⑧三光：日、月、星。

⑨昏垫：沉没。

⑩松柏后凋：比喻有志之士在艰险的环境中奋斗到最后。出自《论语·子罕》："岁寒，然后知松柏之后凋也。"

⑪应世：顺应世事。

⑫伏生之年：老年。伏生，一作伏胜，西汉经学者，年九十余教授《尚书》。

⑬教授齐鲁：指伏生在秦焚书时于壁中藏《尚书》，汉初，用以教齐鲁之人。

⑭万斛之舟：很大的船。斛，古量器名。古时十斗为一斛，南宋末改五斗为一斛。

⑮投壶：古时游戏，以盛酒的壶为目标，以矢投入，多中者为胜。

⑯占毕：读书吟诵。其中有不知文章含义的意思。

⑰迷瞀（mào）：犹迷乱。

⑱謏（xiǎo）闻：小有声名。

⑲令嗣：对对方儿子的称呼。

【赏读】

　　虞集素有文名，当时朝廷典册，多出其手，书信传记，则颇见性情。这封信对刘桂隐的拒绝出仕，表示十分赞赏，不仅比之为"三光"，还化用孔子"岁寒，然后知松柏之后凋也"（《论语·子罕》）的名言加以褒扬。实际上，这并非对一般隐士的赞美，而是对亡宋忠臣的歌颂。下文以博喻的手法，倾情赞美其文章，形象层出不穷，令人目不暇接，笔触灵动，舒卷自如。随后赞其子，结笔表思慕。全文风格高古，意绪流转，略无滞碍，情词略无掩饰，颇见一代文宗的风范。

与介石①书 倪瓒②

瓒奉别后，从兰陵东郭门外人家少憩三日，待荆溪③发行李来，即归田舍；到家稍稍休息，而州县科差迫促骚然，因叹那能复以愦愦④从彼之榛榛⑤乎。因命扁舟入吴⑥，寓村落中，调气静坐，得以少舒其中磊磊者。

一日，从一二林下人登灵岩山⑦，览观天池、石壁⑧之胜，寻姑胥台⑨古迹，若司马子长、苏长公⑩悲世愤俗，有不胜其哀。后百世而不及见古人，则求古迹，观以自解。惜不肖非其人。回望太湖之西，诸山依约，指点数螺⑪，若芥舟泛泛杯水中者，当是铜官、离墨⑫，因并吾寄止⑬。公政著⑭白云灭没处，杜门著书，降屈其心志，不能以道表见于当世，真为之泣下沾襟也。

闰月末暂还，系舟江渚旁。稍治夏衣，将复至吴，而过荆溪，附此上问。阴雨侵淫，不审何似，伏惟乐道间居，履候多福⑮。瓒招愆纳毁⑯，岂非以由己致之耶！复何敢怨天尤人，常自疚耳。末由参侍⑰，临书惘惘，千万慎交自爱。不备。

《历代小品·尺牍》

【注释】

①介石：即韩众，字介石，倪瓒的朋友。

②倪瓒（1306 或 1301~1374）：初名珽，字泰宇，后字元镇，号云林居士、云林子等，常州无锡（今江苏无锡）人。元代画家、诗人。博

学好古，有《清閟阁集》，与黄公望、王蒙、吴镇为元季四家。

③荆溪：今江苏省宜兴县。

④愤愤：混乱的样子。

⑤榛榛：本指草木丛杂，此喻骚乱不安。

⑥吴：今苏州市。

⑦灵岩山：山名，在今江苏城西。

⑧天池、石壁：灵岩山附近华山上的两个景点。

⑨姑胥台：春秋时吴国古迹，华山附近的姑苏山上。

⑩司马子长、苏长公：司马迁、苏轼。

⑪数螺：状如田螺的山峰。

⑫铜官、离墨：今宜兴县南的君山、国山。

⑬寄止：居住的地方，此指靠近铜官、离墨的荆溪。

⑭政著：正在。政，通"正"。

⑮履候多福：一切如意。书信的客套话。

⑯招愆纳毁：招致过失和毁谤。

⑰末由参侍：没有机会拜见侍奉。

【赏读】

元末著名艺术家倪瓒，生性清高而又孤僻。为了逃避现实，他选择了不隐不仕、漂泊江湖的生涯。然而他生当乱世，不可避免地会遭到欺凌，故心中常有郁塞之感。所以其文章往往在奇绝的山水描绘中，抒发思古之幽情，以寄托现实的痛苦。风格清新淡雅，不事雕琢，却自有一种秀拔不平之气。此信比较明显地表现了其散文的特点。无可逃遁的乱世光景，悲世愤俗的沉痛情怀，随着作者的笔触，转接无迹地表现。即令移来一个比喻，仅见一笔勾勒，壮丽江山，气势尽显。真可谓以文笔作画，而江山如在目前；以画笔作文，而情怀尽在其中。

与友人书 倪 瓒

　　昨日求蔬笋、不托①之供,获接清言永日②。别后与元举、叔阳携琴过普渡精舍③,相与盘礴④林影水光中。而令子来,始知从者散步林墅桥;急遣一介⑤往候,则从者兴尽已返。

　　日来雷雨大作,想惟动静轻安。昨见樽俎间韭菜、蒿菜之属,秀色粲然。今日得雨,必是苗芽怒长,更佳也!况蒙许送,久伺不见至,戏作小诗促之。瓒顿首。

《历代小品·尺牍》

【注释】

①不托:又作"馎饦",一种汤面类食品。
②清言永日:整日清谈。
③普渡精舍:寺名,在太湖附近。
④盘礴:徘徊漫步。
⑤一介:一佣人。

【赏读】

　　闲适随意的山居情境,人与人之间的单纯关系,在作者笔下,被写得亲切动人。乡间蔬菜粗食,平易而简素。朋友只要趣味相投,不妨竟日高谈。林影水光之中,尽日携琴盘桓。第二天想起人家地里的蔬菜长势喜人,今日正好下雨,想来"必是苗芽怒长,更佳也"。这封信更妙在描摹事物轻灵生动,"秀色粲然"、"苗芽怒长",试闭目思之,形、色如在目前。

又与徵仲①书　唐　寅②

　　寅与文先生徵仲交三十年，其始也卯③而儒衣，先太仆④爱寅之俊雅，谓必有成，每每良燕⑤必呼共之。尔后太仆奄谢⑥，徵仲与寅，同在场屋。遭乡御史之谤⑦，徵仲周旋其间，寅得领解⑧。北至京师，朋友有相忌名盛者，排而陷之，人不敢出一气，指目其非；徵仲笑而斥之。家弟与寅异炊者久矣，寅视徵仲之自处家也，今为良兄弟，人不可得而间。寅每以口过忤贵介，每以好饮遭鸩罚⑨，每以声色花鸟触罪戾；徵仲遇贵介也，饮酒也，声色也，花鸟也，泊乎其无心，而有断在其中，虽万变于前，而有不可动者。昔项橐七岁而为孔子师⑩，颜路⑪长孔子十岁；寅长徵仲十阅月，愿例孔子以徵仲为师，非词伏也，盖心伏也。诗与画寅得与徵仲争衡；至其学行，寅将捧面而走矣。寅师徵仲，惟求一隅共坐，以销熔其渣滓之心耳，非矫矫以为异⑫也。虽然，亦使后生小子，钦仰前辈之规矩丰度⑬，徵仲不可辞也。

《唐伯虎全集》

【注释】

①徵仲：即文徵明，后改字徵仲。

②唐寅（1470～1523）：字伯虎，一字子畏，号六如居士、桃花庵主等，苏州府吴县（今江苏苏州）人，诗文擅名，与祝允明、文徵明、徐祯卿并称"江南四才子"。画名更著，与沈周、文徵明、仇英合称"吴门四家"。有《画谱》、《六如居士全集》。

③丱（guàn）：指幼年时期。
④太仆：文徵明的父亲文林。
⑤良燕：良宴。燕，通"宴"。
⑥奄谢：去世。
⑦遭乡御史之谤：指当时提学御史方志厌恶唐寅为人，欲黜他乡试第一的名位。
⑧领解：获得乡试第一"解元"的称号。
⑨鸩罚：严厉的惩罚。鸩，毒也。
⑩"项橐"句：项橐年幼聪慧，以童子之名令孔子取为法戒。
⑪颜路：颜回、子路。
⑫非矫矫以为异：指自己诚心拜师，而非扭捏作态、标新立异。
⑬丰度：优雅的举止神态。

【赏读】

在我国文化传统中，朋友是五伦之一，所以自孔孟以来，人们就注重探讨交友之道。这封信追忆朋友间多年的情谊，述说自己之所以倾心于对方的缘故，我们可以从中感知什么是真正的朋友。

当时江南名士，以唐寅才情最高，声名最大。科场的挫折，使他转向于追求适意人生，不再为名利所羁。其友文徵明，无论在才情还是在成就上，皆逊于唐寅。但二人订交三十年，终身未曾反目，得以全其始终。这大概缘于唐寅虽然狂放，但对文徵明却敬爱有加。唐寅总结了几条文徵明令他"心伏"而愿师之的原因：一是不嫉妒，鼎力帮助朋友获得成功；二是讲义气，敢为朋友主持公道；三是重亲情，爱护兄弟；四是有定力，外物不能动摇其高洁的操守。

唐寅的择友标准甚高，我们可以借鉴。另一方面，他也的确深知文徵明，并懂得欣赏文徵明。相互理解和欣赏，正是做朋友的重要基础。

答刘南坦①司空书 杨 慎②

奉别以来，星纪卅易③，闰余八更。逖瞻④宫墙，邈在云汉。何尝不望南飔⑤而引领，向东昱⑥而摇心。顾空谷隔于便邮，俾嗣音⑦阻于驰问也。顾箬溪公⑧来，承惠以手帖，赐之佳篇，并扇墨之贶⑨，一一拜嘉。英躔⑩愈穷而不遗幽遐，林居益深而迨及鄙贱，服膺无已，言谢曷罄⑪。走⑫桑梓未返，蒲柳先衰；已求田滇甽⑬，问舍昆池。烟霞为朝夕之宾，林泉作羁栖之主。虚播无实之名，多取造物之忌。虽有漫兴之吟，不敢闻于时英⑭；杂著之编，非祈传于来世。执事独判迹求心，爱忘其丑。尊谕奖借过情，非所敢当也。丁未之秋，游华亭寺⑮，古壁上见高制⑯有"名山朝翡翠，滇海有余空"之句，庄诵沉吟久之，作绝句三首，欲寄而无便。兹观扇上尊作前篇首句，乃暗与鄙作同韵。昔元白嘉陵长安，寄诗同韵，绝类千里神交，非偶然矣。⑰然不肖敢附昔人哉？三诗书之别纸，钦仰惟多，笔墨奚尽。

《升庵集》

【注释】

①刘南坦：即刘麟，字元瑞，晚自号坦上翁。积学能文，与顾璘、徐祯卿称"江东三才子"。

②杨慎（1488～1559）：字用修，号升庵，新都（今四川成都）人。后因流放云南，故自称博南山人、金马碧鸡老兵。终明一世记诵之博，著述之富，杨慎推为第一。其诗虽不专主盛唐，仍有拟古

倾向。又能文、词及散曲，论古考证之作范围颇广。著作传世者达百余种。后人辑为《升庵集》。

③星纪卅易：大约三十年。纪，纪年的单位。

④逖瞻：远望。逖，远的。

⑤南颸（sī）：南吹的风。

⑥东暑（guǐ）：东方的日影、阳光。

⑦嗣音：传递音信。

⑧顾箬溪公：顾应祥，字惟贤，号箬溪，王阳明弟子，思想家、数学家。

⑨贶（kuàng）：赐给；赐予。

⑩躔（chán）：足迹。

⑪言谢曷罄：感谢的话如何能够充分表白。罄，尽。

⑫走：供奔走的仆役、小使。这是作者自谦。

⑬畎（quǎn）：田地。

⑭时英：当时的英才。

⑮华亭寺：寺名，在云南昆明西山之上。

⑯高制：对别人著作的敬称。

⑰"元白"句：指元稹和白居易，两人相交甚笃，常诗歌唱和，曾有"千里神交，若合符契"的诗坛佳话。

【赏读】

这封信表现了一代宗师杨慎待人接物虚怀若谷的高雅风范。

明武宗正德状元杨慎，在嘉靖时代因"议大礼"而得罪皇帝，被充军到云南保山卫，终老于滇云山水间。滇云一时英才，唯以追随一代宗师为荣。当时入滇做官的朝廷命臣，也以能够拜访一晤杨慎为幸。但门庭虽然并无冷落之时，杨慎从不挟名恃才而自傲。从这封信可见，他以热情回报别人的热情，以欣赏回应别人的欣赏，无论是自我谦虚,还是夸奖对方,读之只觉句句出于真诚,没有虚伪矫饰之感。措辞得体,固然是这封信给人好感的一个原因,然而真诚的态度在人际交往中更为重要。发自内心的赞美,与阿谀奉承完全不同,明了二者的区别,不吝赞美别人,恰是个人良好修养的表现。修辞立诚,回复别人的书信,尤其应当表现出诚意。古人常说"见字如晤",这是千真万确的啊!

与廖傅生[①] 傅汝舟[②]

夜来寒月皎淡，望水帘月色，同化芦花。入枕但闻淅沥，叶响草声，疑雪疑雨，终莫能定。梦去犹在水晶国，粜籴[③]千百颗招凉珠[④]。

《历代小品·尺牍》

【注释】

①廖傅生：即廖孔悦，字傅生，事迹不详。是傅汝舟的同乡。

②傅汝舟：字木虚，号磊老、丁戊山人等，闽县（今福建福州）人，生活于明正德、嘉靖年间。性高旷，中岁好神仙，有世外之想。有《傅山人集》。

③粜籴（tiào dí）：本指买卖粮食。这里形容洒下。

④招凉珠：雨滴。王嘉《拾遗记》称为"销暑招凉之珠"。

【赏读】

这是一支秋歌，一支柔美轻盈的小夜曲。秋月在天，望中天地，一派晶莹。风叶淅沥，枕上听秋声，似雨又似雪。人在天籁中梦入水晶国，珠雨洒落，好一个清凉的世界。望、听、梦境；月、风、草叶——它们宛如三段和谐的乐章，深微地表现出人与自然的心灵感应，传达出唯美的诗情和画意。

与徐穆公 唐 时①

西湖之妙，余能知之；而西湖之病，余亦能知之。昔人以西湖比西子②，人皆知其为誉西子也，而西湖之病，则寓乎其间乎？可见古人比类之工③，寓讽之隐④，不言西湖无有丈夫气，但借其声称，以誉天下之殊色，而人自不察耳。不独此也，即天半峨嵋，昔人以为誉此山者，无以加焉。由今思之，隐然有引之以入于妇人之数，而不许其独为丈夫者。公穆其能首肯焉否也？

《赖古堂名贤尺牍新钞》

【注释】

①唐时：明文学家，字宜之，乌程（今浙江吴兴）人。明嘉靖进士。有《巾驭乘选集》。
②"昔人"句：苏轼有诗云："欲把西湖比西子，淡妆浓抹总相宜。"西子，指西施。
③工：工巧，技艺高明。
④隐：精深；微妙。

【赏读】

翻案文章只要作得好，作得有理有趣，就能收到出奇制胜的效果。这篇短简就是一个不错的范例。

"欲把西湖比西子，淡妆浓抹总相宜。"（苏轼《饮湖上初晴后雨》）西湖之美，被苏东坡写到了极致，因而成为天下共识。这封尺牍却对此不以为然，偏偏不说"西湖之妙"，而大谈"西湖之病"。更有甚者，把苏东坡将西湖比作西施的这个妙喻，认为是对西湖"无有丈夫气"的婉讽，并连类至峨眉山，认为其名得之于女性之美，而"不许其独为丈夫"，这无形中抹杀了这座名山的阳刚之气。作者议论风发，生动有趣，从别人惯熟的现象中看出另一种意味，真可谓别具只眼。

　　不过，若从审美的角度看，任何比喻都可能是有缺陷的，越是层次丰富的美，就越是难以用某个比喻来囊括，即令用博喻也未必能够穷形尽态。即如西湖与峨眉，它们都可能同时兼具阴柔和阳刚之美，纯用女性之美来比喻，又如何能"无病"呢？或许，这就是言不尽意吧。

山舍示学者书　归有光[①]

有光疏鲁寡闻[②]，艺能无效，诸君不鄙，相从于此。窃以为科举之学，志于得而已矣。然亦无可必得之理。诸君皆禀父兄之命而来，有光固不敢别为高远，以相骇眩。第今所学者虽曰举业，而所读者即圣人之书，所称述者即圣人之道，所推衍论缀者，即圣人之绪言。无非所以明修身、齐家、治国、平天下之事，而出于吾心之理。夫取吾心之理而日夜陈说于吾前，独能顽然无概[③]于中乎？愿诸君相与悉心研究，毋事口耳剽窃。以吾心之理而会书之意，以书之旨而证吾心之理，则本原洞然，意趣融液[④]。举笔为文，辞达义精。去有司[⑤]之程度，亦不远矣。

近来一种俗学习，为记诵套子，往往能取高第。浅中之徒，转相仿效，更以通经学古为拙，则区区与诸君论此于荒山寂漠之滨，其不为所嗤笑者几希。然惟此学流传，败坏人材，其于世道，为害不浅。夫终日呻吟，不知圣人之书为何物，明言而公叛之，徒以为攫取荣利之资。要之，穷达有命，又不可必得。其得之者，亦不过酣豢富贵[⑥]，荡无廉耻之限。虽极显荣，只为父母乡里之羞。愿与诸君深戒之也。

《震川先生集》

【注释】

①归有光（1507～1571）：字熙甫，又字开甫，别号震川，又

号项脊生，江苏昆山人。明嘉靖十九年（1540）举人。会试落第八次，徙居嘉定安亭江上读书谈道，六十岁方成进士。散文朴素简洁，善于叙事，与唐顺之、王慎中、茅坤并称为"唐宋派"。著有《震川先生集》、《三吴水利录》等。

②疏鲁寡闻：粗疏轻率，见闻很少。这里是作者的自谦。
③顽然无概：顽固不化而不知大略。概，梗概，大略。
④意趣融液：意味情趣融会贯通。
⑤有司：官吏通称。古代设官分职，各有专司，故称。
⑥酣豢（huàn）富贵：贪图富贵。

【赏读】

科举时文在明代蔚为大观，技艺的探讨亦成为一大命题。但这封信并不是一般地讲所谓"举业"，而是借此来表达反对理学与心学在语言文字之间进行无益论争的现象。主张无须执著于言辞，而要以心证心，直探人心之本源。

归有光在本文所说的读书和写作法则，在今天仍然具有一定的启示意义。归有光认为，无论是读圣人之书，还是陈述圣人之言，都要讲求自己与对象之间的默契。即要悉心研究，"以吾心之理而会书之意，以书之旨而证吾心之理"，而不是拘泥于语言或形式的层面。只有这样，才能融会贯通，深得其精神，做到"举笔为文，辞达义精"。可见，他并不是片面地反对"辞达"，而是要求更进一步做到"义精"。他批判那种"记诵套子"，只停留在语言文字的表面的做法，虽然能够博取功名利禄，但"于世道，为害不浅"。

读书要领会其精神大略，以印证自己对事理的认知。写作要表现内心的真实，语言只是思想感情的载体。明白了这一点，我们就不会读书浅尝辄止、写作玩弄言辞技巧了。

答周七泉^①通判　唐顺之^②

　　仆自来家居，多是谢却一切应务。或闭门读书，或宴坐山水间，稍能摆脱，便谓胸中无事。其实种种欲根，潜伏不曾露出头面；既不得头面，则不知下手着实扫除，盖悠悠之为患久矣。

　　近来乃于一切应务不敢避过，始觉败露渐多。然一番败露，则一番锻炼，从此工夫颇为近实。乃知濂溪^③"主静"与"教人静坐"之说，亦在后人善学；不然尽能误人，非特攘闹汩没中能误人也^④。

　　禅家之绝去尘缘，一蒲团了却此生，此所谓"果哉，末之难矣"^⑤。吾与罗兄近来不得一面证^⑥，奈何？然此心清时，未尝不对二兄^⑦也。

《历代小品·尺牍》

【注释】

①周七泉：明代学者，有《七泉遗稿》传世。

②唐顺之（1507～1560）：字应德，一字义修，号荆川。武进（今江苏常州）人。明代儒学大师、军事家、散文家。提倡唐宋散文，与王慎中、茅坤、归有光等被称为"唐宋派"。其尺牍小品风格平和，浅显文雅。有《荆川先生文集》。

③濂溪：即周敦颐，号濂溪，北宋哲学家。

④"非特"句：并不只是闹攘沉沦的尘世生活可以误人。

⑤"果哉"二句：语出《论语·宪问》。果，果然决定忘世；

末，即无。

⑥面证：见面商讨。

⑦二兄：指周七泉和上文所说之罗兄。

【赏读】

唐顺之在这封信中，通过其家居时过了一段闲适生活，便自以为"胸中无事"、超然世外，表述了一个颇有现实意义的人生哲理。

人生的某种理念，既来自实践，也来自学习。但要获得一种切实的、可以坚持的人生观，主要依赖于现实的锻炼，以及认知的不断加深。即如人的内心，其实潜伏着种种"欲根"（如追求物质享受、功名利禄等自然本性），只在于其有无机会"露出头面"而已。不露，则人"不知下手着实扫除"，为患就长久了。但如果有意识地让它败露出来，"一番败露，则一番锻炼"，人就能够真正做到扫除"欲根"，"胸中无事"了。

对"主静"与"教人静坐"的理论要善于领悟，否则就会误入歧途。并非只有"攘闹汩没"的浮躁心态会误人，一味地强调超然世外同样足以误人。如何才能做到不为其所误呢？作者的体会是：并非用避世的手段来追求内心的宁静，而是相反，要积极地应对一切世俗事务，以败露自己内心的种种欲望，从而使自己"下手着实扫除"之，进而达到内心真正的宁静，这才是正确的途径。禅宗主张"绝去尘缘，一个蒲团了却此生"，但果真能够忘世吗？果能如此，那世间就没有令人为难的事了。

"果哉，末之难矣"一句，历代注释颇多歧义，本文注释取了其中的一种。不论从原典还是从本文引用的语境看，这一解释都还算说得过去。不过也有人认为"此句文实未详，阙之可也"（元陈天祥《四书辨疑》）。解书之难，于此可见一斑。不知高明读者，以为如何？

读完文章，不禁想起莲花来了，其"出淤泥而不染"的形象，正可为唐顺之所讲的这番道理作一个鲜明生动的注解。真正的超然即"胸中无事"，并不是根本不曾入世或逃避现实，而是在入世明理之后，仍能坚定操守而不被物欲控制，即陶渊明所谓"心远地自偏"（《饮酒》）。

与洪方洲 唐顺之

近来觉得诗文一事，只是直写胸臆，如谚语所谓"开口见喉咙"者，使后人读之，如真见其面目，瑜瑕俱不能掩，所谓本色，此为上乘文字。扬子云①闪烁谲怪，欲说不说，不说又说，此最下者，其心术亦略可知。眉山子②极有见，不知韩子、荆国③何取焉？近来作家如吹"画壶"④，糊糊涂涂，不知何调？又如村屠刈肉，一片皮毛，斯益下矣。试质⑤之兄，其有会焉否？

《历代小品·尺牍》

【注释】
①扬子云：即扬雄，字子云。西汉辞赋家。
②眉山子：苏洵，四川眉山人，故称眉山子。北宋散文家。
③韩子：韩愈，唐代散文家。荆国：王安石，晚年封为荆国公，宋代散文家。
④画壶：小孩所吹的泥鼓。
⑤质：讨论、商榷。

【赏读】
这是唐顺之文学思想中的重要观点：文学创作要"直写胸臆"，写真情实感。什么样的作品才是好的呢？他用了一个通俗而形象的比喻："如谚语所谓'开口见喉咙'者，使后人读之，如真见其面目。"也就是说，作家不论是表现生活美好的一面，还是描写现实丑恶的一面，都应当淋漓尽致，毫无掩饰。这就是"本色"，有了本色，也就有了"上乘文字"。而那种"闪烁谲怪，欲说不说，不说又说"的作品，则是"最下者"。作者对扬雄之贬和对唐宋诸家之褒，虽带有唐宋派文学观的偏见，但他对文学写真情实感的要求，继承了我国古代文学理论的优良传统，即使在今天也是值得提倡的。

答董浔阳中允书[1]   茅 坤[2]

使来，得兄手书。且怜仆免官之后，复继之兵革之窘，当不得肆情山水间，以附古之岩壑者流[3]，何其忧且爱之勤也？然仆于此，亦窃稍知自持[4]矣。被放以来，山中独卧，既与世不相闻，床笫间唯弈一局，古今坟典[5]及百家、庄、老之言数十卷。闲对局及劫地破围两家胜败处，则爽然自适也。读传记至庄生《马蹄》诸篇，则陶然喜；或屈原《卜居》、贾生《鵩赋》[6]，则又潸然凄以涕，未始不即彼之所以得而吊此之所以失也。山中无它宾客，间有携金买文者至。既不能却，又不敢私[7]，则呼儿囊之入市，沽酒击鲜[8]与之醉，而淋漓宴嬉。当其放歌，山鸟欲和，而林花半飞。邻家之父，且笑且嘲，而莫予知[9]也。兄其谓我为得乎，为失乎？以此言之，吾虽进不能附兄辈翱翔四方，退不及如古岩壑之士披绿蓑钓五湖[10]，然而干戈之世，一亩之宫[11]，犹可以藉丰草而吟且哦[12]也。其情与志，未始摧以颓也。兄何必于仆为呜咽蹇塞之辞，而相为愤且吊乎？仆愿兄努力明时，共金马、承明之士[13]相颉颃[14]。至于山中之课[15]，无它指陈，如左所言而已。或它有故知怜问者，亦烦兄出此读之如何？不尽所欲言。

《历代尺牍名篇集》

【注释】

①董浔阳：即董份，字用均，号浔阳山人，又号泌园，浙江乌

程（今属湖州）人。中允：官名。明代左、右春坊皆称中允，有左中允、右中允之别。

②茅坤（1512~1601）：字顺甫，号鹿门，归安（今浙江湖州）人，明代散文家、藏书家。提倡学习唐宋古文，反对"文必秦汉"。曾编选《唐宋八大家文钞》，影响较大，另著《茅鹿门集》等。

③岩壑者流：代指隐士。

④自持：自我控制，遵守规范。

⑤坟典：相传我国古代最早的书籍有"三坟、五典、八索、九丘"等名目，此代称古籍文献。

⑥贾生《鹏赋》：贾谊作的《鹏鸟赋》，与屈原《卜居》均为仕途失意的感伤之作。

⑦私：自己享用。

⑧击鲜：宰杀鸡鱼等鲜活之物。

⑨莫予知：不了解我。

⑩五湖：泛指吴越地区太湖流域的湖泊。

⑪宫：房子。

⑫吟且哦：轻声吟唱，指作诗。

⑬金马、承明之士：指在朝为官的人。金马，汉代官门名。承明，汉代官殿名。

⑭颉颃（xié háng）：不相上下。

⑮课：生活安排。

【赏读】

嘉靖三十四年（1555）茅坤被解职还乡长期家居，得以专门从事著述。此信写于山中。

既逢乱世，又被免官，独卧山中，虽时作旷达之语，不平之气仍现于字里行间。文章向朋友描述了自己娱情于棋酒书卷、放歌于山水之间的生活场景，颇见其性情。下棋"对局及劫地破围两家胜败处，则爽然自适"；读庄子《马蹄》则忘怀得失，陶然自喜，读屈原《卜居》、贾谊《鹏鸟赋》，则又为他们的失意而潸然泪下，由庄子之"得"而悲屈原、贾生之"失"。试想读书如此，定然心中波澜起伏。然而，"当其放歌，山鸟欲和，而林花半飞"，不禁又逸兴横飞。率性而为、自得其乐的隐士生涯，与翱翔四方、建功立业的入世之途相比，其间得失究竟如何？显然，对于被罢免，作者虽有无奈，却也很旷达：在干戈之世，尚有一席清净之地容身，逍遥于长林丰草之间，精神未尝摧颓，朋友又何必为我感到悲伤和不平呢？

世事未必常如愿，但所失与所得，往往在人自己如何看待。坦然面对现实，"其情与志，未始摧以颓也"，则"失"可以转化为"得"；反之，则"得"可以转化为"失"。茅坤被免官的原因虽然很不光彩，但官场上少了一个他，文化界却多了一个著名学者和藏书家，此亦可谓事在人为。

与王元美① 李攀龙②

秋高酒熟，极思携元美、子舆③辈饮燕市④中，醉为吴歌，相枕籍股掌间也，而不可得，又不能奋飞，为奈何⑤。郡甚迩邺⑥滑⑦，每能闻谢客⑧新诗。滑令张佳胤⑨，亦美士也，尝扼腕自恨不得见王生⑩，嗟嗟一时，倾盖⑪遂成旷代之遇。精元契合，气数适值，当今之世，舍我其谁。吾弟少年名家子⑫，激清风于千仞，愈益振响矣。唯时掖进，勿负联璧⑬之约，不朽者文，不晦者心。

《文章辨体汇选》

【注释】

①王元美：即王世贞，字元美，号凤洲，又号弇州山人，苏州府太仓（今江苏太仓）人，明代文学家、史学家，"后七子"领袖之一。

②李攀龙（1514~1570）：字于鳞，号沧溟，历城（今山东济南）人。明代文学家，为"后七子"的领袖之一。有《沧溟集》。

③子舆：即徐中行，字子舆，一作子与。天目山长兴（今属浙江）人，"后七子"之一。

④燕市：指北京。

⑤为奈何：为之奈何。

⑥邺：地名，在今河北省邯郸市临漳县西。

⑦滑：县名，位于河南省东北部。

⑧谢客：指南朝山水诗人谢灵运。灵运幼名客儿，故称。

⑨张佳胤：重庆铜梁人，明嘉靖二十九年（1550）进士，授滑县令。为"后七子"之"广五子"之一。
⑩王生：指王世贞。
⑪倾盖：指途中相遇，停车交谈，双方车盖往一起倾斜。形容偶然相交。
⑫名家子：指王世贞门第甚高。
⑬联璧：双璧，并列的美玉，比喻朋友之间相互提携的约定。

【赏读】

　　李攀龙比王世贞年长十二岁，二人可谓忘年之交。嘉靖中期，他们中进士后在北京相遇，并与徐子与（中行）等新进士结社赋诗，朝夕相聚，形成了明代文学史上著名的"后七子"这一文学流派，二人先后为其领袖。李攀龙这封信，其实是邀约王世贞等人聚会的简帖，并特别提到时任滑县县令的张佳胤。

　　因为是折简相邀，故一切还都只在想象之中，然而明代文人意气相投、歌吟啸傲京都的情景，已笔墨酣畅地呈现在我们面前：秋高酒熟时节，来自天南地北的新进士相携豪饮燕市，北都的豪爽之风，映带着江南的吴侬醉歌，南北风情交会的场景，想一想就令人沉醉，何况还有新朋一见如故的期待，联璧大振文学不朽之业的期许？

　　此信文不甚长而意蕴深厚，文笔恣纵，气度豪迈，表现了"后七子"这时期风云初会，雄视天下，以振兴文学为己任，自以为"当今之世，舍我其谁"的英雄气概。李攀龙本集未收此篇，甚为可惜。

答张太史^①　徐　渭^②

仆领赐至矣。

晨雪，酒与裘，对症药也。酒无破肚脏，罄^③当归瓮；羔半臂^④，非褐夫^⑤常服，寒退，拟晒以归。西兴脚子^⑥云："风在戴老爷家过夏，我家过冬。"一笑！

《历代小品·尺牍》

【注释】

①张太史：即张元忭，字子荩，号阳和，山阴（今浙江绍兴）人。其父张天复是徐渭的同学。徐文长杀妻下狱，他帮助脱罪出狱。

②徐渭（1521～1593）：字文清，改字文长，号天池，晚号青藤。山阴（今浙江绍兴）人。明代文学家、书画家。其诗文奇恣纵肆，文学主张有独创性，对公安派颇有影响。尺牍泼辣机智，幽默多趣。有《南词叙录》、杂剧《四声猿》及文集。

③罄：器中物空，引申为尽、竭。

④羔半臂：羊羔皮的短袖上衣。

⑤褐夫：穿粗布衣服的人，古代用以指贫贱者。

⑥西兴脚子：西兴镇的挑夫，这里是徐渭的幽默自比。

【赏读】

徐渭是文化史上的怪才奇杰，他的一生命运多舛，整个儿与社会格格不入。苦难打磨成他倔傲的个性，也成就了他奇崛的艺术风格。即令是一封短简，我们也能看到其与众不同的才情和行径。

与人交往，应答酬接，本是常事，但是若不情愿接受某人的好意，又不能拒绝时，最为难以处置，也最见其人的性情。张元忭是徐渭朋友的儿子，在徐渭以杀妻之罪下狱时，他曾为之设法脱罪，所以有恩于徐渭。但在他中了状元并进入翰林院后，地位今非昔比，言语之间未免倨傲，令徐渭对他敬而远之。但人家礼物送来了，虽然明显是把自己当成救济对象，毕竟人家是好意。直接拒绝，未免太不给人面子；勉强受之，则未免太过于委屈自己。自己的伤口只能自己忍受，不用别人恩赐药膏，这就是徐渭的个性。

徐渭不愧是文章圣手，又有久经幕府处理各种文书的经验。他用一招虚与委蛇的手法，就变被动为主动，婉拒了不愿接受的好意。开篇道谢，说今天早晨下雪了，酒和皮裘来得正好，这使对方不至于难堪。而后说酒喝了，总不能剖开肚子追索，等酒喝尽了归还酒瓮，羊羔皮的短袖上衣，不是穷人日常的衣服，等严寒退后晒了归还你，委婉地表明了自己绝不阿附权贵的态度。末了自比为市井挑夫，调侃中暗藏机锋：今非昔比，你我如今是两重天了啊！真可谓意在言外，还须宣告绝交否？

与许口北① 徐 渭

昨漫往观煅②,因伫柳下,思叔夜③好此,久之不得其故。遂失候二公高盖④,悚惶悚惶。公与群公并膺⑤贺典,生⑥野人⑦耳,以不贺为贺。承命作启⑧与联⑨,奉上,猥⑩耳,抹却掷却⑪。

《徐渭集》

【注释】

①许口北:即许希孟,曾是室府下属口北道的长官,故称"许口北"。徐渭曾与他有书画往来。

②观煅:看人打铁。煅,冶炼,铸造。

③叔夜:即嵇康,字叔夜。"竹林七贤"之一。为人狂放任性,蔑视权贵。《世说新语》里记载了一个有趣的故事,说做了高官的钟会造访嵇康,嵇康理都不理,继续在家门口的大树下"锻铁"。炉火熊熊,嵇康手起锤落,一副旁若无人的样子。钟会终是觉得无趣,于是悻悻地决定离开。嵇康在这个时候终于说话了,他问钟会:"何所闻而来,何所见而去?"钟会回答:"闻所闻而来,见所见而去。"钟会对这次造访觉得丢了面子,深深怀恨在心。

④高盖:对他人车驾的敬称。

⑤膺:接受,承当。

⑥生:徐渭自称。

⑦野人:田野之民,无爵位的平民。是对自己的谦称。

⑧启：启帖，叙述情况的帖子。
⑨联：对联。如：春联、门联、贺联等。
⑩猥：卑劣，低劣。此指谦称自己的文章和对联都很蹩脚。
⑪抹却掷却：看完可以涂抹掉或扔在一边。

【赏读】

魏晋名士的率性而为，琴书潇洒，被称为魏晋风度，颇令后世渴望个性自由的人们向往。如果要在明代找一个可以比附魏晋名士的人，大概非徐渭莫属，虽然他也有屈己干人的时候。与上一封信相似，徐渭又一次婉拒权贵；与上一封信不同，这次来得更为含蓄也更为决绝。许口北和另一官员来家邀约徐渭一同去参加官府庆典，徐渭有意避开之后，找了一个漂亮的借口来解释理由。这与其说是给人面子，不如说是敬而远之。

令人赞叹的是，徐渭对自己行为的解释不仅巧妙，而且透出一股凛然正气。嵇康是魏晋名士的代表，曾公然宣布不与司马氏合作。他平日里或手挥五弦目送归鸿，或在柳树下构炉打铁，不与俗人交往。司马氏的宠臣钟会去拜访他，他自管打铁，毫不理会，来者狼狈地衔恨而去。这虽留下一段名士佳话，却也成为嵇康招祸的一个重要缘由。徐渭借用这个典故，来解释未参加庆典的原因，实在是相当勉强——听者岂不心中雪亮，然而写者又何所畏惧？并非如有的人所说，这表现了徐渭的倨恭得体，不卑不亢。否则，这个短简也就不值一提了。

至于对官员连说"悚惶"，自称"野人"，自贬"猥耳"，那是貌似谦抑，实则更见清高，更见倨傲。最终把人家要求写的启联奉上，还是给前面的拒绝留下了余地。看来，人在江湖，其身毕竟不能够完全由己啊，这就是名士处世的不易和无奈了。

与两画史[1] 徐 渭

奇峰绝壁,大水悬流,怪石苍松,幽人羽客[2],大抵以墨汁淋漓,烟岚满纸,旷如无天,密如无地为上。

百丛媚萼[3],一干枯枝,墨则雨润,彩则露鲜,飞鸣栖息,动静如生。悦性弄情,工而入逸[4],斯为妙品。

《徐渭集》

【注释】

①画史:古代画家的称谓。
②幽人羽客:隐士和道家人物。
③媚萼:娇媚的花朵。
④工而入逸:工巧且飘逸超然。

【赏读】

这是徐渭的画论。他不仅是文学家,也是古代画史上著名的画家,有"画圣"之誉。画家论画艺,自然不会隔靴搔痒,而是深得神理。第一则论山水人物画,第二则论花鸟画。山水人物集于一幅,所追求的艺术效果在大气、在深远、在奇绝;媚萼飞鸟绘成小品,所追求的艺术效果在明丽、在工巧、在飘逸。徐渭所言虽在墨色技法,所重实在意境神理。他曾说过,画之大病,"不病在墨轻与重,在生动与不生动耳"(《书谢时臣渊明卷为葛公旦》)。所谓生动与不生动,就是能否表现所画对象的意境和神理。要知道,中国画不仅是画,同时也是诗。

与柳生 徐 渭

在家时,以为到京必渔猎满船马。及到,似处涸泽,终日不见只蹄寸鳞①,言之羞人。凡有传筌蹄②缉缉③者,非说谎则好④我者也,大不足信。然谓非鸡肋⑤则不可,故且悠悠耳。

《徐渭集》

【注释】

①终日不见只蹄寸鳞:一整天连马蹄和鱼鳞都没有看见。此指作者生计艰难,渔猎满船马的情况根本不存在。

②筌蹄:《庄子·外物》:"筌者所以在鱼,得鱼而忘筌;蹄者所以在兔,得兔而忘蹄。"筌,捕鱼竹器;蹄,捕兔网。后以"筌蹄"比喻达到目的的手段或工具。

③缉缉:附耳私语声。多形容花言巧语。

④好:喜爱,爱好。

⑤鸡肋:鸡的肋骨。比喻无多大意味但又不忍舍弃之事物。

【赏读】

当一个机遇出现在人生困顿之际,难免令人生出无限憧憬,但如果这个人有高雅的追求,又秉持个性而不妥协,结果往往就会大失所望。徐渭在这封信中向朋友倾诉的,正是这样一番感慨。他科举失利之后,多年来为人幕僚。四十三岁时,其幕主少保胡宗宪被罢官,他又一次失业回乡。冬季应内阁大臣李春芳之邀入京,次年春天即离京返乡,前后不过两个月。此信借用两个典故,以含蓄的笔法描述了离京的原因。庄子关于捕鱼猎兔的比喻，被化用来表明京城之行一无所获；曹操的"鸡肋"口令，则表明京中的职位不仅食之无味，而且弃之也不可惜。确乎如此。李春芳以六十两银子为聘金，徐渭离京时原数奉还，并以"故且悠悠耳"作别，语气平淡而个性尽显。

其实徐渭遭遇到的情境，早在唐代就有先例。诗仙李白奉唐玄宗圣旨将入长安，临行之前他作诗道："仰天大笑出门去，我辈岂是蓬蒿人！"（《南陵别儿童入京》）这是天宝元年（742），李白四十二岁。然而长安三年的御用文人生涯，终于使李白觉得不堪忍受，于是吟着"安能摧眉折腰事权贵，使我不得开心颜"的诗句（《梦游天姥吟留别》），又一次踏上了漫游之旅。四十三岁的徐渭，其入京、离京的场面虽然远不如李白这么大，心气也没这么高，但情形颇有几分相似。他以另一种笔墨，表现了和李白一样的傲骨。

报吴峻伯^①书 宗　臣^②

　　自王吴诸子去国^③，耳目久废，得足下再至，为我起之。握手^④以来，无间日夕。停杯展翰，投笔高歌。金石琳琅，纷然四座。奇句险语，惊绝今古。万象争趋，三才^⑤失色。风雅以还鲜见其俦^⑥矣。造物忌盛，鄙夫当之。故人怜我，时时召我为别偃蹇^⑦流落之人无所比数，然而神游八极，心雄千古，此足下所知，即使重之放逐，愈益助我长往耳。将发之夕，寸心欲裂，展笔数十韵，皆从涕泪中来。他人读之，靡不悲绝，况我两人哉！花下停觞，便成万里。含凄东驰，满目摇落。回睇金茎，白雪障之。数日即闻东鲁之命，辄为慰喜。非一学橡^⑧，便足为足下重。得假此聚首广陵^⑨、天目^⑩之间，殊一大快耳。刻下解缆^⑪。吏归授数语往谢，足下既出，助甫益孤。其将谓何。祈为斯道自爱，临楮于邑。

《宗子相集》

【注释】

　　①吴峻伯：即吴维岳，字峻伯，号霁寰，孝丰（今浙江安吉）人。尝与李攀龙等倡诗社，为"嘉靖广五子"之一，有《天目山斋岁编》二十四卷。

　　②宗臣（1525～1560）：字子相，号方城山人，兴化（今江苏泰州）人。明代文学家，"嘉靖七子"之一，有《宗子相集》。

　　③王吴诸子：王指王世贞，吴指吴国伦，均属"后七子"。去

国：离开京城。

④握手：相聚。

⑤三才：三位齐名之才人。一说指晋之潘滔、刘舆、裴邈。《晋书·刘舆传》："时称越府有三才：潘滔大才，刘舆长才，裴邈清才。"一说指北齐之温子昇、邢子才、魏收。《北史·魏收传》："（魏收）与济阴温子昇、河间邢子才齐誉，世号三才。"

⑥俦：辈，同类。

⑦偃蹇：犹困顿。

⑧学椽：在儒学任职者。

⑨广陵：地处泰兴的南部边缘，与靖江市接壤。

⑩天目：天目山，浙江省西北部临安市境内。

⑪解缆：开船出发。

【赏读】

宗臣是当年"后七子"在北京形成时的主要人物之一，此信作于他们被严嵩排斥出京之后，抒写了和朋友临别时的一番感慨，并回顾了自己身处逆境时朋友的不离不弃。

在作者心中，危难中的友情，岂止于风雅、才性之交。诗酒风流，相偕横行于当世文坛，固然是友谊带来的快乐，但厄运当头之际，举世唯有斯人理解自己愈是被权贵排挤，就愈是刚正不阿的品格，这才是友谊的最可珍贵处。

从别人对友谊的感动中，我们可以品味出友谊的真谛，这样，对下面一段情景交融的描写，就能够从音节文字之美，享受到情真意深的内涵了："将发之夕，寸心欲裂，展笔数十韵，皆从涕泪中来。他人读之，靡不悲绝，况我两人哉！花下停觞，便成万里。含凄东驰，满目摇落。回睇金茎，白雪障之。"非对意趣相投的朋友，不能有发自胸臆的抒情，更不能语语落笔皆如此清浅自然。

寄友人　王世贞[①]

握手作别,忽忽半岁,每念金玉间者,阔[②]焉故乡亲旧如昨否?岁得无恶,有司得无作剧[③]否?玉兰海棠花下高歌不恨少一人耶!仆在此粗足遣司事[④],极与懒便近,偶语吴峻伯云:吾譬如面上眉,虽少用处,自不可无也,附去一笑。

《弇州山人四部稿》

【注释】

①王世贞(1526~1590):明文学家。字元美,号凤洲、弇州山人。太仓(今属江苏)人。"后七子"领袖之一。倡导复古摹拟,主张文必秦汉,诗必盛唐,晚年略有改变,诗风趋于平淡自然。有《弇州山人四部稿》等。

②阔:阔别,久别。

③作剧:使……劳作勤苦。

④司事:办事;供职。

【赏读】

雅洁的语言,清丽的词句,传递着游子对故乡的思念:新朋故旧,他们都和我离开时一样好吗?年景如何,官吏有没有加剧乡亲们的负担?朋友们花下高歌,一定遗憾缺了我这么一个人吧?一声声的问候,发自胸臆,极为自然。最后以"眉毛"自譬,说它虽无多大用处,却不可没有,借此幽默地告诉朋友,自己的职务很是悠闲。读着这些文字,作者诙谐活泼的形象跃然纸上。

方 生 王世贞

足下多游临济①间,临济,贾客薮②也。或多隐沦独行、托迹逃者及大奇侠客,亦物色之,不令侄三十年名家,犹令淮阴少年斗力③,惜哉。

《弇州山人四部稿》

【注释】
①临济:临,地名,在今山西省临县境内。济,古水名,古四渎之一,包括黄河南北两部分。
②薮(sǒu):人或物聚集之所。
③淮阴少年斗力:指使韩信受胯下之辱的淮阴屠中少年,喻争强使气者。

【赏读】
和人聊一聊其游历之地的风土人情,也是一个不错的写信话题。既可以聊自己所知道的人事,也可以聊自己的感想。因为对方多游历于山西,故此信从商人说起,可见山西多商人。晋商,在明人眼里已很是了得。再猜想其地可能多隐逸者、逃逸者和奇士侠客,最后叹惜南人北游,不得不入乡随俗。读这样的信,可以增长见识。

复耿侗老书[①] 李 贽[②]

世人厌平常而喜新奇,不知言天下之至新奇,莫过于平常也。日月常而千古常新,布帛菽粟常而寒能暖,饥能饱,又何其奇也!是新奇正在于平常,世人不察,反于平常之外觅新奇,是岂得谓之新奇乎?蜀之仙姑是已,众人咸谓其能知未来过去事,争神怪之。夫过去则余已知之矣,何待他说;未来则不必知,又何用他说耶?故曰"智者不惑"[③]。不惑于新奇,以其不忧于未来之祸害也。故又曰"仁者不忧"。不忧祸于未来,则自不求先知于幻说而为新奇所惑矣。此非真能见利不趋,见害不避,如夫子所云"志士不忘在沟壑,勇士不忘丧其元,志士仁人,无求生以害仁,有杀身以成仁"[④],孰能当之。故又曰:"勇者不惧"。夫合智仁勇三德而后能不厌于平常,不惑于新奇,则世人之欲知未来,而以蜀仙为奇且新,又何足怪也。何也?不智故也。不智故不仁,故无勇,而智实为之先矣。

《李贽全集注》

【注释】

①耿侗老:即耿定向,字在伦,号楚侗,人称"天台先生",湖北黄安(今红安县)人,与其弟耿定理、耿定力被称为黄安三耿,他们都是泰州学派有影响的学者。

②李贽(1527~1602):初姓林,名载贽,后改姓李,名贽,号宏甫,又号卓吾,别号温陵居士、百泉居士等,福建晋江(今泉

州）人。明代思想家、文学家，泰州学派的一代宗师。抨击孔孟之道，批判宋明理学，提出"童心说"。著有《焚书》、《续焚书》、《藏书》，又曾评点《水浒传》。

③"智者不惑"句及以下：语出《论语·子罕》："子曰：'智者不惑，仁者不忧，勇者不惧。'"

④"志士"四句：语出《孟子·万章下》。元，根源，根本。

【赏读】

明代反传统、倡导"童心说"的著名思想家李贽，在这封信中以"平常"和"新奇"的辩证论述，对儒家"智者不惑，仁者不忧，勇者不惧"的人生哲理作出了全新的阐释。世人都厌平常而喜新奇，殊不知天下最新奇的莫过于平常。但世人不明白这个道理，反而去"平常"之外寻觅"新奇"，这是一个极大的认识误区。其实，若能明白什么是真正的新奇，那可称得上为"智"，有此智慧即称得上能"仁"、能"勇"。"不智故不仁，故无勇，而智实为之先矣。"

李贽的论述启示我们：正如日月虽然千古常在，但它们每一天的升落都是新的；又如日常生活不过是穿衣吃饭，但对于我们来说每一天也都是新的。关键是人们能否在"平常"之中发现"新奇"。也即是说：感受生活，要善于在日常生活中发掘新意和真意；表现生活，要写别人笔下之所无，并形成自己独特的艺术风格。这就是所谓"新奇正在于平常"。同一部经典常读可以常新，日子天天过但可以过得每天都不一样。只要我们深入体验生活，进而提高审美能力，就可以摆脱平庸带来的不愉快，从而享受到生活的快乐了。

与明因① 李 贽

世上人总无甚差别,唯学出世法②,非出格丈夫③不能。今我等既为出格丈夫之事,而欲世人知我、信我,不亦惑乎!既不知我,不信我,又与之辩,其为惑益甚。若我则直为无可奈何,只为汝等欲学出世法者或为魔所扰乱,不得自在,故不得不出头作魔王④以驱逐之,若汝等何足与辩耶!况此等皆非同住同食饮之辈。我为出世人⑤,光彩不到他头上,我不为出世人,羞辱不到他头上,如何敢来与我理论!对面唾出,亦自不妨,愿始终坚心此件大事。释迦佛出家时,净饭王是其亲爷,亦自不理,况他人哉!成佛是何事,作佛是何等人,而可以世间情量⑥为之?

《李贽全集注》

【注释】

①明因:和尚名。

②出世法:佛教指达到超脱生死境界之法。这里指出家修行。

③出格丈夫:超越常规俗理的人。

④魔王:佛教以卷入世俗纷争为入魔。作者指为了驱魔而不得不以魔王面目出现。

⑤出世人:出尘超凡之人。

⑥世间情量:用俗世情理来衡量。

【赏读】

自从佛教传入中国以来,"出世法"成为许多逃世者修行的法门。出世即求清净、求无争,然而李贽却偏偏与众不同,认为不可以俗世情理来衡量。他的逃世,实质上是对抗理学,而并非真正遁入空门,所以对其"出世法",我们当然也不能作一般的理解。李贽以所谓"出格丈夫"来修"出世法",本来就完全不同于普通士大夫的超脱尘世。李贽对着明因和尚大谈其"出世法",显然是发表一篇与世俗决裂的宣言。不过,从其高昂的腔调中,我们可以感受到其反抗世俗的动力,正是坚持个性的独立,而个性正是"童心"的要素。遗世独立,固然能达于无拘无束、精神绝对自由的境界,但反抗世俗、坚持个性,同样是追求独立自由之精神的途径。只有博取个性的解放,才能得到真正的闲情逸致,这有别于庸俗的闲散。

答沈飞霞书 王穉登[①]

沈郎瘦似黄花,才对黄花,便黯然[②]相念。

《历代名人尺牍分类选粹》

【注释】

①王穉登(1535~1612):字伯榖、百谷,别号半偈长者、半偈主人、青羊君、长生馆主、玉遮山人等。江苏江阴人。晚明小品文名家,其小品文风格凝练淡雅,意味深长。其主要作品大多收在《王百谷全集》中。

②黯然:情绪低落、心怀沮丧的样子。

【赏读】

以贴切的比拟、略带谐谑的口吻,表达了对朋友的深长思念。这篇仅有一个句子的书信,凝练到增一字嫌多,恰当到减一字不足的地步。风格之淡雅,则犹如其所比拟的黄花。黄花乃菊花的别称,因其形态、色彩常用来比拟人的憔悴。宋代著名女词人李清照的名句广为人知:"莫道不消魂,帘卷西风,人比黄花瘦。"(《醉花阴》)菊花又是隐逸的文化符号,陶渊明"采菊东篱下,悠然见南山"的隐者形象千古流传。沈飞霞是山人,用这个意象来比拟他,不仅贴切地摹状了其消瘦的形体,更表现了其人飘然出世的意态。作者对前人使用过的意象既有所借鉴,又有所创新,真可谓妙喻。"才对黄花,便黯然相念。"情深如此,无以复加。

与蔡坦如① 释袾宏②

读书、当家、求子,皆人间正事,但要不为所累。然三事非能累人,人自累耳。何也?读书虽做举业,至于得失,委之前缘③,不生喜戚,则何累?当家虽营生计,而随缘随分,过得即休,无求富心,无好胜心,则何累?求子虽无后为大,而不娶者,乃为不孝,帝王亦有无子而藩枝入承大统者,岂无娶妾之资乎?有无不以动心,则何累?又复当知此三事者,虽曰正事,亦实虚幻,如水中月,如梦中境。即如是中忙里偷闲,时时省觉,回顾正念,一朝惑破,方始帖然④矣。

《历代小品·尺牍》

【注释】

①蔡坦如:洞庭西山一居士。事迹不详。

②释袾(zhū)宏(1535~1615):明代高僧,中国净土宗第八代祖师。俗姓沈,名袾宏,字佛慧,别号莲池,因久居杭州云栖寺,又称云栖大师。与紫柏真可、憨山德清、藕益智旭并称为明代四大高僧。融合禅净二宗,定十约,僧徒奉为科律。清雍正中赐号净妙真修禅师。

③委之前缘:托付给前世缘分。

④帖然:心境安宁。

【赏读】

佛教哲学是一种人生哲慧,所以不妨时而参禅,合理学习,参照其人生智慧，获得超然物欲的、健康的心理状态，使自己从容面对人生的种种不如意。赏读一代高僧袾宏的这封信，或许会对我们应持的人生态度有所启示。

"读书、当家、求子，皆人间正事，但要不为所累。"这话大有玄机，却也非常平实。本是人伦常情、人间常理的事，也常常会不尽如人意。所以，我们应当顺其自然，不可勉强。人们往往想不明白这个道理，当然就不免为其所累了。"三事非能累人，人自累耳。"其实岂止当家营生计要"随缘随分"，很多事儿都如此，有时我们所能做的，顶多是尽人力而已。然而只要尽了人力，明白人生确实有许多无奈，也就不会有所遗憾了。

"过得即休"，此话可视为不要苛求自己和他人。"无求富心"，此话可视为不过分追求物质占有和享受。"无好胜心"，可视为善于与人和睦相处。至于人生如梦、诸事皆幻之类的禅机，我们有时可以感叹认同，却不能过于执著，这样，才不会贻误人生。

答李惟寅 屠　隆①

含香之署②，如僧舍，沉水③一炉，丹经④一卷，日生尘外之想。兰省簿牍，有曹长主之⑤，了不关白⑥，居然云水闲人。独畏骑款段⑦出门，投鞭怀刺⑧，回飙薄人⑨，吹沙满面，则又密想江南之青溪碧石，以自愉快。吾面有回飙吹沙，而吾胸中有青溪碧石，其如我何？每当马上，千骑飒沓，崛堁纷轮⑩，仆自消摇，仰视云空，寄兴寥廓，踟蹰少选而诗成矣。五鼓入朝，清露在衣。月暎⑪宫树，下马行辇道⑫，经御沟⑬，意兴所到，神游仙山，托咏芝术⑭，身穿朝衣，心在烟壑，旁人徒得其貌，不得其心，以为犹夫宰官也⑮；江南神皋秀壤⑯，多自左掖门下题成。

足下住秦淮渡口，烟销月出，水绿霞红，距风沙之地万里，而书来忼憭⑰，殊不自得，何也？大都士贵取心冥境⑱，不贵取境冥心，此中萧然，则尘坷自寓清虚；内境烦嚣，则幽居亦有庞杂，足下以为然不？

邹尔瞻⑲以言事忤明主，又有秣陵之行。此君清身直道，有国之宝也，足下当与朝夕，嘉晨芳甸，条风骀宕⑳，南睇美人㉑，胸如结矣。

《白榆集》

【注释】

①屠隆（1542～1605）：字长卿，一字纬真，号赤水、鸿苞居

士，浙江鄞县（今宁波市鄞州区）人。万历五年（1577）进士，曾任礼部郎中，后辞官回乡。好游历，有博学之名，尤精通曲艺。尺牍多表现"烟霞之癖"，描绘江南烟雨和山水田园风光。有《白榆集》。

②署：办公官署。

③沉水：沉香。

④丹经：道家炼丹的书籍。

⑤"兰省"二句：意谓礼部繁杂的书簿公文等杂务有手下的僚属办理。兰省，即兰台，指秘书省。

⑥了不关白：无需禀报。关白，陈述，禀告。

⑦款段：本指马行迟缓貌，后以之代马。

⑧投鞭怀刺：手握马鞭，怀抱手板。

⑨回飙薄人：寒风逼人。

⑩崛埲（kè）纷轮：沙尘一次次地被扬起。埲，尘土。

⑪月暎：月光映照。

⑫辇道：可乘辇往来的宫中道路。

⑬御沟：流经宫苑的河道。

⑭托咏芝术：寄情于芝草白术。比喻向往仙家生活。

⑮"以为"句：以为还是朝廷大臣呢。

⑯神皋秀壤：神奇秀丽的山水，代指作家咏怀山水的诗文。

⑰忳憏（tún chì）：烦闷、失意的样子。

⑱取心冥境：以心境影响环境。

⑲邹尔瞻：邹元标，字尔瞻，号南皋。明代东林党首领之一，与赵南星、顾宪成号为"三君"。

⑳条风骀（dài）宕：春风舒缓地吹来。条风，立春的风。

㉑南睇美人：指信中所说的"以言事忤明主"的邹尔瞻和李惟寅两人。

【赏读】

感悟生活的哲理，开解苦闷的朋友，屠隆这封信充满了人生智慧和积极乐观的精神。

出世与入世，隐逸或做官，古来士大夫总是在其间徘徊、纠结，所以作者开篇就直逼矛盾。其实，身在此而意在彼，总是不满意当下的处境，乃人之常情。但若能调节内心以适应外部世界，达于自得其乐之境，那么万物奈我其何？明智者以心境影响环境，而不是相反。前者可纳塞外风沙与江南山水于胸中，后者则导致身在福中不知福。所以，内心虚静平和，则身处尘世亦无碍；内心烦乱动荡，则远在深山也不得清静。东晋陶渊明曾以"结庐在人境，而无车马喧。问君何能尔，心远地自偏"（《饮酒》）来说明这个道理。屠隆则把这番道理归结为精警之句："士贵取心冥境，不贵取境冥心。"

屠隆的议论，虽然针对士大夫出世与入世的矛盾心理而发，但由此及彼，以自己的切身体验和感悟，揭示了人们生活中的普遍矛盾，因而，对于治疗一般人的精神苦闷，亦不失为一剂良方。

与张肖甫司马① 屠 隆

连朝冻云垂垂，都城雪花如手，含香之署，凄然怀冰矣。日与二三同心拥榾柮②，煨蹲鸱③而啖之，有少黄米酒佐名理，差遣寂寥。一出门，骑马冲泥，手皴肤折，马毛猬缩，仆夫冻且欲僵，朔风有权，浊酒无力，此时念明公正在边徼，人烟萧疏，积雪丈许，寒气当十倍于都城，胡马一鸣，铁衣不解，绣旗夜卷，筋吹乱发，按垒行营，想见凄绝。帐中取琥珀大碗，侍儿进羊羔酒，而听歌者歌出塞入塞之曲，朝提猛士，夜接词人，虽凄其亦大雄豪，有致哉！不知幕下颇有差足当明公鼓吹，如昔陈琳、孟嘉④其人者不？此时恨小子不得奉么麽六尺而侍明公床头捉刀之旁。国家倚明公如长城，驱明公如劳薪，亦以雄略不世出故，此庄生所以有栎社之嗟⑤也。虽然，春明门中，终当借明公盈天之地，列侯东第，计亦非遥，但不知何时西谒青城先生？

《文章辨体汇选》

【注释】

①张肖甫：即张佳胤，字肖甫，重庆铜梁人，明兵部尚书。工诗文，自号崛崃山人，为"嘉靖五子"之一。

②榾柮（gǔ duò）：木柴块，树根疙瘩。可代炭用。

③蹲鸱：即大芋头，因形似蹲伏之鸱，故称。

④陈琳、孟嘉：陈琳，字孔璋，东汉末年著名文学家，"建安七子"之一，为曹操所赏识。孟嘉，字万年，江夏人，东晋著名

文人。

⑤栎社之嗟：庄子以茂盛却不中绳墨的树木被工匠抛弃的故事为喻，表明无用为大用的观点，事见《庄子·人间世》。

【赏读】

朋友是用来思念的，痛苦时想象对方是否也痛苦，寂寞时想象对方是否也寂寞……凡此种种，是心灵的感应，也是相知的情怀。屠隆在严冬的都城中，由自身的苦寒而怀念起远在边塞的朋友、蓟辽总督张肖甫，想象在塞北的朔风积雪中，其幕府凄绝而雄豪的场景，表达了自己不能相伴的遗憾。与写江南烟霞的优美不同，屠隆在此换了一副笔墨，刚劲有力地描写了酷寒逼人之状，读来使人犹如身临其境。深挚的感情流溢笔尖，令苦寒之气带上融融春意。或许，这不仅是作者的写作艺术所致，更是友谊本身特有的气质吧。

在京与友人 屠 隆

燕市①带面衣，骑黄马，风起飞尘满衢陌，归来下马，两鼻孔黑如烟突②。人、马屎和沙土，雨过淖泞没鞍膝。百姓竞策蹇驴，与官人肩相摩。大官传呼来，则疾窜避委巷③不及，狂奔尽气，流汗至踵，此中况味如此。遥想江村夕阳，渔舟投浦，返照入林，沙明如雪，花下晒网罟④，酒家白板青帘，掩映垂柳，老翁挈鱼提瓮出柴门，此时偕三五良朋，散步沙上，绝胜长安⑤骑马冲泥也。

《文章辨体汇选》

【注释】

①燕市：指北京。

②烟突：烟囱。

③委巷：僻陋曲折的小巷。

④网罟（gǔ）：捕鱼及捕鸟兽的工具。

⑤长安：今陕西西安，因西汉、隋、唐等先后有十七个王朝建都于此，故唐以后常通称国都为长安。这里"长安"指首都北京。

【赏读】

京都魏阙与江南水乡，两下里风物大不相同，但士大夫游历仕宦，必向往京华的荣耀。然而此中况味，如人饮水，冷暖自知。屠隆由北京春季的飞沙之苦，雨中行路之难，而思念起江南风物的明媚、水乡生活的潇洒来了。两副笔墨，两种情景，描绘出艰辛与悠闲两种生活境界：江南风景如画，生活散淡，"绝胜长安骑马冲泥"的狼狈。作者对京都的痛苦感受，绝不仅只是因为天气的缘故。透过他对江南水乡的描写，可以看到其内心对自适、自在生活的追求。杜甫当年在长安时曾感叹："冠盖满京华，斯人独憔悴。"（《梦李白》）奔走在北京势利和烦嚣中的屠隆，终于也认识到，与其在京都乞求一种自己无法把握的生活，不如回到江南，去享受水乡的朴素和宁静。

归田与友人 屠 隆

一出大明门,与长安①隔世。夜卧,绝不作华清马蹄梦②。家有采芝堂,堂后有楼三间,杂植小竹树,卧房厨灶,都在竹间。枕上常听啼鸟声。宅西古桂二章③,百数十年物。秋来花发,香满庭中。隙地凿小池,栽红白莲,傍池桃树数株,三月红锦映水,如阿房、迷楼④,万美人尽临妆镜。又有芙蓉蓼花,令秋意瑟。更喜贫甚道民,景态清泠,都无吴越间士大夫家华艳气。

《文章辨体汇选》

【注释】

①长安:此代指京城。

②"绝不"句:意谓绝不作京华尘土之梦。华清,唐宫殿名,在陕西西安市临潼区南骊山上。此处泛指京城繁华之地。

③章:大木材。引申为计量大树的量词。

④阿房、迷楼:阿房宫,秦始皇时建造的著名宫殿。迷楼,隋炀帝时建造的建筑。

【赏读】

此信写于屠隆被罢官之后。人归江南,心远京华,和昨日彻底告别,他再也不愿踏上仕途,此所谓"夜卧,绝不作华清马蹄梦"。

屠隆以轻松明丽的笔触,向友人描述了归隐生活的诗意,流露出闲适自得之情。不难看到，此间风物，真个"都无吴越间士大夫家华艳气"，一切都散发着大自然的鲜活气息。新居初成，竹木方栽，主人已看到四季美景：想象秋来桂花香满庭园；夏至红白二色莲花亭亭出水；三月桃花盛开，犹如万千美人对镜梳妆。就连残秋的萧瑟，也是那么令人向往。相信忙碌于现实中的人们，读了屠隆描写的这一情景，内心也会有所触动。

  不过，鱼和熊掌，不可得兼。由官僚降为贫民，精神的自适与物质生活的清贫，必然交相并行。屠隆罢官后，以卖文和朋友资助为生，虽然纵情诗酒，遨游吴越山水，结交海内名士，却并未完全忘怀于功名利禄。看来安贫乐道，君子固穷，只是一个传统的命题，对于晚明士大夫来说，未必完全适用。

与康日颖 汤显祖①

读大作,瑽瑽琤琤②,鲜发可喜。加以珑琢③,魁卷④无疑。苏有妪卖水磨扇者,磨一月,直可两⑤,半月者八百钱。工力贵贱可知。吾乡文字,近不能与天下争价者,一两日水磨耳。

《汤显祖全集》

【注释】

①汤显祖(1550~1616):字义仍,号若士、海若、清远道人,别号玉茗堂主人,临川(今江西抚州)人。明代戏曲家、文学家。文学创作倡导"至情",作有传奇《牡丹亭》、《邯郸记》、《南柯记》、《紫钗记》,合称《玉茗堂四梦》。《牡丹亭》则是他的代表作。

②瑽瑽琤琤:象声词。玉石等碰撞声。

③珑琢:雕琢。珑,玉石。

④魁卷:首选,第一名的作品。

⑤直可两:值一两银子。直通"值"。

【赏读】

此文大概是朋友寄来文章请教,汤显祖给友人的回信。虽不乏褒扬之辞,实为婉转的批评,辞真意切,金针度人。

用美玉发出的声音、田野中新抽的嫩苗,比喻好作品给人带来的美感;用水磨加工一个月与半个月卖价的区别,比喻要精雕细琢,才能写出有价值的文章。汤显祖在这里对写作提出了两个要求:文章要讲究声韵并有清新之感,文章要精心打磨而非粗制滥造。这是深有会心之说,说的虽然是应科举考试的时文,却也是一般文学创作之道。所以明代戏曲理论家沈际飞评论此语说:"学者不可不知。"

汤显祖是传奇戏曲大师,他以水磨比喻作文章,大概是受了昆腔的影响。昆腔有水磨腔之称,徐渭说它"流丽悠远"(《南词叙录》),远远超出于当时流行的弋阳腔、余姚腔、海盐腔等三种声腔之上。

寄袁小修① 汤显祖

都下雪堂夜语,相看七八人。而三公②并以名世之资,不能半百。古来英杰不欲委化③遗情,而争长生久视者,亦各其悲苦所至。然何可得也。弟不能世情怆恻事,而于此际无服之丧,无声之哭,时时有之,更在世情之外。小修当此,摧裂何如。天根④来,知兄意气横绝,无损常时,而中郎⑤有子而才,稍用为慰。湘沔⑥间正图⑦一把晤也。

《汤显祖全集》

【注释】

①袁小修:即袁中道,字小修,一作少修。湖广公安(今属湖北)人,明代文学家。"公安派"领袖之一。
②三公:逝者三人是袁宗道、袁宏道和王一鸣。
③委化:谓随任自然的变化,引申为死的婉词。
④天根:王启茂字,石首人。曾问学于汤显祖。
⑤中郎:袁宏道字。
⑥湘沔:湖南、湖北。
⑦图:谋划,计议。

【赏读】

这封信写于万历四十二年(1614),表达了悼念朋友的缠绵哀婉之情。汤显祖与"公安三袁",曾于万历二十三年(1595)在北京相聚。之后汤显祖和袁宏道一同出京,汤显祖回任遂昌知县,袁宏道则赴任吴县知县。他们在文学主张上同气相求，同声相应，都反对复古模拟，汤显祖主情，袁氏兄弟主性灵。汤显祖写此信时，袁中道的两位兄长宗道、宏道均已去世。所以汤翁回忆当年与袁氏兄弟"都下雪堂夜语"，不禁悲从中来，黯然神伤。

　　古来英杰不想因为自己的死而让活着的人感到悲痛，因而希望能够长久地活下去，但这不过是各自的悲苦之情所致而产生的幻想罢了，怎么可能实现呢！汤显祖这几句话，真是说尽了人间生死隔绝的痛苦和无奈。"而于此际无服之丧，无声之哭，时时有之，更在世情之外。"对知己如此深长的怀念，确乎不同一般，也只有倡导"主情"、"至情"的汤翁能够。

寄帅惟审膳部[①] 汤显祖

人生有限之年,岂给无穷书籍。但用深心取适于妙。弟去岭海[②],如在金陵。清虚[③]可以杀人,瘴疠可以活人。此中杀活之机,于界局何与邪!归苦热瘅[④],魄几易宅。痁[⑤]危之后,身寄转轻。语云:"本见而草木节解。"[⑥]此时然也。兄无甚酒,幸为我留少许情神,相老而嬉。

《汤显祖全集》

【注释】

①帅惟审膳部:即帅机,字惟审,号谦斋。江西临川(今江西抚州)人。明后期诗人,曾任南京礼部精膳司郎中。与汤显祖、邱兆麟、祝徽齐名,被誉为明代临川前四大才子。

②岭海:指两广地区。其地北倚五岭,南临南海,故名。

③清虚:清洁虚空。

④热瘅:又名"消瘅",即消渴病。就是邪热内炽,消灼津液,而见多饮食而消瘦。

⑤痁(shān):疟疾的一种,多日一发。

⑥"本见"句:语出《国语·周语》:"天根见而水涸,本见而草木节解。"意谓秋季草木枝叶残谢脱落。

【赏读】

这封信写于万历十九年(1591)。这一年,汤显祖因上《论辅臣科臣疏》得罪了权贵,被贬官广东徐闻。他在即将踏上逆旅之际,途经故乡临川小住的时候,寄这封信给友人帅机,讲了两个很有意味的人生感悟。

其一,读书方法。人生有限,书籍无穷,人不可能把所有的时间都用来读书。那么要怎样做才能更有效益呢?汤显祖精辟地说:"但用深心取适于妙。"即读书的要诀,不过是深入思考,寻求适合于自己的途径,领略其精妙罢了。是啊,书读到这样的境界,何苦之有?

其二,生死玄机。人是否能够好好地生存,关键在于自己的内心,与外在的处境无关。清虚如南京这样的都城,也可以置人于死地,恐怖如岭海这样的瘴疠之地,却也可以活人。虽然汤显祖的话中带有对现实的强烈不满,但这确实是生活的真谛。了悟了"杀活之机",还有什么样的挫折不能够战胜,还有什么样的富贵消受不起呢?

与无去上人[1] 汤显祖

秋净,尚图借一臂袈裟地,听龙门说法[2]也。四香戒如教上。不乱财,手香;不淫色,体香;不诳讼,口香;不嫉害,心香。常奉四香戒,于世得安乐。

《汤显祖全集》

【注释】

①无去上人:僧侣名,事迹不详。
②龙门说法:指如龙门石窟释迦摩尼说法像那般亲切、庄严的佛家说法情调。

【赏读】

这是汤显祖对佛教教义的领悟,所谓"常奉四香戒,于世得安乐"。人的种种欲望是与生俱来的,但重视后天的修养,以遏制人性中的丑恶面,激发其真善美,素来为中华传统文化所重视。佛教传入中国后,汲取其理论的有益道德内涵,具有积极的意义。汤显祖这封信与禅僧谈佛法,就是一种道德的参悟。今天的我们,从"四香戒"和汤显祖的感悟中,是否也可以得到某种启示呢?

答陆学博 汤显祖

文字①谀死佞生②,须昏夜为之。方命③,奈何?

《汤显祖全集》

【注释】

①文字:此指碑志、墓铭一类文章。
②谀死佞生:指此类文章多为奉承谄媚之词。
③方命:亦作"放命",即违命,婉言表示对对方的要求不能照办。

【赏读】

仅仅用九个字,汤显祖就揭示了碑志、墓铭一类文章的特点:"谀死佞生,须昏夜为之"。真是银钩铁画、鞭辟入里啊。碑志、墓铭,在古代文章中可谓洋洋大观。请有声望的人来写,为死者唱颂歌,同时奉承有头面的生者,其实无非一些虚言浮词,大都无甚价值。所以他拒绝了陆学博的请求,用语委婉但态度坚决,短短十五个字,我们就可见汤显祖其人的眼界、才情和个性。

与王元美① 陈继儒②

别来从句读③中暗度春光,不知门外有酒杯、华事④。每忆祇园⑤昙观,草绿鸟啼,追随杖履之后,笑言款洽,如此佳况,忽落梦境矣。

《晚明小品选注》

【注释】

①王元美:即王世贞,字元美,号凤洲,又号弇州山人,太仓(今江苏太仓)人,明代文学家、史学家。

②陈继儒(1558～1639):字仲醇,号眉公、麋公。华亭(今上海松江)人。明代文学家、书画家。隐居小昆山,后居东佘山,杜门著述,工诗善文,短翰小词皆极风致。书法苏、米,兼能绘事。著有《陈眉公全集》、《小窗幽记》等。

③句读(dòu):也称句逗,是句号和读号的合称,古时称文词停顿的地方叫做句或读。此代指文章。

④华事:荣华光耀的事。

⑤祇园:小祇园,又称"小祇林",为王世贞弇山园中较早修筑的一部分。

【赏读】

由于历来对师道尊严的片面批判,古代的师生关系,容易给人一种严肃呆板的印象,其实不然。我们不仅可以从《论语》中看到孔子和弟子们融洽相处、循循善诱的形象,感受"东鲁春风吾与点"的诗意氛围，我们也可以从王思任的《上黄老师》和陈继儒这封信中，感受到师生之间的默契交流。

在远离老师的时候，向老师汇报自己如何专注于学问，回忆追随老师时"草绿鸟啼"、"笑言款洽"的"佳况"，感慨于那种种难以忘怀的事情在离别后只能成为惆怅的梦境。于是乎，学子对老师的依恋和深情，老师对学子的亲切和关爱，全都毕现纸上。

与王闲仲① 陈继儒

今日午后,屈兄过七夕②,因思牛女之会。当新秋晚凉,故不热;女③之外无小星④,故不争亦不妒;一年一度,故不老。容把杯共笑也。

《陈眉公尺牍》

【注释】

①王闲仲:即王士骏,字闲仲。著有《摄月楼诗稿》等。
②七夕:农历七月初七是七夕节,又称乞巧节。
③女:织女星。
④小星:《诗经·召南·小星》:"嘒彼小星,三五在东。"注:"盖众妾进御于君,不敢当夕,见星而往,见星而还。"故小星亦指小妾。本文为双关语。

【赏读】

这是一个特别的请柬。牛郎织女七夕相会,是历代文人百写不厌的爱情题材,但如此幽默诙谐、别出心裁的议论,不说是绝无仅有,也可谓并不多见。同一个故事,不同的时代、不同的人,可以有不同的解读。双星隔河相望,两情久长,成为千古佳话,他们一年一度的相会,又赢得了多少人同情的眼泪。然而作者却说:牛郎在织女之外没有小妾,所以不存在争宠与嫉妒;双星一年才得一聚,所以可以保持爱情的新鲜感。这不是作者态度轻薄,而是以平常心、寻常事来解读这个神话传说,从而将其世俗化,让神话走下神坛,还原为普通人家的世俗生活。这正是晚明文学精神的特点之一。作者在写请柬时已设想与朋友"把杯共笑",令人忍俊不禁。

答项楚东[1] 陈继儒

初坚客戒[2],如棘篱护笋,咫尺相隔。顷者柳花如霰,鸳鸯倦飞;小阁褰帷,残炉尚烬。此时恨不与吾丈共之。二诗小儿涂鸦[3],不堪一笑。差有米家云山[4],少能忓垢[5]耳。

《陈眉公尺牍》

【注释】

①项楚东:明万历间人物,江苏吴县人,事迹不详。
②坚客戒:坚决拒绝会客。
③涂鸦:言作书之拙劣。卢仝诗《示添丁》:"涂抹诗书如老鸦。"
④米家云山:米芾《云山图》。
⑤忓垢:批评,指责。

【赏读】

当初立意隐居拒客,哪怕与朋友相隔只在咫尺,也不愿相见;随即感到寂寥难耐,又恨不能与友晤谈共处。人的心理和行为,有时就是如此矛盾。不过也正因为这样,才更见知交的重要。有几人能与自己共赏爱子的涂鸦之作,并谈论自己喜欢的艺术品呢?

柬米子华 　陈继儒

前以一束生刍①，拜太夫人。四顾萧然，苔花绣壁，落叶满门，人为醋鼻②。顾弟且为足下顿足相敬。古所谓蓬蒿三径③，居然名士风者，正为足下发耳。足下诗本性情，绝不作当今涂神画鬼面目④，乃就李⑤不知有米先生何也？且无论足下，即秋潭一沙弥，彦平、方叔两缝掖⑥，俱寂寂如木钟石鼓。大雅凋伤⑦，烟霞冷落，一至如此！仆为老亲浮沉人间，既似在绦之鹰⑧，复如斗穴之鼠⑨，思得清凉闲散如兄者，相与以一钵米、一杯茗破之，亦了不可得。况海氛杂沓⑩，吾辈泄泄，与蜉蝣燕雀争尺寸之安⑪，何以堪之。

《陈眉公尺牍》

【注释】

①生刍：本指新割的青草。后世称吊丧礼物为生刍。

②醋鼻：即酸鼻，指因伤心而鼻酸泪流。

③蓬蒿三径：西汉末，王莽专权，兖州刺史蒋诩告病辞官，隐居乡里，于院中辟三径，唯与求仲、羊仲来往，故"蓬蒿三径"意谓归隐田园。

④涂神画鬼面目：指明代弘治、正德以来，由前后七子煽扬起来的在诗文创作上盲目尊古、以摹拟剽窃为能的不良风气。

⑤就李：古地名，在今浙江嘉兴县。后泛指吴越一带。

⑥缝掖：宽袖单衣，古代儒生的通常衣着，因而即作为儒生的

代称。

⑦大雅凋伤：指优秀的文学作品凋散难见。

⑧在缘之鹰：被装在网里的鹰。喻指受束缚。

⑨斗穴之鼠：在如斗一样的小洞里的老鼠。喻指受到限制。

⑩海氛杂沓：指明末倭寇在江浙沿海的滋扰杀掠。

⑪"与蜉蝣"句：谓苟安于世。蜉蝣，小虫。燕雀，泛指不能高飞的鸟。

【赏读】

"苔花绣壁，落叶满门"，名士景况的萧条，下笔立见；"诗本性情，绝不作当今涂神画鬼面目"，名士个性的独特，跃然纸上；"大雅凋伤，烟霞冷落"，当时文风的凋散，一言蔽之。"既似在缘之鹰，复如斗穴之鼠"，作者所处时世的难堪，无以复加。"清凉闲散"的生活，"一钵米、一杯茗"的君子之交，在这样的世道中成了不可企及的向往。

全文虽然在抑郁中表现了几分豁达，毕竟让人感到，隐逸并不能逃避尘世所有的矛盾，如何才能安顿自己的身心，是人们在现实生活中最为纠结的问题。

复吴用修 黄汝亨①

怀足下意,非楮墨②可了,彼此穷愁,亦复默会,姑与足下陈说两境。

泉声咽石,月色当户;修竹千竿,芭蕉一片。或探名理③,时对佳客。清旷则弟蓄嵇、阮④,飞扬则奴隶原、尝⑤。萧然四壁,傲睨千古。此一境也。

采薇⑥颇艰,辟纑⑦不易。内窘中馈⑧之奉,外虚北海⑨之尊。更复好义先人⑩,守雌去道⑪;食指⑫如林,多口若棘。风雅之趣既减,往来之礼务苟。此又一境也。

两境迭进,终归扰扰。半是阿堵⑬小贼,坐困英雄耳!吾与足下俱不免,故敢及之,此未可示俗客也。

《寓林集》

【注释】

①黄汝亨（1558～1626）：字贞父,号泊玄居士、寓林居士。仁和（今浙江杭州）人。明万历二十六年（1598）进士,官至江西布政司参议。有《天目游记》、《廉吏传》、《寓林集》、《寓庸子游记》等著作。晚明著名小品文作家。善书,行草合苏、米之长,媚不掩骨,韵能成法。

②楮（chǔ）墨：纸墨。借指诗文或书画。

③探名理：进行学术研究,探寻事物的哲理。

④嵇、阮：即嵇康、阮籍。

⑤原、尝：战国时代的平原君、孟尝君，皆以养士著称。

⑥采薇：殷商末年的伯夷、叔齐不食周粟，居首阳山，采薇而食。此指觅食、谋生。

⑦辟纑（lú）：分麻搓线。纑，麻线。战国时陈仲子为逃避楚王国相之聘，携妻隐居，他编草鞋，妻绩麻，换食谋生。

⑧中馈：古指妇女在家主持饮食之事，后引申指妻室。

⑨北海：东汉孔融为北海相，故称。

⑩好义先人：追慕先贤的风范。

⑪守雌去道：安于贫贱，不求闻达。守雌，语出《老子》："知其雄，守其雌。"指谦卑忍让，与世无争。

⑫食指：喻人口。

⑬阿堵：即阿堵物，代指钱，典出《世说新语·规箴》。

【赏读】

"我欲乘风归去，又恐琼楼玉宇，高处不胜寒。起舞弄清影，何似在人间。"（苏轼《水调歌头》）东坡在一个中秋夜的沉吟，道出了中国古代文士徘徊于仕进与隐退，纠结于出尘与入世的两难选择。黄汝亨在信中以鲜明的对比，进一步刻画了其面临的"两境"情状：出世虽然自在适意，但势必艰于生计；入世虽然志得意满，但难以超脱官场纷扰。高尚的精神境界和困窘的现实生活，就是这样如影随形，真是一文钱难倒英雄汉！这一番议论或说是牢骚发得痛快淋漓，揭示了在金钱对人性异化特别突出的晚明，传统文士更为艰难的处境，更为纠结的选择。作者也明知只能对智者、知己道，难为俗人言。与其"两境迭进，终归扰扰"，不如作一个了断，选择宁贫困而归隐。这一举措早有东晋陶渊明在先。其实不仅只是古代文士，生活在现实中的人们，无论哪一个时代，都会严重或不严重地面临精神取向和物质追求的两难选择。读完这封信，我们是不是也会叩问一下自己的内心？

答江长洲绿萝① 袁宗道②

家弟③既有《锦帆集》矣,门下可无《茂苑集》乎?集果行,不佞④当僭跋⑤数语,庶几贱姓名托佳篇不朽,意在附骥,峭耻为蝇也⑥。家弟尚未抵家,不知萍踪近在何处,音耗不通,业已半载。徵仲⑦真迹难得,其仿山谷老人⑧者尤难得。明窗棐几⑨,沐手展玩,神采奕奕,射映一室。尘土胃肠,为之一浣。十年梦想虎丘茶,如想高人韵士。千里寄至,发瓿⑩喜跃。恰如故人万里归来,对饮之语,不足方⑪弟之愉快也。

弟仅有一女,适人匝岁⑫死于产病,情殊难堪。所幸当事见怜,听辞试差,婆娑一室,良朋时来,一觞一咏,消结涤郁,恩缠爱继,日就轻微。卜夏之病⑬,庶其免矣。知门下念我,故缕及近怀。

《白苏斋类集》

【注释】

①江长洲绿萝:即江盈科,字进之,号渌萝,又作绿萝。湖南桃源人。曾任长洲(今江苏吴县)县令。

②袁宗道(1560~1600):字伯修,号玉蟠,又号石浦。公安(今属湖北)人,明代文学家,"公安派"的发起者和领袖之一,与弟宏道、中道并称"三袁"。为文反对拟古。主张文章以代口舌,言文合一,抒写性灵,尤推崇白居易、苏轼,并将其居室名为"白苏斋"。有《白苏斋类集》。

③家弟：即袁宏道，他著有《锦帆集》。

④不佞（nìng）：不才，作者的谦称。

⑤僭跋：越分作题跋。

⑥"意在"二句：用蝇虫附在骏马身上得以行千里，比喻自己为对方作跋，亦使自己声名远播。

⑦徵仲：文徵明，字徵仲。明代书画家、文学家。

⑧山谷老人：黄庭坚，号山谷。北宋诗人、书法家。

⑨棐（fěi）几：用棐木做的几桌。亦泛指几桌。

⑩发瓿（bù）：打开瓮罐。瓿，古代容器名。陶或青铜制。圆口、深腹、圈足，用以盛物。

⑪方：比得上，并列，并行。

⑫匝岁：一年。

⑬卜夏之病：指丧女之痛。卜商，字子夏，孔子的弟子，有一子早死。

【赏读】

公安派讲究"不拘格套，独抒性灵"，追求平易浅淡的文风，袁宗道这封信可谓代表作。全文没讲什么国家大事，天下情怀，只是絮絮叨叨，和朋友闲唠家常。时而犹如小溪淙淙，意绪清浅，如叙其弟出文集及不知其行踪，品味朋友书法的感受，得到渴想多年的虎丘茶时之高兴；时而犹如哀筝划过，情感掩抑，如叙其独生女不幸死于难产，自己在感情上接受不了这个事实，乃至辞职患病。描写有时简洁清虚，如写品书法："明窗棐几，沐手展玩，神采奕奕，射映一室，尘土胃肠，为之一浣。"有时细致切实，如写茶思："十年梦想虎丘茶，如想高人韵士。千里寄至，发瓿喜跃。恰如故人万里归来，对饮之语，不足方弟之愉快也。"

答萧赞善玄圃[1]   袁宗道

籝灯[2]读兄书,爱我忆我,更私箴[3]我,乃知世外交游,钟情更甚,岂比尘世朋伴,朝而握手,暮即掉臂者哉!兄归山中,焚香啜茗,寄意琴书,取乐鱼鸟,真不减飞天仙人。惟愿文酒之暇,无忘却菩提本愿,时取大慧、中峰二禅师语录置案头,朝夕相对。弟今法侣[4]益稀,荆扉日掩。白苏斋[5]前,草深一丈。亦惟恃此二老友晤语室内。法喜禅悦之乐,弟与兄默默消受,虽关山万里,亦不异刻刻对面矣。

《白苏斋类集》

【注释】

①萧赞善玄圃:即萧宗伯,字玄圃。与袁氏兄弟、王衷白、陶周望数相过从。赞善,古代官名。

②籝灯:置灯于笼中。

③箴:文体的一种。以规劝告诫为主。

④法侣:犹道友。

⑤白苏斋:袁宗道的书斋。他因喜好唐代白居易、宋代苏轼的诗文,将自己的书室取名为"白苏斋"。

【赏读】

有一种友情,产生于"禅悦之乐",我们可以从这封信去领略。

参悟佛法，在古代士大夫，通常只是提高个人修养的一种途径。但道友往往志趣高雅，戒争名斗利之心，倡导"焚香啜茗，寄意琴书，取乐鱼鸟"的散淡生活。所以作者感叹"世外交游，钟情更甚"。他们不像世俗一些所谓的朋友，轻易为利益反目成仇。"禅悦之乐"，其实就是在佛法提倡的空静观之参悟中，达到心灵的净化，结成纯洁的友情。

在忙碌的尘世，人需要寻求一个释放压力的空间，以安顿自己疲劳的身心。所以，即使我们并非要皈依佛门，也可以从佛教哲学中汲取人生智慧，以使自己获得内心的平静和谐，从容淡定地对待人生的得失。

答梅客生[①] 袁宏道[②]

一春寒甚，西直门外，柳尚无萌蘖[③]。花朝[④]之夕，月甚明，寒风割目，与舍弟闲步东直[⑤]道上，兴不可遏，遂由北安门[⑥]至药王庙[⑦]，观御河[⑧]水。时冰皮[⑨]未解，一望浩白，冷光与月相磨，寒气酸骨。趋至崇国寺[⑩]，寂无一人。风铃之声，与猧[⑪]吠相应答。殿上题额及古碑字，了了可读[⑫]。树上寒鸦，拍之不惊，以砾[⑬]投之，亦不起，疑其僵也。忽大风吼檐，阴沙四集，拥面疾趋，齿牙涩涩有声，为乐未几，苦已百倍。数日后，又与舍弟一观满井[⑭]，枯条数茎，略无新意。京师之春如此，穷官之兴可知也。冬间闭门，著得《广庄》[⑮]七篇，谨呈教。

《袁宏道集笺校》

【注释】

①梅客生：梅国桢，字客生（一作克生）。湖北麻城人。性情豪爽，善骑射，能诗文，是公安派的文学同道。

②袁宏道（1568～1610）：字中郎，号石公，又号六休，公安（今属湖北）人。与其兄宗道、其弟中道并有才名，有"三袁"之称，又称"公安派"。袁宏道提出了"独抒性灵，不拘格套"的文学主张，在创作上诗文皆擅，散文成就尤高，为晚明一代名家。其尺牍集写景、抒情、议论为一体，率性而发，清新凝练。有《袁中郎全集》。

③萌蘖（niè）：春天到来时树木抽发新芽。

④花朝：古时以二月十五日为百花生日，农历称为花朝节。

⑤东直：即东直门，位于北京城东北角。

⑥北安门：明代北安门即今地安门。

⑦药王庙：道教普济药王庙，位于今北京地安门西大街。

⑧御河：环绕皇城的护城河。

⑨冰皮：水面上的冻冰。

⑩崇国寺：又名大隆善护国寺，在北京西直门外。

⑪猧（wō）：小狗。

⑫了了可读：可以清清楚楚地阅读。

⑬砾（lì）：小石，碎石。

⑭满井：明清时期北京的一个游览地，在安定门外五里处。

⑮《广庄》：袁宏道仿《庄子》内篇，作《广庄》七篇。

【赏读】

月明花开，最易引发人们的闲情逸致，但这意绪最终流向何处，则因人而异。正如宏道笔下之景总是其"性灵"的外化一样，此信写了一个花朝月夕他与自然的对话。

袁宏道当时所担任的顺天府学教授，在一般人眼中不过是个"穷官"而已。但在他看来，"穷"即闲适，并非仕途淹蹇，亦无失意落寞。所以，京郊踏月，"冷"、"白"、"寂"、"僵"等观感，冰面"冷光与月相磨"、风铃声、犬吠声、卷地寒风等景象所透出的萧森寒意，虽然使他由"兴不可遏"，终至意兴阑珊，但待到春光明媚之日游览满井，仍不禁欣然于"能不以游堕事，而潇然于山石草木之间者，惟此官也"（《满井游记》）。可见，信中"为乐未几，苦已百倍"，"京师之春如此，穷官之兴可知"等感慨，在这个暗淡的月夜，不过是缘境而发罢了。对于达观者来说，苦乐之情，原是可以因景随心转换的。

与沈博士[1] 袁宏道

作吴令,无复人理,几不知有昏朝寒暑矣。何也?钱谷多如牛毛,人情茫如风影,过客积如蚊虫,官长尊如阎老。以故七尺之躯,疲于奔命,十围之腰,绵于弱柳,每照须眉,辄尔自嫌,故园松菊,若复隔世。夫伯鸾佣工人[2]耳,尚尔逃世;彭泽乞丐子耳,羞见督邮[3],而况乡党自好之士乎[4]?但以作吏此中,尚有一二件未了事欲了,故尔迟迟,亦是名根[5]未除。若复桃花水发,鱼苗风生,请看渔郎归棹,别是一番行径矣。嗟乎,袁生岂复人间人耶?写至此,不觉神魂俱动,尊丈幸勿笑其迂也。

《袁宏道集笺校》

【注释】

①沈博士:沈存肃,浙江嘉定人。时任荆州府教授。

②伯鸾佣工人:东汉人梁鸿,字伯鸾,家贫博学,与妻孟光隐居霸陵山中。后往吴(即袁宏道为令之苏州),依皋伯通,居小屋,为人佣工舂米,夫人孟光与他举案齐眉,留下千古佳话。

③"彭泽"句:陶渊明做彭泽令时,不愿为五斗米折腰,解印绶去职,赋《归去来兮辞》。

④"而况"句:袁氏祖辈在公安耕织发家,至祖父起,已成里中首富。虽后来衰落,但仍是耕读之家。袁宏道此处对自己的家世有几分自傲,说自己不用靠做官谋食。

⑤名根:指人喜好名利的本性。

【赏读】

万历二十三年(1595),袁宏道授吴县令。在任二年,他以出众的才干,博得了当地官民的好评。然而,追求自适的本性,使他对县令日常要处理的种种琐事,对迎来送往处处要人奉承的上司,全都感到不胜其烦。在一年多的时间里,他七上乞归稿,终于如愿以偿,得以娱情遣兴,遨游于吴越山水之间。

这封信写于袁宏道辞县令之前,他以夸张的笔墨,淋漓尽致地描述了县令事务之烦剧,以及令其苦不堪言的情状。然而我们不难看到,这只是表面的原因。更令他无法忍受的是,以七品芝麻官的地位,需要摧眉折腰,奉承各路上司,即其所谓"官长尊如阎老"。宏道自命为"自好之士",既有传统文人清高傲世的秉性,亦因当时家有田产,不必忍受这份煎熬,这就令他不能不生"逃世"之想了。

向朋友倾诉了官场的烦恼后,宏道自然而然地憧憬起辞官后的快乐:"桃花水发,鱼苗风生,请看渔郎归棹,别是一番行径矣。"这幅想象的画面非常美妙,表现了超凡出尘、无拘无束的人生理想。"袁生岂复人间人耶?"写到这里,作者自己都"不觉神魂俱动",读者又何尝不心生向往之情?

宏道后来迫于家人的期望,以及社会认同的需要,又两次返回仕途,但都是不久即辞归。可见,人对自由的追求和社会对人的规范,从来都是矛盾的。要想身在人间而不做人间人,这是一个两难的选择。因此取中庸之道,有所为有所不为,成了古往今来许多人两全的选择。

与丘长孺[1] 袁宏道

闻长孺病甚,念念。若长孺死,东南风雅尽矣,能无念耶?弟作令备极丑态,不可名状。大约遇上官则奴,候过客则妓,治钱谷则仓老人[2],谕百姓则保山婆[3]。一日之间,百暖百寒,乍阴乍阳,人间恶趣,今一身尝尽矣。苦哉,毒哉!

家弟秋间欲过吴[4],虽过吴,亦只好冷坐衙斋,看诗读书,不得如往时,携候子[5]登虎丘山[6]故事也。

近日游兴发不?茂苑主人[7]虽无钱可赠客子,然尚有酒可醉,茶可饮,太湖一勺水可游,洞庭一块石[8]可登,不大落寞也。如何?

《袁宏道集笺校》

【注释】

①丘长孺:名坦,字长孺,湖北麻城人,公安派作家。
②仓老人:掌管钱库粮仓的官吏。
③保山婆:媒人或作证的人,此喻言语啰嗦的人。
④家弟:指袁中道。吴:今江苏苏州,即当时袁宏道任县令的吴县。
⑤候子:作者的朋友陶望龄。
⑥虎丘山:苏州游览胜地,在苏州市郊。
⑦茂苑主人:作者自称。茂苑,苏州的代称。
⑧洞庭一块石:太湖中的包山,也称洞庭山。

【赏读】

在吴县做县令的袁宏道，于烦不胜烦中更加挂念朋友了，这封信表达了他对朋友的关怀之情，其洒脱的个性跃然纸上。

信一开篇，即令人倍感作者出语惊人——哪有一听到朋友生病，就设想人家要死，并直接写在信上的？就算是有这样的担忧，也只合搁在心里啊！但宏道偏偏就这样写了："若长孺死，东南风雅尽矣，能无念耶？"或许可以说这是作文章的一种反跌法，即为了加强语气，先把前一句话说"死"，后一句则由"抑"转"扬"，使话语"活"起来，从而形成前后句之间强烈的反差。但是，不是人人都能这样说话，也不是人人都能听这样话的。设想宏道写这话时的神态、丘长孺一拆信就读到这句话的情景，真令我们不能不折服于晚明文人的率真率性！

如此率真率性的袁宏道，当然会觉得做县令"备极丑态，不可名状"了。多少人为官的得意，被他称为"人间恶趣"。不能伴兄弟朋友游乐，也只能引为遗憾。但有酒可醉，有茶可饮，有太湖一勺水可游，有洞庭一块石可登，还是足以慰其情怀啊！读到这里，让人不禁莞尔。

与王子声① 袁宏道

弟屈指平生别苦,唯少时江上别一女郎,去年湖上别一长老,合今而三耳。女郎以情,长老以病,此别非病非情,亦复填膺②之甚,即弟亦不知所以也。征东将军③主人无惊人先生,遂亦无仆矣。惜哉,此将军无缘甚也。读扇头诗,字字涕泪,再见何期?令人肠痛。

《袁宏道集笺校》

【注释】

①王子声:即王一鸣,字子声。时任临漳知县。
②填膺:充塞于胸中。
③征东将军:重号将军,四征将军之一。资深者,加为"征东大将军"。

【赏读】

在中国文学史上,抒发离愁别恨的作品可谓不胜枚举,但如此独特的实在不多。公安派领袖独抒性灵、放言无惮的风格,在这封信中又一次表露无遗。看惯了诗词文赋委婉曲折的描写,如此直率坦诚的抒发,令人更觉有一种直抵人心的力量,在白描中说透了别情。

江上别女郎、湖上别长老、今日别友人,不是事例的列举,而是情势的推进。"别虽一绪,事乃万族",多情自古伤别离,离愁随境随人而异,痛苦则是一样的。宏道对"别苦"的描写,开写离别的又一境,亦可见其性情虽然洒脱不拘,也有坚执深情的一面。

寄散木[1] 袁宏道

散木近作何状？人生何可一艺无成也。作诗不成，即当专精下棋，如世所称小方、小李[2]是也。又不成，即当一意蹴鞠搊弹[3]，如世所称查八十、郭道士[4]等是也。凡艺到极精处，皆可成名，强如世间浮泛诗文百倍。幸勿一不成两不就，把精神乱抛撒也。知尊多艺，故此相砥[5]，勉之哉。

《袁宏道集笺校》

【注释】

①散木：即龚仲安，字惟静，号散木。

②小方、小李：小方，方子振，明万历年间因棋艺高而闻名海内。小李，李冲、李师，二人均是明中叶的弈棋名家。

③蹴鞠：我国古代的一种足球运动。用以练武、娱乐、健身。搊弹：弹奏弦索乐器。

④查八十、郭道士：查八十，明代琵琶名手。郭道士，"郭"应为"韩"之误，韩承义，显灵宫道士，擅蹴鞠。

⑤砥：磨炼；修养。

【赏读】

明人喜好刊刻诗文集以博取文名，乃至刊刻泛滥成灾，从四库馆臣到不少文士，对此皆有讥弹。因此，袁宏道劝诫道，其实只要认真学一技艺，达到极精处，都可赖以成名，"强如世间浮泛诗文百倍"。虽不能说喜好刊刻诗文集的人，都是附庸风雅，但不切实际，只为博取虚名而写作，实在不可取。

读这则书信，令人想起鲁迅的遗言："孩子长大，倘无才能，可寻点小事情过活，万不可去做空头文学家或美术家。"由一种社会现象或文化现象，可以推及其他，启迪我们对社会人生的认识。

答夏道甫① 袁中道②

"高情已逐晓云空,不与梨花同梦"③,此情何堪,但一付庄周诸公处治也。梅花帐中,柏子炉边,别有一番光景。新春入渚宫④,当唤醒吾兄三生梦⑤耳。

拙诗一册,并园柑二十五枚,家履丝帨⑥,聊申一念。小刻初成,容续补真成百日兄诗及悼亡篇也。园柑大异市味,幸别视之。卓吾⑦手迹跋语,幸抄付来价以便入刻,至望。

《珂雪斋近集》

【注释】

①夏道甫:新安商人,名大鹏,别号"孔修",是袁中道的一位友人。

②袁中道(1570~1626):字小修,一作少修。公安(今属湖北)人。明代文学家,"公安派"领袖之一,袁宗道、袁宏道胞弟。论文主张"先意后法,不以法役意",又提出"诗以发抒性情为主"。有《珂雪斋集》二十卷、《袁小修日记》二十卷。

③"高情"二句:出自苏轼词《西江月·梅花》,是苏轼为随自己贬谪惠州的侍妾朝云写的一首名为咏梅、实为悼亡的词作。

④渚宫:楚之别宫,在今湖北江陵城内。此指代江陵。

⑤三生梦:佛教把人生分为前生、今生、来生,唤醒三生梦指人生如梦,不必过于执著。

⑥家履丝帨(shuì):自家织造的丝巾。

⑦卓吾:即李贽,号卓吾。明代思想家、文学家。

【赏读】

　　"高情已逐晓云空，不与梨花同梦"，这是苏东坡为其爱妾朝云写的悼亡词，表达了深沉执著、哀婉无尽的感情，所以袁中道说"此情何堪"。他显然是借用这个名句，劝慰朋友要开阔心胸，如同庄子等哲人那样，把人生视为一场大梦，把是非、荣辱，甚至生死都看成无所谓的事。至于得失，就更不要过于计较，这才可以忘却生活中的一切烦恼，逍遥自得地对待人生。揣摩其语意，当是朋友遇到了忧烦之事。所以，小修又劝慰说，人生有各种境界，此处失意，则彼处也许"别有一番光景"。小修说得不错，不过，从另一个角度说，人生不可无梦，追梦的人生，才会充实而精彩。"三生梦"若是完全被"唤醒"，也就难以享受人生的诸般况味了。

与范大 宋懋澄①

村居遇雨,来往绝人,自晨昏侍食之外,虽妻子罕见。居植修竹,间有鸟鸣,女墙②低槛,疑近山岫③,昼则雠校④史书。夜则屈伸一榻,谢绝肥甘,疏远苦醴⑤,胸中无思,或会古今得失,一顿足而已。如此数日,天亦将晴,人亦将至,我亦将出,不可以不记也,因就灯书之。

《历代小品·尺牍》

【注释】

①宋懋澄(1570~1622):字幼清,号稚源,一作自源,华亭(今上海松江)人。其尺牍充满哲理思辨,他也是明代后期杰出的文言小说作家。

②女墙:房屋外墙高出屋面的矮墙。

③山岫:峰峦。

④雠(chóu)校:校勘。

⑤苦醴:代指酒。

【赏读】

不论是文学艺术创作还是学术研究,都需要宁静,而宁静不只是对环境而言,也指一种超然的心态。这是古代不少人谈论过的创作体验。正如庄子所说:"用志不分,乃凝于神。"(《庄子·达生》)如果不能够专心致志、排除外界一切干扰,就不可能进入精神创造所需要的境界。"胸中无思,或会古今得失。"

校雠史书需要胸无杂念,其实所有的创造性工作,又何尝不是这样呢!本文作者写的虽然只是一次闭门研究的情形,却足以说明带有普遍意义的人生哲理。

与洪二 宋懋澄

自七岁以至今日,识见日增,人品日减,安知增非减而减非增乎!

《历代小品·尺牍》

【赏读】

随着年龄的增长,人的识见和人品也在一天天发生变化,然而安知增长与下降的,究竟是什么呢!此信充满哲理和思辨,别具只眼,发人深省,不能作一般看。知识(读书学习及人生阅历)的积累,往往会使人变得世故起来,甚至老奸巨猾,自私自利。设若这样的话,知识是增长了,人品却下降了。所以我们需要反省,人生在世,如果只是增长世故,不长进人品,那么知识的日渐增长,只会导致人品的日渐下降。如此这般"长进",究竟有何意义呢?人人都值得作这样一番反省。

寄黄贞父^①　钱文荐^②

湖上一别，浮梅槛庋^③之高阁者，不知几寒暑矣？岁聿^④云暮，江光雁影，寂寥堪悲。不得素心人^⑤共数晨夕，我怀郁陶^⑥，当何如也！陇头梅花杳无信，末由^⑦折一枝将敬，奈何！

《尺牍争奇》

【注释】

①黄贞父：即黄汝亨，字贞父，钱塘人。晚明著名小品文作家。善书，行草合苏、米之长。

②钱文荐：生卒年不详，慈溪（今浙江慈溪）人，明万历进士，授新野令。因钱家一门数人登第，因称"甲第世家"。

③庋（guǐ）：收藏，置放。

④聿（yù）：轻疾貌。

⑤素心人：指没有欲望杂念、心境清虚的人。此代指黄贞父。

⑥郁陶：忧思积聚貌。

⑦末由：无由。

【赏读】

一幅江光雁影图，一副寂寥伤感的愁肠，一个翘望远方的身影，诠释了什么是真正的友情。陇头梅花虽然尚未开放，淡淡飘香已在心头，折得一枝寄赠朋友固然好，没有也不用遗憾。浮世人生，得一素心人足矣，何必一定要日日厮守，共数晨夕呢！

寄友人　胡文涣①

鼓枻②渡江,清光渐远,夜来江水添一篙,皆不佞③相思泪也。回首石城④,茫然云树,恨不能假一翮到君前耳。

《尺牍争奇》

【注释】

①胡文涣:生卒年不详,字德甫,号全庵,自号抱琴居士。钱塘(今浙江杭州)人。明代医家。精通医理,亦精诗文、音乐。曾校辑《素问心得》、《灵枢经心得》、《香奁润色》等多种医书。

②枻:船。

③不佞:不才,用作谦称。

④石城:江西石城县。

【赏读】

才一分别,即开始思念。用一江清水比我的离泪犹觉少,借一双翅膀飞回你身边尚嫌迟。写情如此,既深且切。

与戴谦甫书　冯时可①

昔人以安身为乐,无忧为福②,又况有书万卷乎?吾以六籍③为皇都,以诸史④为九州,以老庄、释氏诸经论为化域净土⑤,以诗词杂说为狭邪委巷,神车意马游涉其间,斯吾得志之秋,亦何困苦之切,但恨足下不我共耳。章儿⑥意欲析箸⑦,便割五百亩遗之,所存者止坂田⑧一二顷,崎岖垅埫⑨,平时十不收一,今又遭旱,必无能糊口矣。其何以润足下?足下有舌若张仪⑩,有算若计然⑪,当不忧饿。窃恐将来不侫⑫,更当以足下为钱家主人⑬也。

《历代名家尺牍·明代尺牍》

【注释】

①冯时可:生卒年不详,明代嘉靖天启间人。字元成,号文所。隆庆五年(1571)进士,他的父亲是明末著名的"四铁御史"冯恩。冯时可一生淡泊名利,著述甚富,文学造诣颇高,与邢侗、王穉登、李维桢、董其昌被誉为晚明文学"中兴五子"。

②安身为乐,无忧为福:身体安定就是快乐,心中无忧就是福气。出自《三国志·蜀书·秦宓传》。

③六籍:即六经。

④诸史:先秦诸子散文和历史散文。

⑤化域净土:佛教指没有尘世庸俗气的清净世界。

⑥章儿:儿子。

⑦析箸：谓分家。箸，筷子。
⑧坂田：指地势较高的水田。
⑨硗埆（qiāo què）：土壤贫瘠，坚硬不肥沃。
⑩张仪：战国时期著名的政治家、外交家和谋略家。饱读诗书，满腹韬略，用纵横之术游说诸侯，成为纵横家的一代鼻祖。
⑪计然：春秋时期有名的谋士，博学无所不通。对治理国家的策略极有研究，善于从经济学的角度来谈论治国方略。
⑫不佞：没有才能，旧时用来谦称自己。
⑬钱家主人：提供钱财的人。

【赏读】

冯时可为人正派，铁骨铮铮，不阿附于权贵。从信中的语气看，戴谦甫的人品低下，为其所不认同。此信大概为拒绝戴谦甫求荐或打秋风而发，鲜明地表现了冯时可高尚的品格和情趣，以及对人生的深刻认识。

"安身为乐，无忧为福。"出自《三国志》的这句格言，比起建功立业的英雄观，或许有较多的明哲保身色彩，显得相对平庸。然而持此人生观而追求平平淡淡，立身正派，也不是人人都可以达到的境界。本心清净，没有过多的俗世欲望，读万卷书，神游其间，自以为得志，又何来困苦呢？"安身为乐，无忧为福"，与巧舌如簧、精于算计，猎取功名富贵，实际上是作者有意形成的一种对比。前段正说，后段反激，有力地表现了淡泊名利的人生观。离开实际的语境，此信亦可给人以有益的启迪。

简赵哲臣　王思任①

汾水②西流,弟愿随去看李公子王气③,随上清凉台④,食古雪,袖天花⑤数朵归寿老亲,未必不韵,谪官何足挂怀。

《文饭小品》

【注释】

①王思任(1574~1646):字季重,号谑庵,又号遂东,山阴(今浙江绍兴)人。诗重自然,才情烂漫;小品文笔清丽,风神飘逸,好以诙谐为文,是明末小品文的名家,有《王季重十种》传世。

②汾水:即汾河。在山西省中部,为中国黄河第二大支流。

③李公子王气:指李白的豪气。

④清凉台:在河南商丘古城西北三十余里处,为西汉梁王筑园故地,李白曾到此游玩。

⑤天花:天界仙花。

【赏读】

意象清美,意味隽永,终以刚肠直言收结;一封短简,两副笔墨,真是尺牍中的妙品。王思任不仅是明末的尺牍名家,也是品格高尚的仁人志士,这篇小品是其人、其文最凝练的表现。

大概友人是被贬谪到河南,所以作者自然地拈来了李白的典故:"弟愿随去看李公子王气,随上清凉台。"中国不止一个清凉台,据"汾水西流",此清凉台,应在河南商丘古城西北三十余里处,为西汉梁王筑园故地，李白曾经到此游览。富有意味的是，深于友情的李白，也曾寄诗给遭到贬谪、正在远行路上的朋友道："我寄愁心与明月，随君直到夜郎西。"（《闻王昌龄左迁龙标遥有此寄》）身躯虽然不能相伴，心却可以随行，一轮明月，天涯相共，李白把心灵的感应，写得如此贴切、亲切。王思任的这一短简，从篇幅上来说，类同于诗中的绝句，并且创造意象的手法和情境与李白诗相似，亦同样语极短而情极长。一诗一简，可谓异曲同工。但他抒写友情比李白更为委婉含蓄，劝慰失意也更为直截了当，抹去了李白诗中的惆怅之情，给人一份力量和勇气：人生之事，重要的是变逆为顺，把仕途失意权当一次漫步仙游，未必不能在苦难中找到诗的韵味，"谪官何足挂怀"！王思任的劝慰脱略潇洒，却绝非故作清高，因为他自己就曾经三仕三黜，全不以得失萦怀。

上黄老师 　王思任

隆恩寺①无他奇,独大会明堂有百余丈,可玩月,门生曾雪卧其间者十日。径下有云深庵,曾以五月啖②其樱桃,八月落其苹果。樱桃人啖后则百鸟俱来,就中有绿羽翠翎者,有白身朱咮③者,语皆侏俪④映舌,嘈杂清妙。苹果之香在于午夜,某曾早起嗅之,其逸品入神,谓之清香。清不同而香更异,老师不可不访之。

《文饭小品》

【注释】

①隆恩寺:原名昊天寺,在北京市石景山区。
②啖(dàn):同"啖",吃。
③咮(zhòu):鸟嘴。
④侏俪:口齿清俐,语言婉转。

【赏读】

要领略大自然的形、色、声、香之美,必须有一颗充满诗意的心。生活中诗意无所不在,这篇文章的作者,就在山间古寺里寻到了意趣:秋夜玩月;腊月卧雪;五月吃樱桃,看百鸟翔集,听清音婉转;八月待苹果长成,分辨其午夜、早晨香味的差异。这一切并非名士和僧侣的专利,而是常人可以感受的快乐。"山意悟时僧不语,落花声间梵音清。"(宋许必胜《祥符寺得句》)这两句诗说的虽是禅趣,却和这篇小品所表现的诗意相通。滤去现实生活中的烦恼，扫除急于成功的焦虑，去发现并感应天地之间生命的律动，或许我们就会比较容易感受到生活的美好，心中流溢着大自然的芬芳。

与陈眉公① 钟 惺②

相见甚有奇缘,似恨其晚。然使前十年相见,恐识力各有未坚透处,心目不能如是之相发③也。朋友相见,极是难事。鄙意又以为不患不相见,患相见之无益耳。有益矣,岂犹恨其晚哉!

《隐秀轩集》

【注释】

①陈眉公:即陈继儒,字仲醇,号眉公,明代文学家和书画家。

②钟惺(1574~1624):字伯敬,号退谷,湖广竟陵(今湖北天门)人,与同里谭元春同创竟陵派。倡导幽深孤峭的风格,有《隐秀轩集》。其小品文思想峭刻,言辞简练,是晚明名家。

③相发:相互启发和感应。

【赏读】

这是一篇见解非常深刻的朋友论,与历来作家笔下所发都有所不同。

人在世间将会和谁相逢,本来就不可预知,要从相逢到相知,那就更难了。因而人们信缘、说缘、惜缘。"相见甚有奇缘,似恨其晚。"所谓"奇缘",原来就是相见恨晚。然而这样的感觉,并非对人人皆可能产生,也并非任何时候皆可以产生,而需要随着阅历的增长,判断事物能力的增强,各自具有深刻透辟的思想才能达到。因为,非如此便不能够相互启发,非相互启发便不能够成为朋友。这就是所谓益友了。所以,能够成为朋友是件很难得的事情,不仅要有缘相遇,还要能够相互促进。"不患不相见,患相见之无益耳。"唯有益友,才会令人觉得相见恨晚,否则不过是白白浪费时间而已。这番议论真是"坚透"极了,对于我们理解朋友的涵义有所启发。

答同年尹孔昭[①]　钟　惺

兄怪我文字大有机锋[②]，谓尽之一字，有道者所不居，真是当头一棒。然读兄书，终篇机锋二字，兄自反何如？我辈文字，到极无烟火处[③]，便是机锋。自知之而无可奈何，亦是一业。何时与兄参之？

《隐秀轩集》

【注释】

①同年：指古时科举同榜录取的举人或进士。尹孔昭：江阴人，与钟惺、钱谦益等人交往。

②机锋：禅林用语，又作禅机。机，指受教之法所激发的内心活动，或指契合真理的关键、机宜；锋，指活用禅机的敏锐状态。意思是说常以寄寓深刻、无迹可寻的言语来表现一己的境界。

③无烟火处：此指竟陵派诗文创作主幽深孤峭、离却世情。

【赏读】

"我辈文字，到极无烟火处，便是机锋。"钟惺仅用这样一句话，就概括了竟陵派幽深孤峭文学风格的实质，即绝出世俗，向着自己的内心开掘。不过，人既不能不食人间烟火，文字自然也就不可能完全超凡绝尘。钟惺这样说，出于抵制摹拟剽窃之风，但难免有矫枉过正之嫌。

与毅儒八弟① 张 岱②

见示《明诗存》,博搜精选,具见心力。但窥吾弟立意,存人为急,存诗次之,故存人者诗多不佳,存诗者人多不备③。简阅此集,大约是"明人存",非"明诗存"也。愚意只以诗品④为主,诗不佳,虽有名者亦删;诗果佳,虽无名者不废。盖诗删则诗存,不能诗之人删,则能诗之人存。能诗之人存,则能诗之明人亦俱存,仍不失吾弟存人与存明之本意也。且子房不见词章,玄龄仅辨符檄,不能诗无害于人。⑤不能诗而存其人,则深有害于诗也。吾弟以予言为然否?

《张岱诗文集》

【注释】

①毅儒八弟:张毅儒,张岱堂弟,亦善诗文,曾编《明诗存》。
②张岱(1597~1679):又名维城,字宗子,又字石公,号陶庵、天孙,别号蝶庵居士,晚号六休居士,山阴(今浙江绍兴)人。寓居杭州。明末清初文学家、史学家,其最擅长散文,著有《陶庵梦忆》、《西湖梦寻》等文集。
③备:完备,详细。
④诗品:诗歌的品评。
⑤"且子房"三句:意谓张良和房玄龄都不擅写诗,但并不妨碍他们传名后世。子房,即张良,字子房,西汉初重臣,封留侯。玄龄,房玄龄,唐太宗时的名相,封梁国公。符檄,符命与檄文,指朝廷公文之类的文章。

【赏读】

这封信谈论选诗的标准，不仅可以让我们增长知识，也可以为我们的学习提供某种启示。

选诗，究竟是以诗的好坏，还是以人的名声大小为标准？张岱的回答是"只以诗品为主"，即以诗的好坏为唯一的标准。"诗不佳，虽有名者亦删；诗果佳，虽无名者不废。"因为，不会作诗无害于人，但是，如果让诗作得并不好的人入选，对诗歌创作的危害就大了。这确实是编选文本的重要原则。好的选本，具有指导人们学习和创作的作用，如《昭明文选》、《古文观止》、《唐诗三百首》等，所以自古好选家颇不易得，好选本自然流芳百世。

由此可以感悟，在人类浩瀚的书籍海洋中，读经典的选本，可以使我们对知识的获得和利用在短期内达到最大化。当然，这只是就一般而言。如果你要专攻某一方面，那还是不要满足于选本，而要尽可能全面地阅读。

与祁世培① 张　岱

　　造园亭之难，难于结构，更难于命名。盖命名，俗则不佳，文又不妙。名园诸景，自辋川②之外，无与并美。即萧伯玉③春浮之十四景④，亦未见超异，而王季重⑤先生之绝句，又只平平。故知胜地名咏，不能聚于一处也。西湖湖心亭四字匾，隔句对联，填楣盈栋。张钟山⑥欲借咸阳一炬，了此业障⑦。果有解人⑧，真不能消受此俗子一字也。寓山⑨诸胜，其所得名者，至四十九处，无一字入俗，到此地步大难。而主人自具摩诘⑩之才，弟非裴迪⑪，乃令和之，鄙俚浅薄，近且不能学王谑庵⑫，而安敢上比裴秀才哉？丑妇免不得见公姑，觍焉⑬呈面，公姑具眼，是妍是丑，其必有以区别之也。草次不尽。

《张岱诗文集》

【注释】

①祁世培：即祁彪佳，字虎子，一字幼文，又字弘吉，号世培，别号远山主人，山阴（今浙江绍兴）人。

②辋川：唐代诗人王维别墅，在陕西蓝田县西南二十里。

③萧伯玉：即萧士玮，字伯玉，江西泰和人。好园亭，所建春浮，为江南名园之一。

④春浮之十四景：谓柳溪、公安亭、金粟堂、芙蓉池、婵娟径、杯山、听莺弄、宜月桥、宿云墩、愚山、浮山、秋声阁、萧斋、凫阁。

⑤王季重：即王思任，曾作五言绝句十四首，咏春浮园十四景。

⑥张钟山：即张京元，字恩德，又字无始，号钟山，江苏泰兴人。其《湖心亭小记》云："恨亭中四字匾，隔句对联，填楣盈栋，安得借咸阳一炬，了此业障！"

⑦业障：前世所种的恶果，为今世的障碍。

⑧解人：见解高明并通晓人意的人。

⑨寓山：在绍兴郊外，祁彪佳在此建寓园。

⑩摩诘：王维，字摩诘。有《山中与裴迪秀才书》一文。

⑪裴迪：唐代诗人，曾与王维同居终南。

⑫王谑庵：即王思任，号谑庵。

⑬觍焉：腼腆的样子。觍同"腼"。

【赏读】

祁彪佳是晚明园林小品文的代表作家，是张岱的山水知己、莫逆之交。祁彪佳的寓园造成后，张岱唱和了其所题作品，并致以此信，对寓园各个景观的命名作了一番评论。园林艺术，是我国建筑文化史上的一颗明珠，历代园林题咏，形成了我国古典诗词、楹联、匾额中的一大奇观。张岱的这番议论，对我们了解古代园林文学，具有较高的认识价值。

"造园亭之难，难于结构，更难于命名。"这里的"命名"，还包括了通常的诗、联、匾。其所以"更难"，是因为这种艺术形式要求把自然景观和人文内涵融为一体，形成有限空间和无限时间有机结合的意境，最终如同画龙点睛一般，使所题园林变得有灵魂、有个性。张岱点评历代著名园林的题咏，肯定了盛唐诗人王维的辋川绝句，指摘晚明题咏"未见超异"、"平平"，以祁彪佳题寓园的"无一字入俗"，作为园林题咏的审美标准。胜地应有名咏，但二者很难聚于一处，张岱的这一感慨，为我们欣赏园林艺术提供了一个重要的视角。

与何紫翔① 张 岱

昨听松江何鸣台、王本吾二人弹琴,何鸣台不能化板为活,其蔽也实;王本吾不能练熟为生,其蔽也油。二者皆是大病,而本吾为甚。何者?弹琴者,初学入手,患不能熟,及至一熟,患不能生。夫生,非涩勒离歧②,遗忘断续之谓也。古人弹琴,唫揉绰注③,得手应心。其间勾留之巧,穿度之奇,呼应之灵,顿挫之妙,真有非指非弦、非勾非剔④,一种生鲜之气,人不及知,己不及觉者。非十分纯熟,十分淘洗,十分脱化⑤,必不能到此地步。盖此练熟还生之法,自弹琴拨阮⑥、蹴鞠吹箫、唱曲演戏、描画写字、作文做诗,凡百诸项,皆藉此一口生气。得此生气者,自致清虚;失此生气者,终成渣秽。吾辈弹琴,亦惟取此一段生气已矣。

今苏下之人弹琴者,一字音绝,方出一声,停搁既久,脉络既断,生气全无。此是死法,吾辈不学之可也。吾兄素以钟期⑦自任,其以弟言为然否?

《张岱诗文集》

【注释】

①何紫翔:行迹不详,大概善弹古琴。
②涩勒离歧:因指法生涩而导致的音韵梗塞和走调。
③唫揉绰注:弹琴的各种指法。
④非指非弦、非勾非剔:不是固定可循的操作手段(能达到

的)。

⑤"非十分"三句：指达到艺术境界的极致。

⑥阮：一种四弦乐器。西晋阮咸善弹这种乐器，故名阮咸，简称阮。

⑦钟期：钟子期，春秋楚人，精于音律。相传春秋时俞伯牙鼓琴，钟子期善听，后以钟期谓知音者。

【赏读】

古代名士往往不仅精于诗文，而且擅长琴棋书画，张岱在这里不过是露了一手而已，却似给我们上了一堂高水平的艺术修养课。

张岱认为，弹琴的关键，在于"生熟"之间相互转化，即"练熟还生"。需要特别注意的是，这个"生"不是指琴艺生涩，而是指"生鲜之气"，即艺术创新。弹琴者仅有熟练的演奏技巧是不够的，还要把它和自己对作品的情感、风格等内涵的理解，创造性地融为一体，而不是空洞地玩弄技巧，这样才能带给听者生气勃勃的感受。弹琴是一个"练熟还生"的过程，初学者唯恐技巧不够熟练，等到熟练了，则又唯恐不能表现出作品的特定内涵。要"纯熟"其演奏技巧，"淘洗"其审美感悟，最终"脱化"而成富有生气的艺术表现力。演奏者的创新意识，是这个过程的核心。

更有意思的是，张岱把"练熟还生"法推广到整个文学艺术领域，认定"凡百诸项，皆藉此一口生气"。我们是否也可以说，不仅文学艺术存乎"生气"，生活又何尝不是如此？在惯熟的日常生活中保持"一口生气"，追求日新而日日新，打破单调重复，我们不妨一试。

与友人(订赏午节) 陆云龙[①]

我辈寝处[②]湖头,晓烟暮月,领略已久,然赏其寂,亦何必避其喧,寺前石桥平敞,纵目有余。午后,各携觞豆[③]班荆[④]坐饮,听箫鼓于中流[⑤],看蛟螭之夭矫[⑥],游子麇至[⑦],画船鹊起。至薄暮,山带斜阳,城衔新月,踏歌声断,唯余一片水光山色。则盈虚消长[⑧]之理,我辈独得之,何必对妻孥剥粽、浮蒲[⑨],始为快也。

《广注名家书翰文读本》

【注释】

①陆云龙:生卒年不详,字雨侯,号孤愤生,堂号翠娱阁,馆名峥霄馆。浙江钱塘(今杭州)人。早年屡试不第,后坐馆执教为生。对魏忠贤等阉宦专权深恶痛绝,撰《魏忠贤小说斥奸书》。有诗文集《翠娱阁近言》,另有评选文集三十余种。

②寝处:居处。

③觞豆:借指酒肉。觞,酒器。豆,食器。

④班荆:用树荆铺地而坐。见《左传》:"班荆相与食而言复故。"

⑤中流:水流之中。

⑥蛟螭(chī)之夭矫:指舞龙表演。蛟螭,龙类。夭矫,屈伸貌。《淮南子·脩务训》:"木熙者,举梧槚,据句柱,蝯自纵,好茂叶,龙夭矫。"

⑦麇(qún)至:指纷纷到来。

⑧盈虚消长：事物发展变化，彼此斗争，强弱交替，此消彼长。或者说，人生（事业）往复曲折，有消有长，不会一帆风顺。见苏轼《前赤壁赋》："盈虚者如彼，而卒莫消长也。"

⑨浮蒲：饮蒲酒。

【赏读】

"结庐在人境，而无车马喧。问君何能尔，心远地自偏。"（《饮酒》）东晋诗人陶渊明的这首田园诗，表达了对"喧"和"静"的一种解悟，正可与陆云龙的这封信对读。

境由心生，并不在于人所处的位置如何。即如看惯了的风景，喧嚣中也有寂静，要欣赏其寂静，大可于闹中取静，何必刻意逃避喧嚣？"游人不管春将老，来往亭前踏落花。"（欧阳修《丰乐亭游春》）我们又何妨携游于午后，先看一番游人如织的热闹，而后等待薄暮时分，再欣赏"山带斜阳，城衔新月，踏歌声断，唯余一片水光山色"的清景。午后的喧嚣与黄昏的宁静两相对照，我们就能明白自然万物此消彼长的道理了。似乎是信笔挥洒，但深意自在其中：人生的低谷和高峰，不也同样是交替转化的吗？这样一想，也就能够释然于人生在世不可避免的一些失意了。

作者满怀憧憬，邀请朋友一同度过一个不同世俗的端午节，书柬才写就，意义已超越了过节这件事本身，更不用说晓烟暮月、箫鼓中流、山光水色、踏歌声声——这一幅幅有声有色的清新画面，在想象中，就已经带给我们的审美愉悦了。

答沈丈人永令 金圣叹①

诗非无端漫作,必是胸前特地有一缘故,当时欲忍更忍不住,于是而不自觉冲口直吐出来,即今之一二起句是也。但其冲口直吐来之时,必要借一发端,或指现景,或引故事,或竟直叙,或先空叹。当其作势振落②之际,法更不得不先费去十数来字,而于是其胸前所有特地之一缘故,乃竟只存得三四字矣。因而紧承三四,快与疏说,此固万万不得不然,一定之常理,亦初③非奇事也。

《圣叹尺牍》

【注释】

①金圣叹(1608~1661):一名人瑞,字圣叹。吴县(今江苏苏州)人,明末清初文学家、文学批评家。少有才名,博通经史,旁涉小说词曲及释道诸典,亦工诗文,尤好衡文评书,对《水浒传》、《西厢记》、《左传》等书都有评点。有《沉吟楼诗选》、《唱经堂才子书汇稿》等。今人辑有《金圣叹全集》。

②振落:落笔。

③初:完全,皆。

【赏读】

"诗非无端漫作",其实世间一切可以称之为艺术者,又何尝不是如此。金圣叹阐明了诗歌创作的重要规律:作诗的心理特点是超功利、纯粹地投入，要等待创作冲动来临时，"不自觉冲口直吐出来"；不作内容空洞、无病呻吟之诗。他认为，必须有这样一个起点，才能进一步说到写作方法。法无定格，金圣叹的写作法可以借鉴，但他在这里表述的创作观更有价值。

与次耕①书 顾炎武②

于天空海阔之中，一旦为畜樊之雉③，才华累之也。虽然无变而度，无易而虑④，古人于远别之时，而依风巢枝，勤勤致意，愿子之勿忘也⑤。自今以往，当思中材而涉末流之戒，处钝守拙⑥。孝标⑦策事，无俟博闻；明远⑧为文，常多累句。务令声名渐减，物缘渐疏，庶几免于今之世矣。若夫不登权门，不涉利路，是又不待老夫之灌灌⑨也。

《顾亭林尺牍》

【注释】

①次耕：潘耒，字次耕。顾炎武的学生。

②顾炎武（1613～1682）：明清之际思想家、学者。初名绛，字宁人，号亭林。江苏昆山亭林镇人。学者称其亭林先生。学问渊博，对国家典制、郡邑掌故、天文仪象及经史百家、音韵训诂之学，都有研究。与黄宗羲、王夫之并称为清初三大儒。著有《日知录》、《顾亭林诗文集》等。

③畜樊之雉：被困的鸟，形容失去自由。

④无变而度，无易而虑：指各人有各人的想法，不一定能够听进去别人的意见。引自《资治通鉴》："毋变而度，毋易而虑，坚守一心，以殁而世。"

⑤"古人"句：《古诗十九首·行行重行行》"胡马依北风，越鸟巢南枝"句，表达游子对故乡和亲人的眷念之情。

⑥处钝守拙：内敛明德，藏住锋芒。拙，藏锋守拙，韬光养晦，

实是老子哲学的精粹。

⑦孝标：即刘峻，南朝梁学者兼文学家，字孝标，本名法武，平原（今属山东）人。以注释《世说新语》而著闻于世，而其文章亦擅美当时。

⑧明远：即鲍照，南朝宋文学家。字明远，东海（今属江苏）人。

⑨灌灌：情意恳切的样子。

【赏读】

志行高洁的顾炎武，其人生信条是"不登权门，不涉利路"，明亡后更是拒绝了清廷的一切利诱。他深知官场的势利险恶，所以在这封送别信中，给予其即将应征清廷的弟子一番告诫。

"自今以往，当思中材而涉末流之戒，处钝守拙。"似乎这是封建官场中明哲保身的应世哲学。"中材"即庄子所谓"处于材与不材之间"（《庄子·山木》）的人生态度。他认为人太出色容易招忌而被毁，太无用也难以保全性命，只有"中材"可以全身自处。"处钝守拙"则是老子的哲学，即人要劲气内敛，不要过于张扬。但若止于上述理解，必会导致停留在文字表面的误读。顾炎武实际上是要求学生，如果不能拒绝出仕做官，那么至少要做到不与丑恶的现实同流合污。如何才能筑起坚强的意志，以保持高尚人格呢？他说："务令声名渐减，物缘渐疏，庶几免于今之世矣。"即淡化对世俗名利的追求，注重个人道德修养，那么至少可以保持一世清名。

作为老师，顾炎武并不用自己的人生态度去强求学生，但这一番告诫，足见他于无奈之中尚希望学生能够保持品格的苦心，亦足见其不论世事如何变化坚持独立人格的坚强意志。

寄钱牧斋①书 柳如是②

古来才子佳妇，儿女英雄，遇合甚奇，终始不易。如司马相如之遇文君③，如红拂之归李靖④，心窃慕之。

自悲沦落，堕入平康⑤。每当花晨月夕，侑酒征歌之时，亦不鲜少年郎君，风流学士，绸缪缱绻，无尽无休。但是事过情移，便如梦幻泡影，故觉味同嚼蜡，情似春蚕。年复一年，因服饰之奢靡，食用之耗费，入不敷出，渐渐债负不赀⑥，交游淡薄。故又觉一身躯壳以外，都是为累，几乎欲把八千烦恼丝割去，一意焚修，长斋事佛。

自从相公辱临寒家，一见倾心，密谈尽夕。此夕恩情美满，盟誓如山，为有生以来所未有，遂又觉人世尚有此生欢乐。复蒙挥霍万金，始得委身，服伺朝夕。春宵苦短，冬日正长。冰雪情坚，芙蓉帐暖。海棠睡足，松柏耐寒。此中情事，十年如一日。

不意河山变迁，家国多难。相公勤劳国家，日不暇给。奔走北上，跋涉风霜。从此分手，独抱灯昏。妾以为相公富贵已足，功业已高，正好偕隐林泉，以娱晚景。江南春好，柳丝牵舫，湖镜开颜。相公徜徉于此间，亦得乐趣。妾虽不足比文君、红拂之才之美，藉得追陪杖履，学朝云之侍东坡⑦，了此一生，愿斯足矣。

《历代小品·尺牍》

【注释】

①钱牧斋：即钱谦益，字受之，号牧斋，江苏常熟人。明末清初著名诗人，与吴伟业、龚鼎孳并称"江左三大家"。曾为东林党领袖人物。与名妓柳如是相爱，纳为妾。清兵南下，柳如是劝其殉节，未从而降清。

②柳如是（1618~1664），本名杨爱，后改名柳隐，字如是，又称河东君，浙江嘉兴人。是明清易代之际的著名歌妓才女。明崇祯十四年（1641），嫁与钱谦益，居绛云楼，两人读书论诗相对甚欢，传为一时佳话。她才貌双绝，工于诗词画艺，颇有民族气节，留下了许多值得传颂的轶事佳话和颇有文采的诗稿、尺牍。

③司马相如之遇文君：汉代四川临邛大富商卓王孙之女文君寡居，司马相如以琴挑之，文君夜里私奔相如。事见《史记·司马相如列传》。

④红拂之归李靖：相传红拂为隋唐时女侠，姓张，名出尘，是隋末权宦杨素府中的侍婢。因手执红色拂尘，故称红拂。李靖谒见杨素，红拂慧眼识英雄，一见钟情，深夜私奔。

⑤平康：唐长安有平康坊，亦称平康里，为妓女聚居之地。此代指妓院。

⑥不赀（zī）：不可计量。赀，计量。

⑦朝云之侍东坡：朝云，苏东坡的侍妾，钱塘（今浙江杭州）人。东坡被贬岭南，朝云相随，后卒于惠州。

【赏读】

这封信抒写了情人"一见倾心"的深情蜜意和后来遭逢变乱的情事，凸现了一代名妓柳如是的侠骨柔情。

柳如是是风尘中的奇女子,不仅才貌双绝,而且心志高洁,史学大师陈寅恪的《柳如是评传》对其评价极高。钱柳二人的相知相恋曾倾动天下,但那并非通常才子妓女的风流佳话,而是因为当时二人均名重一时,以才学和知己相交,而且因身处明清易代这一历史时期,更见其儿女情长之外的操守气节。

"古来才子佳妇,儿女英雄,遇合甚奇,终始不易。"这一总结相当深刻,相爱容易,相携终始却很难。其实不用羡慕司马相如之遇文君,红拂之归李靖,钱柳遇合,比之毫无逊色。问题是,女性倒是慧眼识英雄,男性却似乎多半不够英雄,即如司马相如之薄情,钱牧斋之骨媚。当柳如是引笔铺纸写下这几行的时候,心情一定是非常复杂的:风尘绝望时欣遇知己的庆幸,一见倾心、心心相印的快乐,曾经的海誓山盟、冰雪情坚,"十年如一日"的美满情事,都因"不意河山变迁,家国多难"之际二人的志向分歧而破碎。丈夫已然投降北上,而她之前劝其殉节不成,此时尚希望能够与他"偕隐林泉,以娱晚景"。一个曾落入风尘的弱女子,竟然有这样的心胸,真令多少男人汗颜!可叹柳如是虽有朝云追随东坡之愿,牧斋实无东坡满肚皮不合时宜之傲骨。钱牧斋的卑劣,烘托了柳如是的高洁——虽然这并不是她的初衷。

不妨设想当"江南春好,柳丝牵舫,湖镜开颜"时,二人清波临照,柳当无愧,钱将如何?

答宋荔裳① 尤 侗②

接来札,知连夕虎丘③之游甚乐。又欲唱和长调④,以纪其胜。仆谓今日虎丘,变作生祠便览;至中秋左右,则大似北方人作集,酒米鱼肉,油盐酱醋,无所不有。不但无一干净地,并无一干净人矣。袁中郎谓"乌纱之横,皂隶之俗"⑤,今日游人,比乌纱皂隶横俗十倍。先生乃欲和其光,同其尘⑥耶?

十三之夕,扁舟一过,千人石⑦上,肩摩踵击⑧,而仆视之寂若无人,遂兴尽而返,因赋《水调歌头》云:"休待玉箫彻,我欲卧渔船。"此实录也,聊以发笑。

《西堂文集》

【注释】

①宋荔裳:名琬,字玉叔,莱阳人。顺治年间进士,工诗文。

②尤侗(1618~1704):字展成,长洲(今江苏苏州)人,明末清初著名诗人、戏曲家。其人天才富赡,诗多新警之思,杂以谐谑,每一篇出,传诵遍人口,著述颇丰,有《西堂全集》。

③虎丘:山名。在江苏省苏州市西北,亦名海涌山。

④长调:词家称九十一字以上的词为长调。

⑤"乌纱"句:语出自袁宏道《虎丘记》。

⑥和其光,同其尘:指从众随俗,不露锋芒。语出《老子》,后世略为"和光同尘"。

⑦千人石:石名。在虎丘山剑池旁。相传南朝梁代高僧生公说法于此。

⑧肩摩踵击：形容人多得水泄不通。踵，脚后跟。

【赏读】

　　作者以戏谑的口吻，辛辣的笔调，讥讽市井俗人的虎丘之游，表现了文人雅士的清高情调。雅趣与俗调，其实各有所乐，不过是人们的文化取向不同而已。但作者以俗游为对照，描述自己的虎丘之游，写出了月夜雅游的美感。

　　心远嘈杂，喧闹即成静谧。月圆前夕，扁舟一叶，兴尽而返，独得会心于山水，此乐何极！所以，人已归来而意犹未尽，须得歌赋以续之。大约虎丘之游，以月夜泛舟为胜。清代词人陈维崧亦云："绀殿雕轩。千人石，夜深曾记同游。一天皓月，和烟罨住长洲，谁奏《定风波》一曲。"（《新雁过妆楼·虎丘感旧》）此词与此文，正可对读。

答黄九烟[1] 尤侗

辱[2]赠扇头十绝,首云:"今朝喜得见尤侗。"见者无不怪之。仆解之曰:"'白也诗无敌',杜甫诗也;'饭颗山头逢杜甫',李白诗也。下此则'不及汪伦送我情'[3],'旧人惟有何戡在'[4],无不呼名者,又何怪焉?"

不特此也,人苟知己,则行之可,字之可,名之亦可。即呼之为牛,呼之为马,亦无不可。苟非知己,则称之为先生也,直叱之为小子耳;尊之为大人,犹骂之为老奴耳。至于"不敢说,可不敢说,非常不敢说",则其人为何如人哉?

白之名甫,甫之名白,先生之名侗,一也。诚恐先生借仆名押韵耳。苟仆而可名,仆不朽矣。

《西堂文集》

【注释】

①黄九烟:名周星,明末官居主事,入清后隐居不仕。

②辱:自谦之语。

③"不及"句:出自李白诗《赠汪伦》:"李白乘舟将欲行,忽闻岸上踏歌声。桃花潭水深千尺,不及汪伦送我情。"

④"旧人"句:出自刘禹锡诗《与歌者何戡》:"二十余年别帝京,重闻天乐不胜情。旧人惟有何戡在,更与殷勤唱渭城。"何戡,元和、长庆年间一位著名的歌者。

【赏读】

　　黄九烟作题扇绝句十首赠尤侗，首句直呼其名，"见者无不怪之"。尤侗写这封信安慰他不要在意别人的议论。其实信的主旨，并不为计较一个名讳，而是借题发挥，表现对遵守礼法者的不屑，颇见其倨傲洒脱的个性。

　　我们知道，在中国古代，人的名、字是分开的。成年加字后，一般称其字而不称其名，甚至形成了名讳习俗，严重到可以影响一个人的前途。如唐代著名诗人李贺之父名"晋肃"，由于"晋"、"进"同音，他因而不能应进士试，以至于终身郁郁。韩愈为此写下《讳辩》，批判了这一莫名其妙的礼俗。在礼法时代，名字的称呼既有礼仪的规定，也有血缘的亲疏，还有情感的距离。只有性情中人，才能够视情感而行。这就是尤侗这封信的着眼点：称名还是称字，只看是知己与否。

　　我们还要提到信中的一个断句，以见读书之难和有趣。"不敢说，可不敢说，非常不敢说。"一般断为："不敢说可，不敢说非，常不敢说。"这貌似正确，其实不通。吴小如先生曾长期思考这个断句，最后因程毅中先生翻检到《类说》卷四九引《籍川笑林》所载原典，这才恍然大悟（见吴小如《检书的故事》）。原来这是尤侗关于名讳的一个举例，说的是五代时瀛王冯道的门客讲《道德经》，首章为"道可道，非常道"。"道"是冯道之名，门客有所避讳，就巧妙地利用了"道"和"说"的相同语义。吴先生又说，断为"不敢说，可不敢说，非常不敢说"近乎滑稽，他认为应断为"不敢说可不敢说，非常不敢说"。其实恰恰是近于"滑稽"的断句，才更吻合于典故的内涵和尤侗所欣赏的风格，语意也才更为通畅。因为尤侗所取不在持重，而在任情任性。

答伪部院赵廷臣①书 张煌言②

　　台翰俨颁③，殊深内讼④，岂仆一片愚忠，犹未足以取信于天下也？执事为新朝佐命⑤，仆为明室孤臣，时地不同，志趣亦异。功名富贵，既付之浮云⑥；成败利钝，亦听之天命。宁为文文山⑦，决不为许仲平⑧。若为刘处士⑨，何不为陆丞相⑩乎？设云桑梓涂炭⑪，实为仆未解兵⑫，则仆亦何难敛师而去，但未审执事果能保障否耶？区区之诚，言尽于此，间使说词⑬，请从兹绝。冒复不庄。

《张苍水集》

【注释】

①赵廷臣：清代铁岭人，隶汉军镶黄旗，官闽浙总督。他曾致书张煌言，劝其降清。

②张煌言（1620~1664）：字玄著，号苍水，浙江鄞县（今宁波）人，南明儒将、文学家、民族英雄。官至南明兵部尚书。为人刚正不阿，能文能武，立志报国济民。明亡，矢志抗清。他的诗文充分表现出忧国忧民的爱国热情。有《张苍水集》行世。

③台翰俨颁：蒙您郑重地写信给我。台翰，对人书信的尊称。

④殊深内讼：深刻自省。

⑤清朝佐命：辅佐清朝创业的大臣。

⑥"功名"二句：功名富贵，早看成如浮云一样。《论语·述而》："不义而富且贵，于我如浮云。"

⑦文文山：文天祥，字文山，元兵南下时起兵抵抗，兵败被执，

不屈就义。

⑧许仲平：许衡，字仲平，宋人，仕元，官至中书左丞。曾为元朝定"朝仪"。

⑨刘处士：当是宋元易代之一隐士，屡辞元朝征召而洁身自保。

⑩陆丞相：陆秀夫，宋末盐城人。抗元兵败，仗剑驱妻子入海，即负皇帝赵昺投海而死。

⑪桑梓涂炭：故乡如陷泥坠火，比喻遭受灾难。桑梓，古代人们喜欢在住所周围栽植桑树和梓树，后来就用以代指故乡。

⑫解兵：放下武器。

⑬间使说词：两兵间使者的劝降之词。

【赏读】

豪杰英雄的文字，即令在尺幅之间，也总因其人格、气节之高尚，显得大气磅礴。"功名富贵，既付之浮云；成败利钝，亦听之天命。"这不是消极的宿命论，而是正直、无畏的人生观。隐士洁身自好，勇士则担起天下道义，然而他们有一个共同点：绝不以功名富贵为怀，绝不与卑鄙龌龊者同流合污。所以，他们也才能坚持高洁和正义。

与钱仲驭① 萧士玮②

弟事事认真,骨体不媚,真势力,假声气,全不为动。一肚不合时宜,必不为世所容。独兄爱此古董③,摩挲之不置。所谓一人知己,死不恨矣④!

《历代小品·尺牍》

【注释】

①钱仲驭:即钱棅,字仲驭,号约庵。浙江嘉善人。性格刚直豪爽,不善应酬。

②萧士玮:生卒年不详,字伯玉,号三蔎。泰和(今属江西)人。明末文学家。著有《春浮园集》。

③古董:本指古代文物,此喻自己这个性格孤傲、一肚皮不合时宜的人。

④"一人"二句:《三国志·吴书·虞翻传》注引《虞翻别传》云:"翻放逐南方,云'自恨疏节,骨体不媚,犯上获罪。当长没海隅,生无可与语,死以青蝇为吊客,使天下一人知己者,足以不恨!'"

【赏读】

"所谓一人知己,死不恨矣!"高山流水,得遇知音,是人生最快乐的事情。正因为知己极不易得,所以古今同叹,成为人们对人间至情的一大向往。鲁迅曾书赠瞿秋白这样一句话:"人生得一知己足矣,斯世当以同怀视之。""知己"必得"同怀",同怀方能成为知己。萧士玮之所以视钱仲驭为知己，是因为唯有他才能理解自己的个性和人生态度，能理解自己不为世人所容的处境，并因为理解而独独对自己倍加钟爱。这不由得令人想起苏东坡之于爱妾朝云。朝云陪伴东坡走过了流放岭南的万水千山，最终死在瘴气蛮烟中，年仅三十四岁。东坡给她的联语是："不合时宜，惟有朝云能识我；独弹古调，每逢暮雨倍思卿。"

如果我们有幸遇到知己，那就倍加珍惜吧。这相当于是另外一个自己，是人生幸福的重要元素。

与门人卞伏生 王 佐①

白璧之瑕,人孰无之?又孰掩之?是故君子宁为人所指点,不为人以包容。蔽覆遮羞②,无由洁净,此犹穿窬小人③也,而曰"学",焉取矣?

《历代小品·尺牍》

【注释】

①王佐:事迹不详,明代作家。
②蔽覆遮羞:掩饰和遮盖自己的缺点。
③穿窬(yú)小人:爬墙行窃的小偷。

【赏读】

老师对学生的这番教导,虽然严厉,却是一片冰心,天日可鉴。

人无完人,即令是品德高尚的人,也不可能没有任何缺点,这犹如白璧之瑕。但君子有过却不掩之,宁可人家指出,也不要人家包容。如果掩饰自己的缺点,就不可能改正,那白璧就永远存在瑕疵。掩饰缺点,犹如小偷的行径一般。不提高自己的道德修养,那学问再大,又有什么可取之处呢?

学习,不仅仅是学知识,还要以学习来提高我们的道德修养。有学无行,有才无德,自古为君子所不齿。

与展成① *汤传楹②*

日来秋色绝佳，闲门兀坐，令我神爽都尽。思与君家买一叶③，薄游虎溪④。看露苇催黄⑤，烟蒲注绿⑥。坐生公石⑦上，游目四旷：秋树如沐翠微之色，渲染襟裙。仰听寒蝉咽鸣，老莺残弄。一部清商乐，不减江州司马听琵琶时⑧。或可廓清愁怀，冷汰悒绪，差胜阛阓⑨中苍蝇声耳。

胸中块垒，急须以西山爽气⑩消之。吾与君登百尺楼⑪，把酒问青天⑫；酒后耳热，白眼视诸卿⑬。求田问舍，碌碌黄尘，如蜣螂转丸，不觉抚掌大噱！此真旧日元龙豪举，安能效小儿曹牛衣对泣⑭哉？

白云在袖，期以诘朝⑮。

《中华散文观止》

【注释】

①展成：即尤侗，字展成，清初戏曲家。长洲（今江苏苏州）人。

②汤传楹（1620~1644）：字子翰，一字子辅，更字卿谋，斋名"荒荒斋"，苏州府吴县（今江苏苏州）人。明末诗人。著有《湘中草》，又有《闲余笔话》、《曲录》并行于世。文笔高古，清逸而有道气。

③一叶：一艘小船。

④虎溪：在苏州市西虎丘山下。

⑤露苇催黄：芦苇经霜露后变黄。用《诗经·秦风·蒹葭》诗意。

⑥烟蒲注绿：如烟的一片蒲柳注入绿水中。

⑦生公石：指虎丘中央的一块平坦巨石，传说晋代高僧竺道生曾在此说法，故称"生公石"。

⑧江州司马听琵琶：指白居易《琵琶行》。江州司马，白居易曾被贬江州司马，在江州写下传世名篇《琵琶行》。

⑨阛阓（huán huì）：市肆，街市。

⑩西山爽气：指适意的生活。《世说新语·简傲》载：王子猷（徽之）为桓冲参军，桓冲要他料理事务，他却说："西山朝来，致有爽气。"

⑪登百尺楼：指诸卿只知为自己谋求田产，于世间无所作为。引《三国志·魏志·陈登传》：许汜与刘备在刘表处共论天下之人。许汜谈及他见陈登，登久而不语，自睡大床，使客睡下床，刘备批评许汜说："君有国士之名，今天下大乱，帝主失所，望君忧国忘家，有救世之意，而君求田问舍，言无可采，是元龙（陈登字）所讳也，何缘当与君语？如小人，欲卧百尺楼，卧君于地，何但上下床之间邪？"下文"求田问舍"、"元龙豪举"亦出此典。

⑫把酒问青天：引苏轼《水调歌头》成句。

⑬白眼视诸卿：指看不起那些小人。见《世说新语·简傲》注："（阮）籍能为青白眼，见凡俗之士，以白眼对之。"

⑭牛衣对泣：《汉书·王章传》载："章疾病，无被，卧牛衣中，与妻诀，涕泣。"牛衣，指蓑衣之类。因编草被覆牛体，故称牛衣。

⑮诘朝：明朝，明天。

【赏读】

山川之美，古来共谈。然而不一定描绘身临其境的观感，仅只是想象，就足以令人心旷神怡。邀人赏景的请柬，先得有这样的功夫，才能使被邀请者动心以同游。对此，我们在陆云龙的端午柬中已然看到，汤传楹的这封尺牍异曲同工。

"日来秋色绝佳，闲门兀坐，令我神爽都尽。"浮想联翩，尚未出行，一轴清秋画卷已然在目，一部清商乐曲已然在耳。浊气清扬，飘然有世外之感。

"胸中块垒，急须以西山爽气消之。"此话甚合本心。人类本是自然之子，尘世的烦恼，只有投之自然怀抱，才能够消除。心灵的灼伤，且让青山绿水、高天流云来抚慰。

不过要有志趣相投的朋友携游，才能乐在其中，但这个条件相当苛刻。"白云在袖，期以诘朝。"有一个可以投此柬帖的朋友，当然可以想象山水之乐了。

与皇甫君①书 魏　祥②

　　昔汉高帝③以天授之资,善将将之略④。而韩、彭、英布⑤为比肩之人,谙韬钤⑥之法,怀利欲富贵之心,故困辱之以折其气,驾驭以使其才,厚其土地封爵以餍⑦其所欲,而后世遂曰高帝能颠倒英雄⑧。然其时商山四皓⑨,招之不至矣;田横义士五百人⑩,赴东海而死矣。则夫所谓颠倒者,特行之于贪利之人,而不能施于礼义廉耻道德之士也。以天授之才,尊为天子,如汉高帝,犹且有不得行,而况其余者乎。今有愚人,智不及中庸,名不出闾里,偶得一官,妄自尊大,遂简贤慢士⑪,阔视大言,曰:"吾欲颠倒英雄。"夫颠倒英雄者,天下大英雄事也。其气识过于英雄,故英雄虽知受其颠倒,而己才得伸,己欲⑫得遂,不能不屈意而从之。庸碌之子,守礼义而处,践迹而行,犹不免罪戾焉,而曰:"吾欲取英雄而颠倒之。"呜呼!何其愚之不可及也!且夫天下之易欺者,莫易于自谓人不敢欺;天下之受谀者⑬,莫过于自谓我不好谀。多疑之夫,恒善疑君子而信小人;好名之徒,往往己欲图名而左右争窃其利。故曰偏听生奸,独任成乱⑭。不晓事,性执拗,王安石所以毒天下也;好问好察,大舜所以为大知也;善善不能用,恶恶不能去,郭公所以亡其国也。夫以下愚之才,备骄吝之恶,好谀恶直,信奴隶,任胥靡⑮,而专意于简贤侮士,以逞其恣肆之妄,曰:"吾颠倒英雄之术如此。"呜呼!非真颠倒悖乱,至于不可救药者,亦安能为斯语耶？执事其亦察之。

《国朝文录续编·魏伯子文录》

【注释】

①皇甫君：事迹不详。

②魏祥（1620～1677）：魏际瑞，原名祥，字善伯，人称伯子先生，宁都（今属江西）人。清初学者。与弟魏禧、魏礼合称"宁都三魏"，明亡，与弟及彭士望等居翠微峰，号"易堂九子"。有《魏伯子文集》。

③汉高帝：汉高祖刘邦。

④将将之略：统帅大军、调兵遣将的谋略。

⑤韩、彭、英布：韩信、彭越、英布。都是西汉的开国功臣。

⑥韬钤：古代兵书《六韬》、《玉钤篇》的并称，后因以泛指兵书。亦借指用兵谋略。

⑦餍：满足。

⑧颠倒英雄：控制英雄。

⑨商山四皓：是秦朝的四位博士，即东园公唐秉、夏黄公崔广、绮里季吴实、甪里先生周术，汉朝建立后他们隐居于商山。后人又用"商山四皓"来泛指有名望的隐士。

⑩"田横"句：田横为秦末群雄之一，原为齐国贵族，在陈胜吴广起义后，田横与田儋、田荣也反秦自立，兄弟三人先后占据齐地为王。后刘邦统一天下，田横不肯称臣于汉，率门客逃往海岛，后因不愿受刘邦招抚率众自杀。

⑪简贤慢士：轻慢贤人。

⑫欲：追求利禄名位等的世俗心志。

⑬受谀者：接受谄媚言辞、奉承话的人。

⑭偏听生奸，独任成乱：偏听偏信，就会被奸人钻空子；独断专行，就可能造成祸乱。引自邹阳《狱中上梁王书》。

⑮胥靡：古代服劳役的奴隶或刑徒。

【赏读】

  这封信鞭挞现实，议论透辟，至少有下面两点，可以作为我们处世的借鉴：

  无欲则刚。"所谓颠倒者，特行之于贪利之人，而不能施于礼义廉耻道德之士也。"这话相当发人深省。遵守礼义廉耻的有道德的君子，自有一腔豪迈不羁之气，他不受制于利欲，不折节于权贵，坚持独立自主的人格，自然也就不会受制于卑劣的得志小人。因而人总为贪利，才会被小人"颠倒"。"富贵不能淫，贫贱不能移，威武不能屈"，胸中若有这至大至刚之气，谁又能把他颠之倒之？

  切忌自以为是。"天下之易欺者，莫易于自谓人不敢欺；天下之受谀者，莫过于自谓我不好谀。"天下最容易被欺骗的人，莫过于自信别人不敢欺骗自己者，正如天下最喜欢奉承的人，莫过于自夸自己不喜欢奉承者。所以，越是自诩是某种人的人，你就越是不能够轻信他的自我表白。孔子曾经感叹说："始吾于人也，听其言而信其行；今吾于人也，听其言而观其行。"（《论语·公冶长》）实际上，生活中有一些人所说的话，往往与他的行为恰恰相反。所以我们要辨别其言之真假，最好是观察其行为，看其言行是否一致。

复六松①书 魏 禧②

死友③一语，此仆十数年来最伤心事。每登高望远，辄怆然涕下，有子昂"天地悠悠"之叹④。吾辈德业相勖⑤，无儿女态。然气谊所结，自有一段贯金石、射日月、齐生死、诚一专精、不可磨灭之处。此在千百世后犹得而想见之，况指顾⑥数十年之间耶？仆于天性骨肉中颇不可解，此外则一腔热血亦欲一用，非用于君，则用于友。悠悠泛泛无所用之，又安能禁宝剑沉埋⑦之恨？仆所以期待二三至友者，颇不以世人所谓遂足相许⑧。旅寓屏营⑨，百感交集，聊因人⑩来，为一及之。

《魏叔子文集》

【注释】

①六松：即曾灿，堂号为"六松草堂"，是魏禧同乡好友，明末遗民志士。

②魏禧（1624～1681）：字叔子，一字冰叔，号裕斋，亦号勺庭先生。宁都（今属江西）人。清初著名的散文家。与兄魏祥、弟魏礼自为师友，号"宁都三魏"。明亡，隐居翠微峰。工古文，文章主识议，叙忠烈之事，摹画淋漓，尤足动人。有《魏叔子集》、《左传经世》。

③死友：交谊至死不变的朋友。

④"子昂"句：初唐诗人陈子昂诗《登幽州台歌》曰："前不见古人，后不见来者，念天地之悠悠，独怆然而涕下。"

⑤德业相勖（xù）：德行修养和事业方面相互勉励。勖，勉励。

⑥指顾：一指一顾之间，极言时间短暂。
⑦宝剑沉埋：喻怀才不遇。
⑧遽足相许：轻易赞许和任用。
⑨屏（bīng）营：徘徊，游移不定，引申为心神不宁。
⑩人：指六松的仆人。

【赏读】

前有俞伯牙摔琴谢知音，后有陈子昂感叹"天地悠悠"。知音难求，人的内心感触无论古今，其实是一样的。魏禧一则曰"死友"，二则曰"最伤心事"，一路读来，只觉通篇意气激荡，情韵铿锵，其交友的深情和高尚境界令人动容："贯金石、射日月、齐生死、诚一专精、不可磨灭。"这与司马迁对游侠精神的赞美，大有相通之处。君子以大义、以诚信相交，要之有血性，有胸怀；小人以利益、以欺诈相交，只见算计，只见小恩小惠。然而"期待二三至友"，又岂是人生易得之事？

"一腔热血亦欲一用，非用于君，则用于友。"这样的境界，即使在千百年后想见，仍令人向往。

与故人 毛奇龄[①]

初意舟过若下[②]，可得就近一涉江水，不谓蹉跎转深，今故园柳条又生矣。江北春无梅雨，差便旅眺，第日薰尘起，幛目若雾。且异地佳山水，终以非故园，不浃[③]寝食。譬如易水种鱼，难免圄囹[④]；换土栽根，枝叶转悴。况其中有他乎！向随王远侯归夏邑，远侯以宦迹从江南来，甫涉淮扬，蹴濠亳，视夏邑枣林榆隰[⑤]、女城茅屋，定谓有过。乃与其家人者夜饮，中酒叹曰："吾遍游南北，似无如吾土之美者。"嗟乎！远游者可知已。

《西河集》

【注释】

①毛奇龄（1623～1716）：原名初晴，字大可，浙江萧山人。清代经学家、文学家。以郡望西河，学者称"西河先生"，所著《西河合集》分经集、史集、文集、杂著，共四百余卷。

②若下：即你的地方。若，你。

③浃（jiā）：切合，融洽。

④圄（yǔ）囹：牢笼困顿，不得舒展。圄，牢狱。

⑤隰（xí）：低湿之地。

【赏读】

无论游子走得有多远，故乡总在心头。所以，对远游情怀的抒发，是常见的文学主题。至于如何写，则文无定法。写一封信对家人或友人娓娓道来，让他们分享异乡风情或羁旅情怀，这犹如面谈的亲切，消解了通常阅读山水诗文的距离感，更容易让人动情。南朝文人擅长这样的写法，但这封信在写景中进一步寄托了深厚的乡情和对生活的感悟，尤为感人。

作者把思乡的心曲，寄托于对异乡和故园不同风物的描写，而把对故乡的热爱，借用他人的归乡感想来抒发。浓郁的故乡情结，就在这样两个相互关联的角度下表现出来，扩展了文章的情感信息含量。

另一方面，一笔分写南北，作者选择的景物具有典型性，文笔也比较凝练清雅，因此并没有费多少笔墨，南北情景和羁旅情怀，就清晰地呈现在我们眼前。此时的江南，正是春雨绵绵的时节，故园的柳条，想必又是嫩芽初生；而江北则是另一番景象：日薰尘起，远望令人双眼迷茫。由江南江北景物的对比描写，自然而然地带出思乡情怀的抒发。在游子的眼中，异乡的风物再美，也只是徒增乡思而已。他终于领悟到当年王远侯远游回到家园，和家人谈起任何地方都说不如自己的家乡好时是怎样的一种心情了。

人生的许多情境，别人不可以替代自己去体验，只有亲身经历过才能够体会。这是在乡情之外，作者带给我们的另一种生活和艺术感悟。

邀陆羽叔泛秦淮书 丁雄飞[①]

野蔬村酿,不足道也。第微雨飘舟,小杯细语,觉秦淮艳地[②],自有一种清境留于我辈。牙板金樽[③],徒增俗气耳。

《历代名人尺牍分类选粹》

【注释】

①丁雄飞:生卒年不详,字菡生,明清间江浦(今江苏南京)人。性好储书。每出必搜购图书,担荷而归。其夫人亦嗜书,时出妆奁助其购书,故家藏书籍甚富。钱谦益在南京,有所撰述皆借助其书。于医学有研究,撰《行医八事图》。

②艳地:繁华之地。

③牙板金樽:意谓灯红酒绿的浮靡生活。牙板,古代歌唱时击之为节拍。金樽,酒杯的美称。

【赏读】

何谓"清境"?相比之下,野蔬村酿失之粗,牙板金樽嫌其俗。在微雨中乘扁舟一叶,把酒一盏与知心朋友相对细语——这样的"清境"也要高人韵士才能领略。于"艳地"中求清静,在繁华中求简单,最要紧的是心境悠然自得。然而境由心造。人生世上,不一定能随自己的心愿择地而居,但只要心态平和,不论身居何处,都有可能发现"自有一种清境留于我辈"。

答门人陈子文① 王士禛②

  知有入蜀之役,极为悬念,危梁飞栈③,十年回首,犹自惊心,况王事鞅掌④耶?纲纪来,得成都书洎⑤新诗,讽咏之次⑥,不觉移情。至云"斜日一川汧水北,秋峰万点益门西"⑦,视唐人"僧寻野渡归吴岳,雁带斜阳入渭城"⑧之句,不啻过之矣。奉和《凤县柳》、《蜀姜》二绝句,录正之。冰修⑨别去,又三年矣。岁月真不堪把玩耳!

《带经堂集》

【注释】

  ①陈子文:即陈奕禧,字六谦,又字子文,号香泉。浙江海宁人。清代诗人、书法家。

  ②王士禛(1634~1711):字子真,一字贻上,号阮亭,又号渔洋山人。山东新城(今桓台)人,神韵派代表作家和理论家,领袖诗坛近五十年。诗集初有《阮亭诗钞》,晚年并历年所作刻为《带经堂集》,又自选部分诗为《渔洋山人菁华录》,另有笔记《池北偶谈》。

  ③危梁飞栈:架设地高而险的桥梁和栈道。

  ④王事鞅掌:指公务繁忙。鞅掌,谓职事纷扰繁忙。典出《诗经·小雅·北山》:"或栖迟偃仰,或王事鞅掌。"

  ⑤洎(jì):和,及。

  ⑥次:之际,中间。

  ⑦"斜日"二句:是陈子文诗集中的诗句。汧(qiān)水,发

源于陕西陇县岍山,汇入渭水。益门,今四川及其邻近地区。

⑧"僧寻"二句:唐代诗人韦庄诗《汧阳间》中的两句。渭城,咸阳。

⑨冰修:陆嘉淑,海宁人。

【赏读】

"十年回首,犹自惊心。""岁月真不堪把玩耳!"一种和别人相同的经历,或许早已成为过去;一个远去的身影,或许平时不曾想起。然而,往往由于一个偶然,过去的一切又被拉回到面前。于是,似水流年的感慨油然而生,情不自禁地回顾曾经的往事。这样的心境,也是人们常有的吧。

正因为亲历过相同的情景,所以读到以此为创作对象的作品,才会于"讽咏之次,不觉移情",也才能真切地感受"斜日一川汧水北,秋峰万点益门西"这一联诗句所表现的高妙意境。

"移情",也就是心为之动,神为之摇。如此强烈的情感,不仅本之于经历,也要内心情感很丰富的人才能够体验得到。而这,也正是文学的魅力之所在。

答友人书 陈廷敬①

古之立言者多矣,其可传者必其知道②者也。若其道之弗知,言不足以传,审③矣。虽世降学衰,罔知决择,传于今有纯有疵,幸而有知道者不绝于世,其不至为所摈抑④,弃置者盖寡矣。某于此处茫然,实无所见,安敢语于著述之事哉,而先生盖知道者,乃亦为是言,亦岂教学相长之意哉!然其所以掖引扶诱⑤,以冀至夫知道之境者,则大贤与人为善之心,不能不感,且用自勉也。

《午亭文编》

【注释】

①陈廷敬(1639~1712):字子端,号说岩,晚号午亭,清代泽州(今山西晋城)人。历充三朝《圣训》、《一统志》、《明史》等馆总裁官。官至文渊阁大学士。所作古文为汪琬所赏,诗亦为王士禛所奇。有《尊闻阁集》,晚年手定为《午亭文编》。

②道:指立言可传之道,包括道德、道义、事理、规律、技艺、技术等内容。

③审:一定,果然。

④摈抑:排斥贬抑。

⑤掖引扶诱:扶持、引导、推进。

【赏读】

古来发表议论的人很多,但能够流传于后世的,必定是可以给人启迪、令人受益的思想。反之就既不会流传，也不值得我们重视了。陈廷敬认为，如果没有掌握"道"的根本，甚或"于此处茫然，实无所见"，哪里能够从事著述呢？他又进而提倡把论"道"、传"道"和日常、日用结合起来，既强化了文以载道这个传统命题，又注重了"道"的现实性，扩大了"道"的传统内涵，使之走下圣坛，走向世俗。

与友人(述初夏景态) 程 鸣①

昔人云,四时之景,无过初夏。老青②嫩黄,俱作香气,亦不辨其为何香也。每至雨后初霁,是时晓烟将收,红日未挂,如昭仪③出浴,倍觉秀濯撩人,人行蹊④中,面面皆生寒绿⑤。吾兄不嫌脱粟饭⑥,当共我欢然一饱,领斯真趣也。敬扫门外石桥,为瀹⑦雪乳⑧以俟。

《广注名家书翰文读本》

【注释】

①程鸣:生卒年不详,字友声,号松门,安徽歙县人,籍仪征(今属江苏扬州)。乾隆诸生。诗出王士禛之门,与陈撰、方士庶、厉鹗为诗画友。

②老青:深绿。

③昭仪:皇帝妃嫔封号之一。

④蹊:小径。

⑤寒绿:出自李贺诗《河南府试十二月乐辞·正月》:"寒绿幽风生短丝。"

⑥脱粟饭:指粗粝不精的饭。

⑦瀹(yuè):煮也。

⑧雪乳:茶名。

【赏读】

作者绘出了一幅清新灵动的田园小品,引人无限遐想。

四季依次轮回，春夏秋冬各有各的美丽，各有各的"真趣"。"真趣"是最本质、最自然的意趣，能否领略，全在观赏者内心与自然是否为一。常人只知道花香，却很少嗅到草木之香。大自然中隐微的美，更需要用心灵去发现。古人喜欢歌唱春季秋季，因为春天蕴涵了生命萌发的喜悦，而秋日万木凋零带来的悲伤，表达了人们对青春、对美好事物的眷恋。其实夏季虽然酷热难耐，冬季虽然严寒得让天地一派萧条，然而熏风中飘荡的缕缕浓香，北风中飞扬的漫天白雪，同样"真趣"多多，给人带来美的享受。初夏"老青嫩黄"的色彩，芳香宜人的气味，是画外的风景；"雨后初霁"的景物则作为中心视点，落笔既实又虚，极具中国山水画的空灵之感。"人行蹊中，面面皆生寒绿。"此可谓点睛之笔，使整个画面清晰得如在目前，却又意味淡远，引人遐想。"寒绿"这个意象虽出于前人，镶嵌在这里恰好。

　　美景当前，走过洁净的石桥，主人煎好香茶等候，有"脱粟饭"可供欢然一饱——结笔虽在画外，但增此一笔，"真趣"显得更加完美了。

与郑汝器① 孔尚任②

客金陵③佳丽之乡，遇中秋澄清之月。风物太平，人情欢豫；箫鼓之声，阗④街溢巷。盖与满城童叟，同此一乐者也。是日尽谢豪贵之召，雅聚高斋，饮藏酒，试名茶，赏鉴古书帖，盖与满座耆英⑤，同此一乐者也。

独是先生冉冉白须，铁臂玉腕，操中山⑥之帚⑦，濡北溟之池。一时虫鱼飞跃，蝌蚪盘旋⑧。令群观者耳目精神，移于商周两汉之年。此一乐谁敢向先生夺取乎？所书之字，大小纵横，不下十数纸。或光我祖庙之宫墙，或表我旧山⑨之贤哲，或标我荒斋⑩，或耀我粗卷。仆何人斯，而此一乐独俾⑪仆一人消受之？记去年有句云："南来得意此中秋。"不意今年之得意又胜去年！未知明年又在何处？从此年年至此日，即年年忆此乐，更年年忆先生之古道高怀，廉顽立懦⑫，与明月清风永无尽境耳。

《湖海集》

【注释】

①郑汝器：即郑簠（fǔ），中国清代书法家。字汝器，号谷口，江苏上元（今南京）人。终生不仕，工书，雅好文艺，善收藏碑刻，尤喜汉碑。

②孔尚任（1648～1718）：字聘之，又字季重，号东塘，别号岸堂，自称云亭山人。山东曲阜人，孔子六十四代孙，清初诗人、戏曲作家，经十余年写成传奇剧《桃花扇》。时人将他与《长生殿》

作者洪昇并论,称"南洪北孔"。另有诗文集《湖海集》、《岸堂集》等。

③金陵:今江苏南京。

④阗(tián):充满。

⑤耆英:年长而有贤德的人。

⑥中山:一名独山,在今安徽宣城县北。

⑦帚:此指毛笔,形容毛笔巨大。

⑧"一时"二句:形容书法苍老古朴。古有鱼虫书、蝌蚪文之说。

⑨旧山:曲阜的尼山,孔子出生地。

⑩荒斋:作者对自己书斋的谦称。

⑪俾:使。

⑫廉顽立懦:使贪婪者变廉洁,懦弱者能自立。语出《孟子·万章下》:"顽夫廉,懦夫有立志。"

【赏读】

太平盛世,在客居的金陵欣遇中秋,感受了明月今宵的别样风情,作者抽取三件乐事,记录下这个异乡良夜的精彩:与市井百姓、满城童叟,同享风物太平之乐;与骚人墨客同品美酒名茶,赏鉴古书名帖,享雅聚之乐;观赏当世书法家"铁臂玉腕"令人神移的书法绝艺,独享南来中秋胜于去年之乐。人在他乡,一个中秋能够遇此三乐,岂能不感到得意?

在享受三件乐事之余,却不禁担心"未知明年又在何处",人在欢乐处,忧从暗中来,这大约也是人之常情。宋代的苏轼也发过类似的感慨:"此生此夜不常好,明月明年何处看?"(《中秋月》)中秋佳节,在中国文化中是何等重要的内容,所以,即令花好月圆,人生无常之感也会时而滋生心头,唯恐越是美好的事物,就越容易消逝。也正因为如此,人要懂得珍惜。孔尚任这样表达自己的情怀:"从此年年至此日,即年年忆此乐。"是的,我们不能够主宰造化,却可以留下美好的记忆,永葆那份美好的情怀。这样,无论来年中秋人在何处、人处何境我们都可以感受到"明月清风永无尽境"。人生如此,其乐又何止于偶遇。

潍县署中与舍弟墨①第二书 郑　燮②

余五十二岁始得一子,岂有不爱之理!然爱之必以其道。虽嬉戏顽耍,务令忠厚悱恻③,毋为刻急也。平生最不喜笼中养鸟,我图娱悦,彼在囚牢,何情何理,而必屈物之性以适吾性乎!至于发系蜻蜓,线缚螃蟹,为小儿顽具,不过一时片刻便折拉而死。夫天地生物,化育劬劳④,一蚁一虫,皆本阴阳五行之气氤氲而出,上帝亦心心爱念。而万物之性人为贵,吾辈竟不能体天之心以为心,万物将何所托命乎?蛇蚖⑤、蜈蚣、豺狼、虎豹,虫之最毒者也,然天既生之,我何得而杀之?若必欲杀尽,天地又何必生?亦惟驱之使远,避之使不相害而已。蜘蛛结网,于人何罪?或谓其夜间咒月,令人墙倾壁倒,遂击杀无遗。此等说话,出于何经何典,而遂以此残物之命,可乎哉?可乎哉?我不在家,儿子便是你管束。要须长其忠厚之情,驱其残忍之性,不得以为犹子⑥而姑纵惜也。家人儿女,总是天地间一般人,当一般爱惜,不可使吾儿凌虐他。凡鱼飧果饼,宜均分散给,大家欢喜跳跃。若吾儿坐食好物,令家人子远立而望,不得一沾唇齿;其父母见而怜之,无可如何,呼之使去,岂非割心剜肉乎!夫读书中举中进士作官,此是小事,第一要明理作个好人。可将此书读与郭嫂、饶嫂听,使二妇人知爱子之道在此不在彼也。

《郑板桥诗文书画全集》

【注释】

①舍弟墨：郑板桥的堂弟郑墨。郑板桥在潍县当知县时，郑墨在兴化县家中替郑板桥主管家务。

②郑燮（1693～1765）：字克柔，号板桥，江苏兴化人，清代著名书画家、文学家。乾隆时进士，曾任山东范县、潍县知县。善诗词，工书画。画、诗、书，人称"三绝"。为"扬州八怪"之一。为文主张直抒胸臆，不事雕琢。诗词文章多反映民间疾苦。其尺牍强调忠厚传家，风格本色质朴。著有《板桥全集》。

③悱恻：形容有慈悲心。

④劬（qú）劳：劳苦；苦累。

⑤蚖（yuán）：蝮蛇。也称"虺"。

⑥犹子：侄儿。

【赏读】

郑板桥曾卖画扬州，是清代著名画派"扬州八怪"之一。在做山东潍县、范县县令时，因托家室于其弟管理，为此写过十六封家书。板桥为人称"狂"，但这些家书谈论家庭教育，却显得中正平和，从细微中见精神，极富于启示性。

"夫读书中举中进士作官，此是小事，第一要明理作个好人。""爱子之道在此不在彼也。"天下望子成龙、望女成凤的可怜父母，读到这样的话语，会不会反思一下自己的教子之道？先学做人，后学做事，如此普通的道理，在今天一些人的意念里，是完全颠倒的，也因此越来越多的人，质疑我们教育的成败。其实学校和社会的教育，只是人所受教育的一个部分而已。被许多家长所忽略的家庭教育，在受教育者的成长过程中，恰恰起着更为重要的作用。

父母爱自己的子女是人之天性，无可厚非。但如何去爱，却不是天下父母都能够明了的。郑板桥说："爱之必以其道。"所谓"道"，就是要培养孩子的忠厚悱恻之心，而防止使其苛刻残忍。"忠厚"容易理解，"悱恻"即孟子所说的恻隐之心，也即同情心。从人与自然和谐相处的一面说，哪怕是对待一蚁一虫，也要"心心爱念"。"万物之性人为贵"，如果人类竟然不能体察天地化育万物之心从而对万物施以仁爱，那么万物又如何能够生存于世上呢？所以"要须长其忠厚之情，驱其残忍之性"。从人与人和谐相处的一面说，要培养孩子的平等之心，不可让其自视高人一等因而凌虐他人。若是有好食品，应当平均分配，使家中所有的孩子都欢喜，而不是"吾儿坐食好物，令家人子远立而望"。

博爱，平等，希望将孩子培养成有如此心胸的人，郑板桥的教子之道，在今天看来也值得我们学习。

范县署中寄舍弟墨第二书　郑　燮

吾弟所买宅，严紧密栗，处家最宜，只是天井太小，见天不大。愚兄心思旷远，不乐居耳。是宅北至鹦鹉桥不过百步，鹦鹉桥至杏花楼不过三十步，其左右颇多隙地。幼时饮酒其傍，见一片荒地，半堤衰柳，断桥流水，破屋丛花，心窃乐之。若得制钱五十千，便可买地一大陂①，他日结茅有在矣。吾意欲筑一土墙院子，门内多栽竹树草花，用碎砖铺曲径一条，以达二门。其内茅屋二间，一间坐客，一间作房，贮图书史籍、笔墨砚瓦、酒董茶具其中，为良朋好友、后生小子论文赋诗之所。其后住家，主屋三间，厨屋二间，奴子屋一间，共八间，俱用草苫，如此足矣。清晨日尚未出，望东海一片红霞，薄暮斜阳满树。立院中高处，便见烟水平桥。家中宴客，墙外人亦望见灯火。南至汝家百三十步，东至小园仅一水，实为恒便。或曰，此等宅居甚适，只是怕盗贼。不知盗贼亦穷民耳，开门延入，商量分惠，有甚么便拿甚么去；若一无所有，便王献之青毡②亦可携取质百钱救急也。吾弟留心此地，为狂兄娱老③之资，不知可能遂愿否？

《郑板桥诗文书画全集》

【注释】

①陂：山坡；斜坡。

②王献之青毡：《晋书·王献之传》记载，盗贼到王家偷东西，

献之任其翻弄，直至对方欲取他家一青毡旧物，他说此毡是王家祖传之物，要求对方将其留下。青毡，泛指仕宦人家的传世之物或旧业。

③娱老：安度晚年。

【赏读】

如何安排生活，颇见一个人的文化和性情。郑板桥描述自己的需求，充满了纯任自然的情调，他虽自称为"狂"，但内心其实很平易，平易之中有奇趣。

"一片荒地，半堤衰柳，断桥流水，破屋丛花"，这幅记忆中的图画，景象萧疏，气韵生动，流露出崇尚清净自然的审美观。在记忆的图纸上再一笔笔添加：土院茅屋，用碎砖铺成小路，满院杂种树木花草，足供贮藏文物图书，饮酒品茗，高朋谈诗论艺，也足供一家人日常生活所需。神往的情景是清晨望东海一片红霞，黄昏看满树斜阳，烟水平桥，夜晚则有水上帆船和自家灯火相望——不务繁华，朴素自然。古代名士通常的愿望，就被画坛怪才如此平实地勾画出来了。只有对盗贼"开门延入，商量分惠"的描述，诙谐地表现了其所谓"狂兄"面目，而流露出来的恻隐之心，与其教子以"忠厚悱恻"，却是一致的。

物质简单朴素，精神充实快乐，这样的人文生活状态，或许就是返璞归真的境界。

范县署中寄舍弟墨第四书 郑　燮

十月二十六日得家书，知新置田获秋稼五百斛，甚喜。而今而后，堪为农夫以没世矣！要须制碓、制磨、制筛罗簸箕、制大小扫帚、制升斗斛。家中妇女，率诸婢妾，皆令习舂揄蹂簸①之事，便是一种靠田园长子孙气象。天寒冰冻时，穷亲戚朋友到门，先泡一大碗炒米送手中，佐以酱姜一小碟，最是暖老温贫之具。暇日咽碎米饼，煮糊涂粥，双手捧碗，缩颈而啜之，霜晨雪早，得此周身俱暖。嗟乎！嗟乎！吾其长为农夫以没世乎！

我想天地间第一等人，只有农夫，而士为四民②之末。农夫上者种地百亩，其次七八十亩，其次五六十亩，皆苦其身，勤其力，耕种收获，以养天下之人。使天下无农夫，举世皆饿死矣。吾辈读书人，入则孝，出则弟③，守先待后④，得志泽加于民，不得志修身见于世⑤，所以又高于农夫一等。今则不然，一捧书本，便想中举、中进士、作官，如何攫取金钱、造大房屋、置多田产。起手便错走了路头，后来越做越坏，总没有个好结果。其不能发达者，乡里作恶，小头锐面⑥，更不可当。夫束修自好者，岂无其人；经济自期⑦，抗怀千古者⑧，亦所在多有。而好人为坏人所累，遂令我辈开不得口；一开口，人便笑曰：汝辈书生，总是会说，他日居官，便不如此说了。所以忍气吞声，只得挺人笑骂。工人制器利用，贾人搬有运无，皆有便民之处。而士独于民大不便，无怪乎居四民之末也！且求居四民之末而亦不可得也！

　　愚兄平生最重农夫，新招佃地人，必须待之以礼。彼称我为主人，我称彼为客户，主客原是对待之义，我何贵而彼何贱乎？要体貌他，要怜悯他；有所借贷，要周全他；不能偿还，要宽让他。尝笑唐人《七夕诗》，咏牛郎织女，皆作会别可怜之语，殊失命名本旨。织女，衣之源也，牵牛，食之本也，在天星为最贵；天顾重之，而人反不重乎！其务本勤民，呈象昭昭可鉴矣。吾邑妇人，不能织绸织布，然而主中馈⑨，习针线，犹不失为勤谨。近日颇有听鼓儿词⑩，以斗叶⑪为戏者，风俗荡轶，亟宜戒之。吾家业地虽有三百亩，总是典产⑫，不可久恃。将来须买田二百亩，予兄弟二人，各得百亩足矣，亦古者一夫受田百亩⑬之义也。若再求多，便是占人产业，莫大罪过。天下无田无业者多矣，我独何人，贪求无厌，穷民将何所措足乎！或曰：世上连阡越陌，数百顷有余者，子将奈何？应之曰：他自做他家事，我自做我家事，世道盛则一德遵王⑭，风俗偷⑮则不同为恶，亦板桥之家法也。

　　哥哥字。

《郑板桥诗文书画全集》

【注释】

①舂揄（yóu）蹂簸：舂米、提杵、揉禾、簸糠。

②四民：旧称士、农、工、商为四民。

③入则孝，出则弟：尊敬长辈，友爱兄弟。见《论语·学而》。

弟，同"悌"。

④守先待后：守先人之业，传后辈儿孙。

⑤"得志"二句：语见《孟子·尽心上》："古之人，得志，泽加于民；不得志，修身见于世。穷则独善其身，达则兼善天下。"

⑥小头锐面：形容奸滑的样子。

⑦经济自期：以经世济民来要求自己。

⑧抗怀千古者：具有高尚情怀者。

⑨中馈：家居饮食之事。

⑩鼓儿词：一种边鼓边歌的表演形式。

⑪斗叶：玩纸牌。

⑫典产：指支付典价而占有的土地。原主可以赎回。

⑬古者一夫受田百亩：《孟子·万章下》："耕者之所获，一夫百亩。"

⑭一德遵王：道德纯一，遵从仁义治国的王道。

⑮偷：浇薄；不厚道。

【赏读】

重农轻士，务本还原，是这封信的主旨。士、农、工、商为四民，郑板桥偏偏来了个倒置：天下无农夫，举世皆饿死；工匠制造器物，可以供人利用；商人搬有运无，使天下货物流通。他们都有便民之处，唯独读书人对于百姓没什么大用。更有甚者，读书人做了官后，多半一心想着如何攫取财富，不能做官的则在乡里作恶。"无怪乎居四民之末也！且求居四民之末而亦不可得也！"无怪乎作者大呼"吾其长为农夫以没世乎！"这样的看法或许有矫枉过正之嫌，但从封建时代文人的眼中看出来，自有其批判现实、张扬个性的时代意义。

一种"靠田园长子孙气象"的经世思想，一种"我何贵而彼何贱"的平等意识，一种忠厚传家、洁身自好的道德风范——这样的板桥家法，应当成为我们今天治家教子的一个借鉴。

这封家书值得一提的，还有对牛郎织女故事的解读。板桥认为，唐人的七夕诗咏牛郎织女，都从相会和别离的可怜情状着笔，与双星命名的本意完全不符。"织女，衣之源也，牵牛，食之本也。"他们耕田织布，务本勤民，在天星中是最尊贵的。双星的形象最早出现于《诗经·小雅·大东》，诗人借他们本当驾车织布，却徒劳无功，来抱怨连上天都不能解小民于困苦。在汉末乱世中，双星演变为人间别离的象征，代表作是极负盛名的《古诗十九首·迢迢牵牛星》，此后的文化传统便一直沿袭了这一象征意义。郑板桥的解读，回到了双星作为劳动者的"命名本旨"，强调男耕女织，赋予了新意。

与左君书 刘大櫆①

　　櫆在儿童时,即知有足下之贤,洁清自持,与世俗殊向。即欲担囊往从之游,而事故羁牵,不获如志。近者,于皖城②一得相见。足下不以其无他过人,遂有愿交之念,出于恳恳之诚心。夫以足下之汲汲③于古人,立志行身,几皆可以无愧,而櫆方坐于暗昧之中,思一追寻足下之光华不可得。足下不自知,乃一见即以古之人相许,亦见其相望之深、相期之厚。则櫆虽不肖,而其于世俗之不相知,虽累千百辈其不足为辱,而足为荣也。省矣,又何恨乎?

　　櫆非知文者,足下顾出其平生所著述,俾④相商订,此无异投金玉于拙工,不破碎毁坏之不止。虽然,櫆之从事于此,不可谓不久。方其尽心力而求之,轩皇⑤以来,圣经贤传,以及百氏诸家之辞章,为日星、川岳、牛鬼、蜉蝣,种种形神,世既有其书无不求。求而得之,而不知其解者盖寡。则其于足下之文,希风掠影⑥,苟有所测,敢不尽心?

　　夫文字,末技也,其于吾人乃所谓余事。然见世人颇不知有此,可叹也。司马子长、韩退之所为文具在,世亦皆蒙⑦谓之好。然使藏去司马迁、韩愈名氏,令今人见之,鲜不资以为笑,岂复能深加赏叹哉?谨撰序文以往,聊用发舒其怀念之情,须相见乃能尽意。临楮怅望⑧,不宣。

《刘大櫆集》

【注释】

①刘大櫆（1698～1779）：字才甫，一字耕南，号海峰。安徽桐城人。好工文辞，以才气著称。他论文强调"义事、书卷、经济"，主张在艺术形式上模仿古人的"神气"、"音节"、"字句"，是继方苞之后桐城派的中坚人物。有《海峰文集》、《海峰诗集》等。

②皖城：今安徽安庆市。

③汲汲：心情急切，努力追求。

④俾：通"比"，从。

⑤轩皇：黄帝轩辕氏。

⑥希风掠影：希风，指企慕，效法。掠影，好像水面的光和掠过的影子一样，一晃就消逝。

⑦蒙：智识未开的儿童。

⑧临楮怅望：停笔怀想之意。楮，纸，多指信笺。

【赏读】

自古解人不易得，以文字相交者更讲求这一点。如果作者的为人、为文不迎合世俗，那寻求解人就更难了。刘大櫆是清代著名散文流派桐城派的后期领袖，从这封信所叙情形和语气看，他也是一个"洁清自持，与世俗殊向"的极有个性的学者。对于世俗的不理解，他坚定地认为"其不足为辱，而足为荣也"。只要坚信自己是正确的，又何必因世人的不理解而愤愤不平呢？刘大櫆所说的情况在文学领域中尤为常见。例如，在崇尚繁缛华美风格的六朝，陶渊明的田园诗并不见赏于当时，而且在此后很长一段时期影响都不大，直到宋代经苏东坡推崇并唱和，人们对其文学价值的认识才有所深化。

只要是金子就会发光。一时流行的畅销书,并不一定能够流传于后世;一些不被时人看好的优秀作品,其价值终将被后人所认识。所以,一个严肃认真的作家要坚持自己的文学个性,而不要一味迎合于世俗。即如刘大櫆所说,俗人难免有只看作者名声大小、时代远近,而不顾作品实际价值的偏见。司马迁、韩愈的作品,举世皆如蒙童般加以称赞,然而如果隐藏起他们的名字,当今的人又有几个会大加赞赏呢!此话虽不尽然,但在文学批评中,确实存在刘勰《文心雕龙·知音》批评过的"贵远贱近,向声背实"的误区,这是作者和读者都应当加以注意的。

答两江制府尹公 袁 枚[①]

韦把总[②]来,接寄怀诗二章,知夫子得句于风雨横舟之际,金丝引和[③],寄托深远。适窗前有绿梅一株,水仙数种,对之展读,正与古香冷艳同入襟怀。枚疟虽痊,而四肢无力,终日曳杖而行,未出柴门[④]一步;借此闭门,与廿一史中古人相对,领现在可行之乐,补平生未读之书。昔有善用其短[⑤]者,枚亦善用其病,夫子闻之,必为莞尔。枚尚有请者,先君[⑥]服阕[⑦]已久,非无仕进之心,因老母七旬,家无昆季,与圣朝终养之例[⑧]相符。枚已申明情节,由江宁[⑨]转报。此实乌鸟私情[⑩],退而求息,并非膏肓泉石[⑪],借此鸣高[⑫]。文书到院之日,求夫子早为题达,免吏部赴补迁延之处分,则山中之岁月,与膝下之晨昏,未始非夫子重莅江南之所赐也。

《小仓山房尺牍》

【注释】

①袁枚(1716~1798):字子才,号简斋,晚年自号仓山居士、随园主人、随园老人。钱塘(今浙江杭州)人。清代诗人、散文家。乾隆四年(1739)进士,历任溧水、江宁等县知县,四十岁即告归。在江宁小仓山下筑随园,吟咏其中。擅长古文和骈体,尤工于诗。是乾嘉时期代表诗人之一,与赵翼、蒋士铨合称"乾隆三大家"。论诗主张抒写性情,创性灵说。著有《小仓山房集》、《随园诗话》等。

②把总:七品武官。

③金丝引和：比喻诗句格调清新。
④柴门：形容房屋简陋。古人常谦称自己的住处为"柴门"。
⑤善用其短：善于运用自己的短处。见《世说新语·品藻》。
⑥先君：去世的父亲。
⑦服阕：居丧期满。
⑧终养之例：古人有呈请辞官奉养父母或祖父母，直到寿终为止的条例。
⑨江宁：今南京。
⑩乌鸟私情：用乌雏反哺故事，比喻子女孝养父母之情。见李密《陈情表》。
⑪膏肓泉石：爱恋山水之病，用以形容不愿做官的隐士。
⑫鸣高：自鸣清高。

【赏读】

　　这封尺牍描绘了读书之乐。对着窗前的绿梅水仙读诗，花的古香冷艳，与诗的清新高远，一同揽入襟怀。倘若于热闹纷扰中读之，势必不能得此雅兴，又何能知诗中滋味呢？读书也要闭门绝尘，与古人相对，往复交流，领会现时可行之乐，弥补平生未读之书，有所会心则欣欣然，此乐何及！纳西族东巴文的"且去读书"，汉译为"天雨流芳"。如此美丽的文字和形象，正是读书的雅趣之所在吧。

　　此信还表达了百善孝为先的道德理念。老母七旬，家无兄弟可以侍奉，以乌鸟私情而申请辞官，以归乡奉养。其实并非志在隐逸，自鸣清高。说到孝亲之事西晋李密的一纸《陈情表》，以侍亲孝养之情感人肺腑，千载之下令人感泣。明代袁宏道的《去吴七牍》情辞哀婉，终因未能践行奉养祖母，而失去了感召的力量。孝心之不可欺如此。相比而言袁枚只不过平平道来，调不高而情实。山中岁月，膝下晨昏，孝心可鉴。

与何献葵明府① 袁 枚

菊有黄花之际,正相思命驾之时,蒙故人之情,委曲周挚。或极三更清话②,僮仆鼾呼;或听一部宫商,金灯灿烂。至于小艇将开,而呼驺③又到,漏尽霜浓之际,握手依依,使我至今低徊不置也。访春痴兴,恃牛相公之保护樊川④,几于微服野行,狎邪不顾,终无所获,命也何如!然新花之来折,与旧雨之周旋,孰轻孰重,静言思之,终不悔稚皋之跋涉⑤也。在苏耽迟四十余日,佳人信断,残腊将终,依旧抱空而返,未免抡材太刻⑥,穷且益坚矣。幸为小女择得一婿,楚楚不凡,差强人意。本求西子,翻得东床⑦,想彼苍亦"与之齿者去其角"之意⑧也。还山后,重兴土木,小有经营⑨。日与都料匠攘臂握算⑩,日昃不遑⑪,故奉赠诗与游冒氏荒园⑫之作,至今未能握管。才人觅句,荡子寻春,其间得与不得之故,想亦有数存耶?

《小仓山房尺牍》

【注释】

①何献葵:袁枚的老朋友,官至知州。与袁枚"相约结邻,萧然有出世之想。厥后急流勇退,乐志林泉者十余年",袁枚称其"盖事事学余也"。

②清话:高雅的言谈。

③呼驺(zōu):喻催促赶路。驺,骑马驾车的随从。

④牛相公之保护樊川:牛僧孺曾劝勉杜牧不要沉迷酒色。事见

《唐语林·补遗》。樊川，即杜牧，号樊川居士。

⑤稚皋之跋涉：谓游览胜地。稚皋，古代王宫的稚门和皋门。

⑥抡材太刻：选择人才太苛刻。这里指物色姬妾。

⑦东床：对女婿的尊称。

⑧"与之齿者去其角"之意：凡事不让尽如人意。语出《汉书》。

⑨经营：建筑，营造。

⑩攘臂握算：非常热闹地讨论。攘臂，捋衣露臂。

⑪日昃不遑：太阳偏西还来不及完成，形容夜以继日地忙碌。

⑫冒氏荒园：明末清初江南才子冒辟疆与秦淮佳丽董小宛栖隐的如皋水绘园。

【赏读】

相聚时或共听乐曲，或三更清谈，分手后惜别之情多日后尚萦绕心头，不能放下。知己之情深浓如此。菊有黄花、漏尽霜浓，正是君子之交的清雅背景。

"本求西子，翻得东床。"事虽不尽如人意，得其"楚楚不凡"之佳婿，却也差强人意。世事往往有意中之失，也有意外之得。"其间得与不得之故"，有其必然却也不乏偶然。古代才子狎邪之游，周旋旧雨新花，在当今固不可学，但其于事理之参悟，颇可玩味。

与闵莲峰 袁 枚

舟泊南都,惠而顾我。聆"春容摇岸柳,风色起江波"之句,至今耿耿未忘。顷者,杂花生树,以鸟鸣春,丈人何以自娱,颇复有所述作否?白下①诗人陈古渔,近体五七言,超超有逸气,月之望日,在仆处与转运公面为游约。兹竟两袪高蹶②,远涉扬州;所虑偏弦独张③,清唱不应。孺悲无介,见拒于孔门④;季札⑤有交,始通于上国。故兼予一札,上谒清流,明月入怀,定将按剑。望为通彼我之怀,释两情之滞足矣。

《小仓山房尺牍》

【注释】

①白下:旧时南京的别称,因沿江旧有白石陂,晋陶侃于此筑白石垒,后人又筑白下城,故名。

②两袪高蹶:两袖高扬,大踏步而出。此指远去。

③偏弦独张:指独奏而无知音。见陆机《文赋》:"譬偏弦之独张,含清唱而靡应。"

④"孺悲"二句:《论语·阳货》:"孺悲欲见孔子,孔子辞以疾。"后指因为无人介绍而被拒之门外。

⑤季札:春秋时吴国公子,称吴公子札,他广交当世贤士,使吴通于上国。

【赏读】

嘤嘤其鸣,求其友声。朋友可以随缘结交,但也不妨变被动为主动，这样更容易找到志同道合者。古人所谓以诗会友、以文会友，说的就是这个意思。袁枚这封信，语气委婉，风格清新，充分表达了他对南京诗人陈古渔的仰慕，并请托别人代为转达希望结交的心愿。"望为通彼我之怀，释两情之滞足矣。"使用这样一种结交方式，对被请托之人，态度要谦虚，情辞要恳切，才有可能达成心愿。

寄嵇黻庭①相国 袁枚

枚常谓物性即人性也,草木萌芽,难忘情于故土,人生发轫,多回首于恩门②。枚设帐③公家,才逾弱冠,两年之内,一举京兆④,再捷南宫,报信者皆唱公之门,贺喜者多履公之阈⑤,重重光景,恍在目前。而公相望之深,相扶之切,尤想见梁补阙与陆侍郎一番古谊⑥。习凿齿向桓宣武云:"使当时不遇明公,则不过荆州一老从事耳。"⑦枚有味乎其言,故前赋送行五古四章,一往情深,言由衷出,非皮傅语也。蒙公奖许过当,愧不敢当。闻受之世讲⑧,以翰林谕德,在上书房⑨行走。此日巾鞲⑩侍讲⑪,作帝室之先生;当年辟咡⑫牵衣,是童蒙之弟子。渊源追溯,房魏功业⑬,未尝非文中子⑭之光荣。蒙题《随园雅集图》,先之以近体,继之以古风,深得古人一唱三叹之旨。云笺墨沈⑮,尽作金光,后人当什袭藏之,永为珍宝。札中有称名过拙之虑,不知白也微之⑯,古朋友敌体以下,时时称焉!况公以两朝元老称小子后生乎?未免虑非所宜,谦之过当。

《小仓山房尺牍》

【注释】

①嵇黻(fú)庭:即嵇璜,字尚佐,又字黻庭,晚号拙修。江苏无锡人,清朝水利专家。雍正八年(1730)进士,历官乾隆间南河、东河河道总督,工部尚书,晚年加太子太保,为上书房总师傅,以治河有功著称。

②恩门：对自己有恩情的师门。旧时科举应试者登第对主考官的称呼。

③设帐：开馆执教。

④一举京兆：中举京都。

⑤闼（tà）：门庭。

⑥"梁补阙"句：即唐代梁肃与陆贽的故事。贞元八年（792），陆贽以兵部侍郎权知贡举，充分吸取了梁肃、崔元翰等人的意见，将韩愈、李观、欧阳詹等人录取，这一年的进士榜被称为"龙虎榜"。后来，中唐文体文风改革从陆贽、梁肃传到了韩愈、李观等人那里。

⑦"习凿齿"三句：晋襄阳人习彦威受桓温器重，被多次升迁。

⑧世讲：谓两姓子孙世世有共同讲学的情谊。后称朋友的后辈为世讲。

⑨上书房：清代皇子读书之处。

⑩巾韝（gōu）：又作巾褠。巾帻和单衣。江南人士交际的盛服。

⑪侍讲：给皇帝讲学。

⑫辟呬：侧头说话，以示尊敬。

⑬房魏功业：房玄龄、魏征辅佐唐太宗李世民建立的功业。

⑭文中子：即王通，隋末大儒，门弟子私谥为"文中子"。以讲学著书为业，据说唐初名臣房玄龄、魏征也是他的弟子。

⑮墨渖：墨汁。

⑯白也微之：白，白居易。微之，元稹的字。

【赏读】

懂得感恩，是人类最美的天性之一。诚所谓"物性即人性也，草木萌芽，难忘情于故土，人生发轫，多回首于恩门"。

袁枚从物性联想到人性，以草木和故土的关系，表达了对恩师的感激之情，是否也会唤起我们同样的联想呢？在中国封建社会，"恩师"虽然有其特定的含义，但"相望之深，相扶之切"，是老师之于学生的通常心态。这封信列举的几个典故，也证明了这一点。在我们有所成就的时候，回首师门，要懂得感恩。袁枚因恩师为他的《随园雅集图》题诗，不禁回忆起自己多年来得到的提携之恩。

师恩难忘，常在心头。只不过我们往往只在机缘凑巧的时候，才会表达出来。其实，适时地让人家知道我们的感恩之心，也是感恩的一种方式。

戏招李晴江① 袁 枚

旧雨②不来，杏花将去。仆此时酒价与武库③争先，足下来车，亦须与东风争速。不然，则残红满地，石大夫④虽来，已在绿珠⑤坠楼之后，徒惹神伤。送行诗呈上，所以多用小注者，恐百世后，少陵⑥与孔巢父⑦交情，费注杜者几许精神，终未了了故耳。足下去矣，所手植借园花木，交与何人？何不尽付山中，当作托孤之计。赠花如赠妾，不妨留与他人乐少年也。如不见信，可使歌者何戡⑧，与花俱留。他年仆则曰："璧犹是也，而马齿加长。⑨"兄则曰："树犹如此，人何以堪。⑩"岂非一时之佳话哉？合肥可有诗人否？可将鄙作带往，教令和成，归而镌板⑪。压之行李担中，较羊肉千斤，肥牛百只，轻重何如？

《小仓山房尺牍》

【注释】

①李晴江：即李方膺，清代画家。字虬仲，号晴江，别号秋池，寓居金陵借园，自号借园主人。为"扬州八怪"之一。

②旧雨：喻老朋友。

③武库：古代储藏器物的仓库，这里指作者的书库。

④石大夫：晋人石崇。其家为晋代显贵，他官至散骑常侍、侍中。石崇与绿珠的爱情故事在后代广为流传。

⑤绿珠：歌女，为感激石崇知遇之恩，跳楼自杀以保节。

⑥少陵：杜甫，曾作诗《送孔巢父谢病归游江东兼呈李白》，以赞巢父之才德。

⑦孔巢父：字弱翁，孔子后裔。少时力学辨博，与李白、杜甫等交谊甚厚。

⑧何戡：本指唐代著名歌者。此借指遭逢乱世后幸存的歌者。

⑨璧犹是也，而马齿加长：宝玉依旧而马齿加长了，比喻年岁增加，而成就没有增长。事见《春秋穀梁传·僖公二年》。

⑩树犹如此，人何以堪：引自《世说新语·言语》，表达对时光飞逝的感慨。

⑪镌板：雕刻印刷。

【赏读】

惜春的情怀，在文人士大夫笔下，表现可谓异彩纷呈，不过情调多半是叹惋、悲伤或惆怅。比如："年年岁岁花相似，岁岁年年人不同。"（唐刘希夷《代悲白头翁》）"无可奈何花落去，似曾相识燕归来。"（宋晏殊《浣溪沙》）袁枚在这封信中却以幽默诙谐的笔触，别出心裁的方式，让我们领略了另一种情怀，从而感悟到春天、生命、华年来去是自然规律，人们不仅可以坦然地接受，还应当寻觅天地灵趣，达到心境与外界的和谐。

这个请柬开篇就不同凡响：不是文人雅士通常的内敛，而是热情奔放的呼唤。杏花就要谢去了，正是诗酒风流的时节，酒兴、诗兴已争先恐后地涌上我的心头，老朋友你快来吧。"须与东风争速。不然，则残红满地"，这一声呼唤，洋溢着对生活的热爱。"赠花如赠妾，不妨留与他人乐少年也。"这番戏谑之语虽涉轻薄，但表明在诗人眼里，花木也是有生命、有感情的。至于似水流年的感叹，且留待他年去传一段"佳话"吧！

袁枚认为诗歌是性灵的产物，来自对生命的珍惜、对生活的热爱，所以他喜欢以生活来谈论诗歌。他说："选诗如选色，总觉动心难。"（《随园诗话补遗》）此信亦把诗歌和"羊肉千斤，肥牛百只"较轻重，俗中见雅，令人忍俊不禁。这和他流淌于字里行间的真趣一样，颇见其人性情。

其实朋友来与不来，并不一定在诗人期望中，只不过是心中有这样一番热情，需要一个喷发口而已。

送邓三兄回里 许葭村①

流连官阁,极一时言笑之欢。不意迅赋骊歌②,遽分衿袂;望春明之烟树,结遐想于伊人③。别时杯水之将④,聊申折柳⑤,手书言谢,益觉抱惭。

荣归近矣,当此短亭⑥黄叶,曲岸丹枫,一路秋光,足供清赏;而家庭之豫顺⑦,亲故之交欢,更自有其乐融融者。结企⑧之余,尤深翘羡⑨。

弟自别后,一无营心,惟叶子戏⑩学如不及。惜未与足下对垒,为缺然耳。

《秋水轩尺牍》

【注释】

①许葭村:生卒年不详,字思湄,其作品仅有《秋水轩尺牍》流传至今。

②骊歌:古时送别的歌。

③伊人:代指思念的意中人。见《诗经·秦风·蒹葭》:"所谓伊人,在水一方。"

④杯水之将:微薄的相送之情。杯水,菲薄之意。将,送。

⑤折柳:赠别,送别。古人常借灞桥折柳表达惜别之情。

⑥短亭:古时在路途中设亭,以供行人休憩。所谓十里五里,长亭短亭。

⑦豫顺:安乐舒适。

⑧结企：结想企望。
⑨翘羡：极其羡慕。
⑩叶子戏：玩纸牌。

【赏读】
　　相聚的欢乐、离别的伤感、别后的怀念、再见的期待，是友情的四段乐章。
　　黄叶丹枫，一路秋光，天伦之乐，亲故交欢，无一不在送行人望眼迷离、朝暮遐想之中。短短一简，骊歌和欢歌交响，蕴含着丰富的意味。景物描写鲜明如画，情境描写如在目前。

与孙配琪 龚未斋①

　　自来关外，即闻有异人；宁城捧袂②，正如天半朱霞，云中白鹤③，幸得数日之聚，快聆清谈，岂止三生石④上一笑缘耶？
　　别后鄙吝⑤复生，不能再坐春风⑥，深以为怅！
　　郡城外万柳亭，临河垂柳，浓翠如云，清流如镜，时有黄鹂作绵蛮⑦之声。弟有斗酒，藏之久矣，望足下拨冗⑧一来，消受绿天清趣。数行布臆⑨，引领俟之⑩！

《雪鸿轩尺牍》

【注释】

　　①龚未斋：生卒年不详，绍兴会稽人，他和许葭村都是名不见经传的文人，终身在衙门从事师爷的贱业。两人诗酒酬唱，保持着书信联系。有《雪鸿轩尺牍》传世。
　　②捧袂：握手相见。袂，衣袖。
　　③天半朱霞，云中白鹤：喻人格高洁。
　　④三生石：有因缘前定之意。传说唐代李源与僧圆观友善，互为知音。圆观与李约定，待他死后十二年在杭州天竺寺相见。十二年后，李到寺前，有一牧童唱道："三生石上旧精魂，赏月吟风莫要论，惭愧情人远相访，此身虽异性长存。"牧童即圆观托身。后人把杭州天竺寺后面的山石指为三生石，说是李源和圆观相会之地。
　　⑤鄙吝：庸俗，贪鄙，在这里是自谦之语。
　　⑥春风：比喻温和可亲的气象或境界，通常用来比喻在良师教导下的景况，称"如坐春风"、"如沐春风"。

⑦绵蛮：鸟的声音悠扬婉转。《诗经·小雅·绵蛮》有"绵蛮黄鸟"句。

⑧拨冗：排除繁琐事务，亦即抽空的意思。

⑨布臆：表达胸臆。

⑩引领俟之：翘首以待。领，脖子。

【赏读】

这是一封邀请朋友共同消夏的请柬。友谊的基础是相互欣赏，不但要莫逆于心，亦师亦友，相对晤谈，如坐春风，就连双方的风神也要相悦，才可能成为至交。"天半朱霞，云中白鹤"，足以想见其人的飘逸和清雅。如果能得三生石上前世之缘的感觉，那就是上上的境界了。

有这样的朋友，美景希望和他共赏，美酒希望和他共品。在临河垂柳的浓荫下，对着如镜面一般平静的清流，听树上黄鹂不时发出几声好音，举杯畅饮陈年好酒，"消受绿天清趣"——这是一幅多么诱人的画面！蓄满生活的诗意，也是天人相合的佳境。一个了无情趣的俗人，是不可能领略其中滋味的。看作者用诚意写下柬帖，再翘首盼望，令人不由得想一想：自己，是否也拥有这样值得等候的朋友？

示程在仁 汪 缙①

程兄在仁,由海虞②来苏。适予有来安之役,遂从予游焉。予念生少失怙③,无兄弟,离其家尊,从予远游也,又念生有意于文学,欲被服④于此也。予之期望乎生者甚至,其忧生也甚切。念欲告生,必也终身可诵者乎。予今以阅历自得之言告生,曰:被服文学,必与年俱进,吾无容骤以尽告生也。至若人之所以成人,其流品之高下,数言可决者,在见己之过,见人之过,夸己之善,服人之善而已。但见己之过,不见世人之过,但服人之善,不知己有一毫之善者,此上流也;见己之过,亦见世人之过,知己之善,亦知人之善,因之取长去短,人我互相为用者,其次焉者也;见己之过,亦见世人之过,知己之善,亦知人之善,因之以长角短⑤,人我分疆⑥者,又其次焉者也;但见世人之过,不见己之过,但夸己之善,不服人之善者,此下流也。终身流品之高下,其定于此。吾尝验之于身,验之于人,百不失一。生其终身诵之,以副⑦予望,勿加予忧。

《汪子文录》

【注释】

①汪缙(1725~1792):字大绅,江苏吴县人。乾隆贡生。工于古文,诗宗陈子昂、杜少陵,受到袁枚盛赞。所著有《汪子文录》及《读书四十偈私记》等。

②海虞：镇名，位于江苏省常熟市北部望虞河畔，北依长江，东西与常熟港和张家港相邻。

③失恃：指母亲去世，语出《诗经·小雅·蓼莪》："无父何怙，无母何恃。"

④被服：负恃，信奉。

⑤以长角短：用自己的长处与对方的短处相比。

⑥人我分疆：用不同的标准衡量自己和他人。

⑦副：相称，符合。

【赏读】

汪缙对其弟子的这番教导，提供了一个区分人品的标准，其中虽然有某些封建文人的迂腐之处，却也发人深省。我们不妨对此进行分析，以反思自己的处世为人之道。

汪缙认为，看一个人品格的高下，不过是观察其如何看待自己和别人的长短而已。以此为标准来进行衡量，世间人品可以分为四等：只看到自己之短而看不到别人之短，只看到别人之长而看不见自己之长的，其人品为上流；既看到自己的长短也知道别人的长短，因而取别人之长补自己之短，人我互相为用的，其人品为第二流；既明白自己的长短也知道别人的长短，因而以自己之长去比别人之短，以偏见来衡量他人的，其人品为第三流；只看见别人之短而看不见自己之短，只夸说自己之长而不见别人之长的，其人品为下流。

不知读者如何看待这个问题？据我看，第一、三、四流均不可取，所谓第二流人品倒比较合情合理。犹如用兵，"知己知彼，百战不殆"。人既贵有自知之明，也要有知人之明；既要看到别人的长短，也要看到自己的长短。这样才能见贤思齐，规避缺陷，也才能提高自己的修养来经世致用并构建和谐的人际关系。

与友人书 钱大昕①

前晤我兄，极称近日古文家以桐城方氏②为最。予常日课诵经史，于近时作者之文，无暇涉猎。因吾兄言，取方氏文读之，其波澜意度，颇有韩、欧阳、王之规橅③，视世俗冗蔓扰杂之作，固不可同日语，惜乎其未喻乎古文之义法④尔。夫古文之体，奇正⑤、浓淡、详略，本无定法。要其为文之旨有四：曰明道、曰经世、曰阐幽⑥、曰正俗⑦。有是四者，而后以法律⑧约之，夫然后可以羽翼⑨经史，而传之天下后世。至于亲戚故旧，聚散存殁之感，一时有所寄托，而宣之于文，使其姓名附见集中者，此其人事迹原无足传，故一切阙而不载，非本有可纪而略之，以为文之义法如此也。

方氏以世人诵欧公《王恭武》、《杜祁公》诸志，不若《黄梦升》、《张子野》诸志⑩之熟，遂谓功德之崇不若情辞之动人心目。然则使方氏援笔而为王、杜之志，亦将舍其勋业之大者，而徒以应酬之空言了之乎？"六经"、"三史"之文⑪，世人不能尽好，间有读之者，仅以供场屋饾饤之用⑫，求通其大义者罕矣。至于传奇之演绎，优伶之宾白⑬，情辞动人心目，虽里巷小夫妇人，无不为之歌泣者，所谓曲弥高则和弥寡，读者之熟与不熟，非文之有优劣也。以此论文，其与孙鑛、林云铭、金人瑞之徒何异！

文有繁有简，繁者不可减之使少，犹之简者不可增之使多。

《左氏》之繁，胜于《公》、《穀》之简⑭。《史记》、《汉书》，互有繁简。谓"文未有繁而工者"⑮，亦非通论也。太史公，汉时官名，司马谈父子为之，故《史记·自序》云"谈为太史公"，又云"卒三岁而迁为太史公"，《报任安书》亦自称"太史公"。"公"非尊其父之称，而方以为称"太史公曰"者，皆褚少孙⑯所加。《秦本纪》、《田单传》别出它说，此史家存疑之法，《汉书》亦间有之，而方以为后人所附缀。韩退之撰《顺宗实录》，载《陆贽阳城传》，此实录之体应尔，非退之所创，方亦不知，而妄讥之。

盖方所谓古文义法者，特世俗选本之古文，未尝博观而求其法也。法且不知，而义于何有！昔刘原父⑰讥欧阳公不读书，原父博闻，诚胜于欧阳，然其言未免太过。若方氏，乃真不读书之甚者。吾兄特以其文之波澜意度近于古而喜之，予以为方所得者，古文之糟粕，非古文之神理也。王若霖⑱言："灵皋以古文为时文，却以时文为古文。"方终身病之。若霖可谓洞中垣一方症结者矣。泥泞不及面质，聊述所见，吾兄以为然否？

《嘉定钱大昕全集》

【注释】

①钱大昕（1728~1804）：字晓征，一字及之，号辛楣、竹汀居士，晚号潜研老人。江苏嘉定（今上海嘉定）人。清代史学家。历官少詹事、广东学政。五十岁即回籍，主钟山、紫阳书院讲席。精研经史、金石、文字、音韵、天算、舆地诸学，考史之功，号为清代第一。有《廿二史考异》、《十驾斋养新录》、《潜研堂集》等。

②桐城方氏：指方苞。字凤九，号灵皋，又号望溪，桐城（今安徽桐城）人。清散文家，为"桐城派"创始人。

③"颇有"句：很有韩愈、欧阳修、王安石的规模。规橅（mó），亦作"规摩"，同"规模"。此指文章的格局。

④义法：清桐城派方苞所提出写作古文的准则。"义"指"言有物"，"法"指"言有序"。"言有物"，指作品要具有符合儒家传统的内容；"言有序"，指作品要达到"一字不可增减"的"雅洁"标准。

⑤奇正：指文章的常规和变化。奇指奇特变化之文，正指常规平允之文。

⑥阐幽：发扬潜德。《周易·系辞下》："夫《易》，彰往而察来，显微而阐幽。"

⑦正俗：匡正风俗；挽救颓风。

⑧法律：此指文章的法度、准则。

⑨羽翼：辅佐。

⑩"欧公……诸志"：指欧阳修的《忠武军节度使同平章事武恭王公神道碑铭》、《太子太师致仕杜祁公墓志铭》、《黄梦升墓志铭》、《张子野墓志铭》。

⑪六经：《诗》、《书》、《礼》、《乐》、《易》、《春秋》。三史：魏晋六朝以《史记》、《汉书》、《东观汉纪》为三史。唐以后，以《史记》、《汉书》、《后汉书》为三史。

⑫供场屋饾饤之用：供科举考试场上堆砌辞藻、填塞典故之用。饾饤（dòu dìng），食品堆叠貌，这里引申为堆叠塞典。

⑬优伶之宾白：戏曲演员的插科打诨，滑稽逗趣。宾白，古代戏曲剧本中的说白。

⑭"《左氏》"二句：《左氏》，即《左传》。《公》，即《公羊传》。《榖》，即《榖梁传》。三传中《公》、《榖》文字较简，《左

传》文字较繁，而富有文学色彩。

⑮文未有繁而工者：此语见方苞《与程若韩书》。

⑯褚少孙：西汉末期文学家、史学家。曾补缀《史记》之缺。

⑰刘原父：刘敞，字原父。世称公是先生。北宋史学家、经学家、散文家、金石学家。

⑱王若霖：王澍，字若霖，号虚舟，亦自署二泉寓居，别号竹云。清代书法家。

【赏读】

这封信旨在否定桐城派领袖方苞的义法说，但我们抛开"义法"之争来审视其提出的问题，对于文学创作还是有启示意义的。

"义法"是方苞文学思想的中心，大体说来，"义"为内容，要求言之有物，"法"为技巧，要求言之有序。钱大昕则认为文章"本无定法"，这无疑有其合理性。钱大昕又批评方苞的"情辞"观、"雅洁"观，则不尽然。

方苞说："功德之崇不若情辞之动人心目。""文未有繁而工者。"钱大昕认为虽然"情辞动人心目"，但并非"大义"之所存，因而也就没有传世的价值基础。实际上方苞认为写人伦亲情、死生聚散之类的"情辞"，远胜过空洞的歌功颂德，这并没有错。钱大昕自己也承认，传奇戏曲可以使"里巷小夫妇人，无不为之歌泣"，而"六经"、"三史"，只不过供科举考试者饾饤之用罢了。但他又强词夺理地说，通俗文艺虽然赢得了市井百姓的眼泪，并不是因为"六经"、"三史"不好，只不过是曲高和寡罢了。在通俗文学成为主流、走向大众的时代，这样的论调显然是迂腐的。何况，主情论早在晚明就成为冲决理学束缚的利器。文学当然应当表现重大的政治、道德主题，但表现人之常情，以情动人，却也是必需的。至于

"文未有繁而工者",表现了方苞对语言文字"雅洁"的追求。钱大昕认为"文有繁有简",这要针对具体情况而言,不可一概而论。应当说二人的观点各有其合理成分,但这样的质疑,可以使问题愈辩愈明,有助于对文学性质的认识。

与阎阜宁 韩梦周①

又作山中客矣。拙者伎俩,但解跧伏②,真属可鄙!但心中无事,梦魂常清,此则少有佳趣耳。

位者非己所得专,时者难得而易失。一日居官,则竭一日之心。要术无多,但于足下所谓诚者勉之又勉耳。

爱百姓如赤子,防胥吏如鬼蜮③。无要誉④于流俗,无假意于左右。勿取人以言色,必求其实;勿任情为喜怒,必得其当。外揆⑤之人,内返之心,可对君上,可质鬼神,则表里洞达,而诚之德充矣。

又勤敏之中,当寓节宣⑥之意。急要务,略细微,戒冗语,省闲气,劳而不疲,乃可任剧⑦。不然,丛迫无节,必至烦恼;烦恼不已,遂成躁率。既有伤于性情,必有害于公事,特忙中不察耳。

大抵事变无常,以诚为主宰,以从容为节度,以安定为统摄。其中高下轻重,随时可以权衡矣。执法者失之固,通情者易于流,气勇者必拗⑧,心杂者多为人所乘。既欲自立,而不知取法古人,徒求胜庸流,此则五十步百步之说,非贤者所肯居也。

《皇朝经世文编》

【注释】

①韩梦周(1729~1798):字公复,号理堂,山东潍县(今山

东潍坊）人，清前期进士。曾在程符山讲学，也曾到益都、潍阳等书院讲学，影响很大。后人把阎循观与他并称"山左二巨儒"。是清初山东著名的"宋学"学者，也是潍县古文派的主要人物。著《理堂文集》《理堂诗集》《理堂日记》等。

②跧伏：蜷伏。

③鬼蜮：鬼和蜮都是暗中害人的精怪。后以"鬼蜮"喻用心险恶、暗中伤人的小人。

④要誉：猎取荣誉。

⑤揆：度量；揣度。

⑥节宣：裁制以调适之，使气不散漫，不壅闭。

⑦任剧：担任要职。

⑧拗：拉折，折断。

【赏读】

此文讨论为官之道，但为官者必须先明白为人之道，才可能懂得如何去做一个好官。所以，对于通常的为人处世，亦很有启发作用。下面摘其警句，稍加阐释。

"但心中无事，梦魂常清，此则少有佳趣耳。"这一种人生难得的"佳趣"，需做事对得起天地良心，又需解脱过强的利欲，去除内心焦虑，才能够得到。

"无要誉于流俗，无假意于左右。勿取人以言色"。为人要坚持原则和独立个性，不要在意世人的毁誉，走自己的路，让别人说去吧！

"勿任情为喜怒，必得其当。外揆之人，内返之心"。对人对事要实事求是，喜和怒都不要由着自己的性子来。处理事情要达到恰如其分，就必须设身处地，换位思考。

"急要务，略细微，戒冗语，省闲气，劳而不疲，乃可任剧。

不然，丛迫无节，必至烦恼；烦恼不已，遂成躁率。"无论事情多么繁杂，关键在于分别轻重缓急，忽略琐事，少说废话，不生闲气，这样就能够做到"劳而不疲"，从而承担重任。反之则容易滋生烦恼，长此以往，必致处事浮躁轻率，既伤了自己的性情，又有损工作质量。

"大抵事变无常，以诚为主宰，以从容为节度，以安定为统摄。"事物总是在不断发生变化，所以要心存诚信，张弛有度，根据情况权衡高下利弊。

"执法者失之固，通情者易于流，气勇者必拗，心杂者多为人所乘。"坚持原则的人容易失之于不知应变，善于应变的人容易失之于丧失立场，气性刚强的人往往最易受挫，私心杂念多的人往往被人利用。

以上种种情况，我们在现实中都可以找到验证，真是人性中很常见的问题啊！不妨对照反省自己，看看有没有这一类毛病。

答鲁宾之书 姚鼐①

某顿首宾之世兄足下：远承赐书及杂文数首，义卓②而词美，今世文士，何易得见若此者。某之谫陋③，无以上益高明，"求马唐肆"④，而责施于悬磬之室⑤，岂不愧甚哉？顾荷垂问，宜略报以所闻。

易曰："吉人之词寡。"夫内充而后发者，其言理得而情当。理得而情当，千万言不可厌，犹之其寡矣。气充而静者，其声闳而不荡⑥；志章以检⑦者，其色耀而不浮。邃以通者，义理也；杂以辨者，典章名物凡天地之所有也。闵闵⑧乎聚之于锱铢，夷怿⑨以善虚，志若婴儿之柔。若鸡伏卵，其气专以一，内候其节而时发焉。夫天地之间，莫非文也。故文之至者，通于造化之自然。然而骤以几乎，合之则愈离。

今足下为学之要，在于涵养而已。声华荣利之事，曾不得以奸乎其中，而宽以期乎岁月之久，其必有以异乎今而达乎古也。以海内之大而学古文最少，独足下里中独盛，异日必有造其极者，然后以某言证所得，或非妄也。足下勉之！不具。六月十七日，某顿首。

《惜抱轩诗文集》

【注释】

①姚鼐（nài）（1732～1815）：字姬传，一字梦榖，室名惜抱

轩,世称惜抱先生、姚惜抱,安徽桐城人。清代著名散文家,与方苞、刘大櫆并称为"桐城三祖"。乾隆二十八年(1763)中进士,任礼部主事、四库全书纂修官等,四十岁辞官南归,先后主讲于扬州梅花、江南紫阳、南京钟山等地书院四十多年。著有《惜抱轩全集》等,曾编选《古文辞类纂》。

②卓:高超出众。

③谫(jiǎn)陋:浅薄粗劣。

④求马唐肆:到不是停马的地方去找马,比喻在什么也没有的地方寻求自己所需的东西。唐,原指无壁之屋,引申为空的。肆,铺子,这里指卖马的地方。

⑤悬磬之室:形容空无所有,极贫。

⑥荡:放纵;不受约束。

⑦检:检点约束。

⑧闵闵:纷乱貌。

⑨夷怿(yì):愉快,喜悦。见《诗经·商颂》:"我有嘉客,亦不夷怿。"

【赏读】

姚鼐也是桐城派的领袖,他在这封信中所谈论的,仍是桐城派的文学思想。强调文章要"理得而情当",强调作家最重要的是"涵养"道德学问,这些论点都有意义。但更有新意和价值的是他把师法自然、天人为一作为文学的最高标准:"夫天地之间,莫非文也。故文之至者,通于造化之自然。"他又在《敦拙堂诗集序》中说:"夫文者艺也,道与艺合,天与人一,则为文之至。"两相印证,可知在姚鼐的意识中,天下山水无不是好文章,作家必得师法天地自然,涵养道德学问,使其心灵性情与天地冥合为一,才能感悟大道,表现大道,进而达到"文之至"。在《海愚诗序》中,他把文学风格归纳为阳刚和阴柔两大类,用自然万象来对这两种风格进行描绘。如说阳刚之文如霆、如电、如长风出谷、如崇山峻崖、如大河决堤、如骐骥奔驰;阴柔之文则如旭日初升、如清风烟霞、如幽深的树林、如曲折的山间小溪……由此,我们大致可以领略其天人为一、通于造化自然的文学主张。

早在先秦时期,庄子就提出"天地与我并生,万物与我为一"(《庄子·齐物论》)这一人与自然和谐相处的命题,后世把它扩展到文学领域,倡导率性而为的个性,朴素自然的文风,具有深远的意义。

答张水屋①书　吴锡麒②

获读手书,具言宦况,乃知门临乱冢,屋绕丛山,几乎青磷代灯,白云同榻矣。寂寞之境,迁谪所悲,然计足下浊酒浇愁,蹇驴觅句,月来如客,花开当春,踵杜老③之豪吟,点倪迂④之小笔,亦无闷也。否则偕二三父老,咨疾苦,问桑麻,谊若家人,游同乡井,以云宦隐,亦固其宜。至于千金万金之寿,眼花耳热之娱,业当颜子坐忘⑤,司空见惯,一觉扬州之梦,十年禺筴⑥之场,岂犹望失之东隅,收之桑榆也哉。

如其蔗境能甘,强台可上,则借回飙,阶清汉,固亦大丈夫之志业耳。必谓仕须及热,贵可因人,想足下抱纯约之怀⑦,负慷慨之气。溪边杨柳,已怕折腰;帘外青山,将羞植笏⑧。未有不思之烂熟者也。

若仆者,赋惟穷鸟,泣似枯鱼,文章既已逊人,经济⑨安能报国,印累绶若⑩,久不关心,惟冀具菽水之资⑪,了婚嫁之愿,然后芒鞋拾路,落叶打包,猿鸟无猜,水云得意,可因树以为屋,将缝芰而制衣,赋性之迂,实自知耳。方今大暑如沸,小年正长,榻有青苔,门无绿树,言归之计徒切,望远之梦或通。何以解忧,托荷花而酌子;愿言则嚏,见荔子而思余。札到经秋,书成维夏。火云千里,旧雨一心。

《有正味斋骈体文》

【注释】

①张水屋：张道渥，字水屋，又字封紫，号竹畦，别号张风子。为人豪放不羁，好游览。

②吴锡麒（1746～1818）：字圣征，号穀人。钱塘（今浙江杭州）人。乾隆四十年（1775）进士。曾为翰林院庶吉士，授编修。后两度充会试同考官，擢右赞善，入直上书房，转侍讲侍读，升国子监祭酒。后以亲老乞养归里。善诗词，尤工骈体文。著有《有正味斋集》。

③杜老：杜甫，唐代诗人。

④倪迂：倪瓒，元代画家、诗人。他一生不做官，其家是吴中有名的富户；但倪瓒不愿管理生产，自称"懒瓒"，亦号"倪迂"。

⑤颜子坐忘：来自道家的哲学思想，《庄子·大宗师》借孔子与颜回的对话，主张坐忘心斋："堕肢体，黜聪明，离形去知，洞于化通，此谓坐忘。"

⑥禹筴（cè）：合算，合计。筴同"策"。

⑦纯约之怀：纯厚简素的情怀。

⑧植笏：犹持笏。指为官。

⑨经济：指经国济世之才。

⑩印累绶若：形容官吏身兼数职，声势显赫。见《汉书·石显传》："牢邪！石邪！五鹿客邪！印何累累，绶若若邪！"

⑪菽水之资：豆与水。指所食唯豆和水，形容生活清苦。

【赏读】

谪官的处境如何？得志者的处境又怎样？吴锡麒以这样两种"宦况"的对比，劝慰朋友不如"宦隐"，同时也表达了自己混迹官场的酸楚，以及归隐的打算。

"寂寞之境，迁谪所悲"，贬谪异地悲苦寂寞。但从另一个角度看，谪官远离政治中心，可以放情山林诗酒，有人情亲和之乐，也没有什么不好。官场虽然有"千金万金之寿，眼花耳热之娱"，到头来不过是大梦一场。所以要心安林泉，修习"坐忘"，排除杂念，忘却一切身外之物，甚至忘却自身形体的存在，达到天人合一、人道合一的境界。

对朋友的劝慰，实则流露了作者厌倦宦海浮沉、向往回归大自然怀抱做自然之子的愿望。他不再徘徊于进取与退隐，不仅为朋友，也为自己做出了抉择：建功立业固然是大丈夫应有的志向，但是否能在官场赢得显赫的声名，也要看因缘际会，不可强求。"抱纯约之怀，负慷慨之气"，能够高洁其情怀，以淡化功名利禄之想，也是人生的一种境界。

古代士大夫可以选择的人生道路，实在是相当狭窄的，因此人们更喜欢讨论如何调节内心，变不利为有利。正如宋代词人秦观所说："人生岂有常？所遇而自适，乃长得志也。"（《与李乐天简》）无论古今，道理都是一样的。对于人生的失意和得意，都应以平常心看之。此信言词恳切，情以景现，风格清新流丽，在"火云千里"的炎炎夏日读到来信，对方的心中不论有多少烦扰，读后都应当可以宁静下来。

答怀远何冶亭书　周天爵[①]

接手书,知足下仍处远馆,僻在一隅。馆谷[②]不敷所入,良可浩叹。不知天之玉成斯人,全在此等地步。于一切取与见得分明,宁槁项黄馘[③],不为非义事。外缘既绝,然后对书自有津津真味。愚三十年甘苦饥寒困顿,从不与富家往来,居常旷观。人多怕饿死,其实伤食[④]死者甚多。即同一死,何苦舍我之饿,而贪彼之伤乎?此非排遣[⑤]之法,苟有所养,自见得如此。

文章不工,非有他故,总由心有纷挈,不下真功夫。若积蕴深厚,到得汩汩其来时候,亦自挥洒如意,况更有进于此者乎?要在味人之所不味,惟乖于人,乃与天通。亦非好为岸兀[⑥],不过不同众人之臭味耳。若只取媚一时,与草木之争妍斗巧,花开花落,杳然无有何异也。足下须努力。

愚赋命蹇拙[⑦],子弟多不才,只须任命而已。吾性情行事,现今无可与言,有可言者,吾亟就正焉,其如百折不回者少耳。有便人去,吾为足下少助薪水,总望笃信好学为第一事,其他万勿旁鹜也。

《历代名人书札续编》

【注释】

①周天爵(1774~1853):字敬修,山东东阿人。嘉庆十六年(1811)进士。官至湖广总督。

②馆谷：教私塾或任幕僚的收入。

③槁项黄馘（guó）：颈项枯槁，面色苍黄。谓面黄肌瘦。项，颈项；馘，脸。

④伤食：饮食过量。

⑤排遗：指排出体内未消化或未吸收的食物残渣。

⑥岸兀：高拔卓荦的样子。

⑦蹇拙：艰难困拙，不顺利。

【赏读】

　　道德和文章，是君子立身处世的两件大事。如何在困厄中坚持高尚的操守，又如何作出有价值的文章呢？这封信为我们提供了一个参照。

　　人生难免遭遇困厄，但如何对待之，其结果大相径庭。有人把困厄看做人生的财富，越挫越勇，开拓出美好的境地；有人把困厄看做命运的惩罚，意志消沉，从此堕入黑暗的深渊。所以作者发出感叹："不知天之玉成斯人，全在此等地步。"困厄不仅磨炼人的意志，也考验人的道德。正如孟子所说，"天将降大任于斯人也"，成大业者必要经历种种磨炼。何冶亭正处困厄之境，但他明确"取"和"与"的大是大非，宁可饿得面黄肌瘦，也不做品德败坏的事。周天爵说愿意资助其薪水，勉励其"笃信好学为第一事"。老师对学生用心之良苦，令人感动，而好恶标准，也不言自明。

　　作者认为"文章不工"的原因，总在心有杂念，下不了真功夫。待到学问和阅历的底蕴深厚了，自然就能够挥洒自如。此外更为重要的是，要有所创新，不落窠臼，发常人之所未发，别开生面，阐发事物真谛。这不是为了标新立异，而是要力避"取媚一时"。只有这样，作品才能获得长久的生命力。只有心无旁骛，潜心向学，才能有进境。

与人笺（二） 龚自珍①

少习名家言②，亦有用。

居亭主③犷犷④嗜利，论事则好为狠刻⑤以取胜，中实无主。野火之发，无司燧⑥者，百里易灭也。某公端端⑦，醉后见疏狂，殆真狂者。某君借疏狂以行其世故⑧，某君效为骏稚⑨以行其老诈。某一席之议前后不相属⑩，能剿说⑪而无线索贯之，虑不寿⑫。朝士方贵，亦作牢骚言，政⑬是酬应⑭我曹耳。善忌人者术⑮最多，品最杂。最工者，乃借风⑯劝忠厚，以济锄而行伐⑰，使受者伤心，而外不得直⑱。骛⑲名之士如某君，孤进⑳宜悯谅也。某童子㉑妍黠㉒万状，志卖㉓长者，奸而不雄，死而谥㉔憨悼㉕者哉！

《龚自珍全集》

【注释】

①龚自珍（1792～1841）：字璱人，号定盦，更名巩祚。仁和（今浙江杭州）人，道光九年（1829）进士，授内阁中书，官礼部主事。早年从学于外祖父段玉裁。以后究心经世之学，并接受今文学派观点，提倡经世致用。他的诗文主张"更法"、"改图"，揭露清统治者的腐朽，洋溢着爱国热情，为晚清思想界先驱者。著有《定庵文集》，今人辑为《龚自珍全集》。

②少习名家言：小时候学习刑名之家的文章。名家，刑名之家，战国诸子百家之一，又称辩者。

③居亭主：门客、塾师等类人物对主人的称呼。

④犷犷：粗俗凶猛的样子。

⑤狠刻：残忍刻薄。

⑥燧：古代取火的用具。

⑦端端：庄重的样子。

⑧世故：待人接物的经验。

⑨效为骃（sì）稚：假装幼稚无知。

⑩不相属：不相关，没有联系。

⑪剿说：袭取他人之言以为己说。

⑫虑不寿：大都不长久。

⑬政：同"正"。

⑭酬应：敷衍，应付。

⑮术：方法，手段。

⑯风：同"讽"。

⑰济锄而行伐：实现了讨伐他人的目的。

⑱直：伸，此指申述冤屈。

⑲骛：追求。

⑳孤进：指径直在仕途上奔走。

㉑童子：此指晚辈。

㉒妍黠：乖巧狡猾的样子。

㉓志卖：有意出卖。

㉔谥：古代帝王将相或其他有地位的人，在死后被追加的带有褒贬意义的称号。

㉕愍悼：哀怜悲伤。

【赏读】

　　这封写给清代著名启蒙思想家、政治家、文学家魏源的信，借

"名家言"品评各种人物，揭露官场和儒林的虚伪，批判世态人情，文笔辛辣，议论深刻。

有的人为人粗鄙好利，论事往往残忍尖刻，其实内心非常空虚，这就如同野火自发，容易熄灭一般，最终难成大事。有的人平日行为端庄，醉后豪放，这大概才是真正的豪放。有的人借豪放来掩饰其圆滑世故，有的人借幼稚来掩饰其老谋深算。有的人一番话中的说法前后不统一，拾人牙慧而语无伦次，容易被人识破。有的人正春风得意之时却大发牢骚，不过是敷衍我等罢了。心胸狭隘的人手段最多，表现最复杂。奸猾的人善于借刀杀人，使被害者受到很深的伤害却无法申诉自己的冤屈。追逐名利的人四处钻营，其实很可怜。有的晚辈貌似聪明乖巧，实则蓄意出卖长者，这种人下场往往可悲！

对以上种种人的表现，玩味之、参照之，有益于加深认识，并提高个人的道德修养。

字谕纪鸿儿[1] 曾国藩[2]

家中人来营者,多称尔举止大方,余为少慰。凡人多望子孙为大官,余不愿为大官,但愿为读书明理之君子。勤俭自持,习劳习苦,可以处乐,可以处约,此君子也。余服官二十年,不敢稍染官宦气习,饮食起居,尚守寒素家风。极俭也可,略丰也可,太丰则吾不敢也。

凡仕宦之家,由俭入奢易,出奢返俭难。尔年尚幼,切不可贪爱奢华,不可惯习懒惰。无论大家小家,士农工商,勤苦俭约,未有不兴,骄奢倦怠,未有不败。尔读书写字,不可间断。早晨要早起,莫坠高曾祖考以来相传之家风。吾父吾叔,皆黎明即起,尔之所知也。

凡富贵功名,皆有命定,半由人力,半由天事。惟学作圣贤,全由自己作主,不与天命相干涉。吾有志学为圣贤,少时欠居敬功夫,至今犹不免偶有戏言戏动。尔宜举止端庄,言不妄发,则入德之基也。

《曾国藩家训》

【注释】

①纪鸿:曾国藩的儿子曾纪鸿。

②曾国藩(1811~1872):初名子城,字伯涵,号涤生,谥文正,湖南湘乡白杨坪(今属双峰)人。晚清重臣,湘军的创立者和统帅者。清朝军事家、理学家、政治家、文学家,晚清散文"湘乡

派"创立人。官至两江总督、直隶总督、武英殿大学士,封一等毅勇侯。著作有《求阙斋文集》、《读书录》、《家书》及《经史百家钞》等,后人辑为《曾文正公全集》。

【赏读】

曾国藩家教极严,教子有方,故其子虽身处富贵之家却无纨绔之习而多有所成就。他在家书中以平易的语言,循循善诱的态度,写下了许多格言警语,堪称家教典范。这封家书教导儿子要读书明理、勤俭自持,强调培养孩子要从日常言行举止的养成开始,达到"君子"这一崇高的人格境界。这番家教理论弘扬了我国优良的文化和道德传统,至今犹可借鉴。

"凡人多望子孙为大官,余不愿为官,但愿为读书明理之君子。"强调做人远比做官重要,这和郑板桥家书的教子原则一致。然而究竟如何践行?不同处境的人对此有不同的看法。曾国藩教子要"勤俭自持","守寒素家风",无论苦乐、丰俭都能淡定对待。"凡仕宦之家,由俭入奢易,出奢返俭难。"这一至理名言,揭示了人性中值得警惕的一面。"勤苦俭约,未有不兴,骄奢倦怠,未有不败。"所以人的家境愈好,就愈是要能够"自持"。坚持从日常功课做起,不是一天一时,而是一生一世。影响人生成就大小的因素很多,人不见得都能够左右,然而个人的道德修养,却可以"全由自己作主"。其实何止仕宦之家如此,对于一般人家、一般人而言,也是一样的道理。

要之,人生在世,做人为上。

与徐玉山太守 曾国藩

吾乡疮痍①之后,惟芟除土匪,为第一要务。二三十年来,应办不办之案,应杀不杀之人,充塞于郡县山谷之间。民见夫命案盗案之首犯,皆得逍遥法外,固已藐视王章,而弁髦②官长矣。又见夫粤匪之横行,土匪之屡发,乃益嚣然不靖③,痞棍四出,劫抢风起,各霸一方,凌藉小民而鱼肉之。鄙意以为宜大加惩创,择其残害于乡里者,重则处以斩枭,轻亦立毙杖下。戮其尤凶横者,而其党始稍戢④,诛其尤害民者,而良民始稍息。但求于孱弱之百姓,少得安恬,即吾身得武健严酷之名,或有损于阴骘⑤慈祥之说,亦不敢辞。已将此意详告各州县牧令,又以书函致各处绅耆矣。更祈老公祖严饬⑥所属,申明鄙意,但求无案不破,无犯不惩,一切大小处分,大小宽免,贵属若有著名会匪教匪,骤难施手者,尚祈密函示我,设法剿办。果其划除丑类,万家安眠,则造福于我桑梓⑦之邦实无涯矣。

《曾文正公全集》

【注释】

①疮痍:创伤。或比喻遭受破坏或遭受灾害后的景象。

②弁(biàn)髦:弁,黑色布帽;髦,童子眉际垂发。古代男子行冠礼,先加缁布冠,次加皮弁,后加爵弁,三加后,即弃缁布冠不用,并剃去垂髦,理发为髻。因以"弁髦"喻弃置无用之物,引申为鄙视。

③嚣然不靖：嚣张而不安定的样子。
④戢（jí）：收敛，不敢放肆。
⑤阴骘：原指默默地使安定，转指阴德。
⑥饬：整治，整顿。
⑦桑梓：借指故乡或乡亲父老。

【赏读】

　　自从《世说新语》问世以来，我国形成了品评人物的传统。愈是成就高的人物，人品就愈是显得立体。所以品评这样的人物，不能只看一个角度。对待曾国藩即应如此。

　　在家书中曾国藩是一个循循善诱，教子以立身处世之道、涵养高尚道德的父亲。但在处理军国大事、执掌杀伐大权时，他又是一个严正刚毅的朝廷大员。这封书信，表现的正是这一面。只要能为民除害，获得万家安眠，他不避人们对自己的非议，这正是君子的坦荡胸怀。处盛世的闲雅从容与处乱世的杀伐决断，原是可以统一在一人身上的。

与吴子儁①太史书 左宗棠②

前得手书,细字长篇,知目力犹能及百里,至以为慰。蜀中之行,往返均与陶文毅③旧游相合,月日亦符,甚为快事。所论陶文毅与林文忠④品概,均尚平允。两公当日亦各相倾倒。一雄伟,一精密,非近人所可及。设使两公迟死十年,则发逆⑤、洋寇,有人了结,不至流毒天下如此之久也。弟尝以为言,而人莫信之。一二竖子至昌言掊击⑥,吁!其甚矣。世生一变,天辄以一人拟之。朝廷得其人,专委任而不令旁有牵制,则亦无不了之事。惟人才接续之故,亦有天焉。陶桓公⑦之后,仅一王怃期;武乡侯⑧之后,仅一姜伯约⑨。此固非其意中之选,而究止如此。是人才之盛衰,在当时之用舍,亦关世运之隆替⑩也。故曰天也。京师人才渊薮⑪,阁下有所闻见,盍举以相示?久处边塞,愿有所知,幸勿忘之。

《历代名人书札》

【注释】

①吴子儁(jùn):即吴观礼,字子儁,号圭庵,浙江仁和人。潜心书史,内行甚笃。左宗棠对他十分信赖。

②左宗棠(1812~1885):字季高,一字朴存,号湘上农人。晚清重臣,军事家、政治家,著名湘军将领,洋务派首领。少时屡试不第,转而留意农事,遍读群书,钻研舆地、兵法,后竟因此成

为清朝后期著名大臣,官至东阁大学士、军机大臣。

③陶文毅:即陶澍(shù),清嘉庆七年(1802)进士。晚清杰出的政治家、改革家、文学家。曾任四川按察使,著有《蜀𫐄日记》。本文中所称"蜀中之行,往返均与陶文毅旧游相合"当指此。

④林文忠:即林则徐,字元抚,又字少穆、石麟,晚号俟村老人、俟村退叟、七十二峰退叟等,谥号文忠。福建侯官(今福建福州)人。清朝后期政治家、思想家和诗人。因其主张严禁鸦片、抵抗西方的侵略、坚持维护中国主权和民族利益深受全世界中国人的敬仰。

⑤发逆:清朝时期对太平天国起义者的蔑称。

⑥昌言掊击:直言无讳地打击、抨击。

⑦陶桓公:即陶侃,字士行(或作士衡),中国东晋时期名将,大司马。以后事付右司马王愆期,加督护,统领文武。

⑧武乡侯:即诸葛亮,三国时著名政治家、军事家,在世时被封为武乡侯。

⑨姜伯约:姜维。

⑩隆替:盛衰,兴衰。

⑪渊薮:比喻人或事物集中的地方。

【赏读】

得到知交从远方寄来书信,欣慰之情溢于言表。至于品评当代人物,探讨举荐人才,则不仅是知己之言、军国大计,也可以从中看出杰出人物的知性智识、心胸高下。

论陶澍和林则徐,说"两公当日亦各相倾倒。一雄伟,一精密,非近人所可及"。"世生一变,天辄以一人拟之。"这番议论的超迈,与《世说新语》品评人物崇尚清谈玄机,不可同日而语。足见近代中国情势之变化,导致了品评风气的转变。思虑人才盛衰,急以为经世致用,这就是品评者的襟怀气度所使然了。

与梦蘅①内史(其一)　　王　韬②

天地间何年不秋,何处无月。人苟淡然自得,奚往而非快。余隐于酒,有虞松③之高情,慕苏髯④之逸致。皓月当头,引杯在手,泊然也。夫人生数十年寒暑中,所闲者只几日耳,谁能结无情游⑤乎?

《弢园尺牍》

【注释】

①梦蘅:杨梦蘅,王韬的妻子。

②王韬(1828~1897):初名王利宾,字兰瀛,号仲弢、天南遁叟、甫里逸民、弢园老民、蘅华馆主等,外号"长毛状元"。江苏苏州人。中国近代著名思想家,他一生在哲学、教育、新闻、史学、文学等许多领域都作出杰出成就,著有《弢园文录外编》、《弢园尺牍》、《西学原始考》、《淞滨琐话》、《漫游随录图记》、《淞隐漫录》等四十余种。

③虞松:字叔茂,魏晋时陈留人。

④苏髯:苏轼。曾被称为苏髯翁。

⑤无情游:指物我两忘之境。最早在《庄子·德充符》中有论及。

【赏读】

得知音于内室,有妻如同解语花,可以交流所思所想、所得所感,自然强于宋代诗人林逋的以梅为妻、以鹤为子。所以,自古文人往往得意于此,并不避讳宣之于人前,因而有了"寄内"这一传统文学题材。诗词可,书信也可。明清尺牍类同诗词,更是随手由心而出了。

把酒望月,思量天地人生,感悟到"淡然自得"的心境,是一生快乐的源泉。年年有秋夜,处处有月色,不用落笔写相思,只看皓月当头,引杯在手。谁人可以寄托此心、理解这一片高情雅致呢?天地之间,唯有家中那人而已。用情如此,令人对书无言。

与梦蘅内史(其二)　　王　韬

朝来行云如暮,山容不开,殆天工欲飞出梅花矣。亟宜端整诗牌,涤除茗碗,以待滕六①之至。余已折短简以招同志,约于桥南酒家。冲寒②毕集,夜深薄醉归来,烦卿剪水芹③烹雪水于清寒中,作冷淡生活,亦嘉话也。彼羊酒妓炉④,何足语此。

《弢园尺牍》

【注释】

①滕六:是中国传说中的雪神。
②冲寒:冒着寒冷。
③水芹:多年水生宿根草本植物。别名水英、细本山芹菜、牛草、楚葵、刀芹、蜀芹、野芹菜等。
④羊酒妓炉:喻喧闹嘈杂的环境。

【赏读】

人间情侣,无论身在何处,一切总是关情。人在异乡,发出邀人品茗、作诗、赏雪的简帖之后,不免对着心中的她作这样一番遐想:当我冲风冒雪,和诗友雅集之后,在夜深带着一些醉意归来,你在清寒中剪一束水芹菜,烹一盏醒酒茶,该有多么好!那情境,市井的喧嚣闹热,又如何能够相比?预知雪夜清兴,还要你这个知音才能分享,而将要开始的饮酒作乐,就只不过是应酬而已了。在作者的深情遐想中,爱,表现得更加委婉而细腻。